且从诗句看青史

赵倚平 著

陕西师范大学出版总社

图书代号　WX22N1065

图书在版编目(CIP)数据

且从诗句看青史 / 赵倚平著. —西安：陕西师范大学出版总社有限公司，2022.9
ISBN 978-7-5695-3084-1

Ⅰ.①且… Ⅱ.①赵… Ⅲ.①随笔—作品集—中国—当代 Ⅳ.①I267.1

中国版本图书馆CIP数据核字（2022）第118124号

且从诗句看青史
QIE CONG SHIJU KAN QINGSHI

赵倚平　著

出版统筹	刘东风　郭永新
责任编辑	陈君明
责任校对	尹海宏
封面设计	文川书坊
出版发行	陕西师范大学出版总社
	（西安市长安南路199号　邮编 710062）
网　　址	http://www.snupg.com
印　　刷	西安市建明工贸有限责任公司
开　　本	720 mm×1020 mm　1/16
印　　张	17
插　　页	1
字　　数	250千
版　　次	2022年9月第1版
印　　次	2022年9月第1次印刷
书　　号	ISBN 978-7-5695-3084-1
定　　价	58.00元

读者购书、书店添货或发现印装质量问题，请与本公司营销部联系、调换。
电话：（029）85307864　85303629　　传真：（029）85303879

序：五味子散文的新收获

散文家赵君倚平，笔名五味子，陕西蓝田人，客居南粤多年，公务之余，笔耕不辍。新著《且从诗句看青史》即将付梓，嘱不佞为之弁言，予不可辞、不能辞，然披览数过，竟迟迟不敢下笔，何故？家中多事，羸体有恙，精力不济，固是原因，然更要紧的缘故，是赵君之于我，乃一线朋友，故说道其人其文，岂敢率尔？

我与赵君结识不过数年，却肝膈相通。我年轻时有交无类，各路朋友可谓夥矣。中岁以后，重新掂量了交游与生趣的关系，遂自疏了不少泛泛之交，唯愿与文化立场趋近者同勖互勉。倚平兄与我远隔万水千山，但彼此三观一致。无论平时的微信互动，还是偶尔的把盏晏谈，俱多三益之获。生逢斯世，这样的友人难得多有，其实也不必多有。我曾写过一首绝句，是题赠书法家赵熊先生的："暌违翻酿想思醇，尘市隐踪祈莫嗔。名士东京俱识见，爱君不似那帮人。"何谓"那帮人"？当今乡愿是也。我觉得后二句转呈倚平兄，也合适得很。

我也算得上赵君文章的忠实读者了。多年以来，不仅从报刊和网络上拜读过他的若干随笔、杂文，还集中品味过他两部选集——《五味字》和《深夜记》。我很认可杨争光先生和南翔先生对他的评说："已经一把年纪的五味子，依然还是那种心骛八极，胸有风雷之人，或庙堂或江湖，都能牵动他感应的神经。……随情遂性，不拘大小，信笔拈来，可都是用心的朴素的文字。"（杨争光《〈五味字〉序》）"倚平的集子，五彩斑斓，五音错落，五味杂陈；既有二三十年前的历史画卷，亦有当下的风情拾遗；大可扪及时代走向，小可棘刺间人街景……"（南翔《镜相杂陈的五味子》）我尤其赞赏其"时论"散文共有的质相：正义、清气在骨，同情、悲悯在血。没有激浊扬清的热忱，则无前者；没有民胞物与的丹衷，则无后者。学究气、江湖气、浮躁气等，在他的文章里踪影全无，这与他曾经扎实做过的一门"功课"有关——对鲁迅思想资源的读解与汲取，有编著的《鲁迅论中国社会改造》等为证。邵燕祥、商子雍等杂文大家，都看到了他以鲁迅为师的文心持守。

作为赵君散文创作的新收获，《且从诗句看青史》可以说是作者在最合适的年龄段写出的一部佳作。关于成书缘起，作者在后记中有明确交代："我在对古诗词的泛泛阅读中，往往是咏史怀古之作最能打动我的内心，让我沉吟再三，扼腕感慨，击节赞叹！……去年，当某报副刊的一位编辑朋友约我给他写点国学方面的文字时，我看到各种古诗'赏析'的文章已经不一而足，便觉得若从以诗证史、以史证诗、诗史互证的角度来写，或许会有点新意，便陆续地写出了这本书里的大部分内容。"这段话引起我强烈的共鸣。"诗史互证"不只是中国古代文史研究的重要方法、传统的文学批评方法，不只是陈寅恪、钱锺书们的治学路数，也是作家和读者考察史实、熔冶史识、把握诗心、评判诗格的必由途径。道理是明明白白的，但从了然于胸到得心应手，却需要长期的修炼。

在我国类型众多的旧体诗中，以历史题材作为感情载体、咏写对象的咏史诗，滥觞于先秦诗骚，定名于东汉班固，累代形成了规模不小的库存，大体上可分为述古、凭吊、论评三类。纵向而观，浮泛之叙、迂腐之论、偏执之说，间或不免有之，然更多的作品，出以个人怀抱和公共立场的双重给力，因而也就透散着言说者强烈的精神呼吸和热烈的情感体温。这是咏史诗较诸史著尤其官修正史的生气、活力、优长所在。比如"历史不能假设"这个命题，作为著史者的戒律之一是成立的，但咏史者则不必死守。"周公恐惧流言日，王莽谦恭未篡时。向使当时身便死，一生真伪复谁知"（白居易《放言五首》之一）的精彩论议，其谁曰不能？又比如很多主体生命意志介入程度很高的咏史诗，不唯揭橥了被史书忽视、绕过或遮蔽了的真相，更呈现了作者最本真的人格气象、精神向往，因之别具认识价值。龚自珍和鲁迅正是通过《归园田居》《饮酒》和《咏荆轲》《读山海经》等的对读，剀切明察到陶渊明并不是"浑身静穆"而也有着"金刚怒目"的一面。

康德将人的认知分成感性、知性和理性三种，知性是感性和理性之间的一种认知能力。众所周知，诗歌是典型的感性文本，其主要任务是张扬情感、情绪而不是表达抽象认知或科学结论。但咏史诗有一定的特殊性：知性介入程度一般高于纪行诗、述志诗、抒怀诗、赠答诗、咏物诗等。一言以蔽之，它是感性思维和知性思维共同作用的结果。

历代咏史诗虽林林总总，但主要所涉所指，不外事实认定与价值判断两个方面。后人涵泳、评说咏史诗，同样主要关乎这两个方面。赵君撰为此书，眼力、心力、笔力之所聚焦，亦在是矣。全书收文40余篇，皆以随笔出之，长短不一，紧扣"同题吟咏"之作，在集束性式考察与互文性辨析中申说己见、论长较短、明事明理。窃以为，原始察终以走进历史的具体场景，条分缕析以疏解咏史诗具体内容，揆情度理以评价骚家史识与诗才，措意准确而明晰，文字清通而简练，大抵各篇基本质相也。

从西安到深圳，从风华正茂到命入秋年，赵君生活与工作的环境历经数次变换，不变的是持道有恒、格物有方、行止以直、立言以诚的自持与自为。如前所引，他作为读书人的读诗和读史，历年累积量已至于丰厚，但能感受到融入生命体验、理解到允古允今、评析到不偏不倚，所依凭者不仅仅是一般意义上的博览群书，由乎经历、阅历、价值理性、审美趣味等交互生成的学养，才是最有效的解诗识史的"探照灯"和"度量衡"。这些条件与优势，赵君都充分具备了。从这个意义上讲，我不仅满怀欣喜地拜读了这部新著，更希望作者创作出更多的同类佳作。

刘炜评

2019年11月

刘炜评，字允之，号半通斋主，陕西商州人，现为《西北大学学报》编审、西北大学文学院教授，兼任陕西省文艺评论家协会副主席、陕西省诗词学会副会长、陕西省散文学会副会长等。主要作品有《半通斋散文选》《半通斋诗选》《不撒谎的作文》《京兆集——半通斋诗选二编》等。

目 录

壹

一富贵，就相忘 / 002

李将军是故将军 / 005

不问苍生问鬼神 / 009

筹笔驿前感慨多 / 014

至今思项羽，过不过江东 / 018

刘项原来不读书 / 023

矫情不顾驿书传 / 026

司马家儿是丈夫 / 033

风云帐下奇儿在，鼓角灯前老泪多 / 038

只缘一曲后庭花 / 045

更请君王猎一围 / 056

玉玺不缘归日角，锦帆应是到天涯 / 060

懊恼孱王早罢兵 / 070

当时自怕中原复 / 075

好似周家七岁儿 / 080

畏向苍苔读旧碑 / 084

瓜豆之喻，椎心泣血 / 088

不从金舆惟寿王 / 093

此璧不献又如何？/ 097
埋骨在青山，题名在青史 / 102
盼乌头马角终相救 / 107
三杯两盏淡酒，怎敌他晚来风急 / 116
谁将汉女嫁胡儿，风沙无情貌如玉 / 124
谁为美人鸣不平 / 136
伤心岂独息夫人 / 142
若是等到所待人，易水本可另作歌 / 146
尚有绨袍赠，犹作布衣看 / 151
前度刘郎今又来 / 157
边塞诗——前线发回的简讯 / 161
皇帝金口开，诗人前程断 / 168

贰

佳句在后的豹尾诗 / 176
打油亦有味 / 181
机智辞令解窘困 / 185

无限风光诗人占 / 190

流尽年光是此声——古人对时光的叹喟 / 196

叁

追寻韩愈的足迹：从蓝关到韩山 / 202

特地通宵过钓台 / 207

寒溪夜涨，历史拐弯 / 213

永州新记 / 218

乐游原上望，秦川平如掌 / 227

诗景互映的王维辋川 / 235

从焚书堆到坑儒谷 / 249

后记：最是感慨动人心 / 257

壹

猿鳥猶疑畏簡書，風雲常為護儲胥。徒令上將揮神筆，終見降王走傳車。管樂有才元不忝，關張無命欲何如。也年錦里經祠廟，梁父吟成

一富贵，就相忘

在中国历史上，有很多在患难时相约"苟富贵，勿相忘"，但一旦飞黄腾达，就把当初的许诺忘到九霄云外、甚至恩断义绝的事。春秋时期晋国公子重耳，被父兄追杀，狼狈逃亡，风餐露宿，缺吃少喝（当然也受到过不少国家的优待，但也受过不少国家的冷遇）。一次，在他快要饿昏的时候，忠心耿耿跟随着他的介子推在僻静处悄悄地割下自己大腿上的一块肉，煮了汤给他吃。重耳后来得知，非常感动，说将来一定好好报答介子推。可是就在他回国当了君王（晋文公）之后，却把这件事忘在脑后。当年跟随他流亡的都有不错的回报，可偏偏忘了这个割股啖君的人。而介子推也耻于以此邀赏，隐入了莽莽绵山。这才有后来的晋文公为求介子推出来，放火烧山，反而烧死了介子推的事。

楚汉相争时，项羽将刘邦围困在荥阳城中，情势危急。汉将纪信给刘邦出了个主意，说由他伪装成汉王，向项羽投降，让刘邦趁此机会，从荥阳逃跑。"于是汉王夜出女子荥阳东门（夜晚派妇女出荥阳东门），被甲二千人，楚兵四面击之。纪信乘黄屋车（天子乘坐的以黄缯覆裹的车子），傅左纛（舆车衡左上方竖着大旗），曰：'城中食尽，汉王降。'楚军皆呼万岁。汉王亦与数十骑从城西门出，走成皋。项王见纪信，问：'汉王安在？'信曰：'汉王已出矣！'项王烧杀纪信。"（《史记·项羽本纪》）

纪信在危难关头，舍身诳楚，使刘邦死里逃生。可以说，没有纪信的捐躯，就没有汉家的天下。可是，在刘邦当了皇帝后，却没有给纪信记以相应的功绩。因此，宋代诗人王禹偁在途经荥阳这个古战场时，看到荒草中孤零零的纪信坟墓，想象纪信当年为刘邦慷慨赴死的英雄气概，对此颇为不平，写下《荥阳怀古》一诗：

> 纪信生降为沛公，草荒孤垒想英风。
> 汉家青史缘何事，却道萧何第一功。

当然，诗人并非真的对萧何功居第一持有异议，而是激愤于汉王的寡恩薄义吧！同为宋人的徐钧也有一首《纪信》，抒发同样的情绪："诳楚言降乐受烹，重围得脱汉基成。论封无爵死无传，幸有唐碑为发明。"

韩愈说："大凡物不得其平则鸣。"历史上不平之事，给了诗人们广泛的题材和兴发的由头。当年三国之时，刘备东奔西走，寄人篱下，没有立足之地，更谈不上建功立业。这主要是由于他身边没有辅佐的人才，后来得了一个徐庶，才稍有起色。可惜时间不长，徐母为曹操所执，徐事母至孝，为了保全母亲只好离开刘备。临别时"走马荐诸葛"，并且告诉他："此人不可屈致，使君可亲往求之。"这才有了刘备三顾茅庐请诸葛亮出山，依仗诸葛亮的雄才大略，成就了蜀汉大业之事。但是，刘备在成都称帝以后，论功行赏，就是把这个关键的举荐人徐庶忘记了，以致唐朝诗人崔道融在路过诸葛当年隐居的隆中时，吟出一首《过隆中》来：

> 玄德苍黄起卧龙，鼎分天下一言中。
>
> 可怜蜀国关张后，不见商量徐庶功。

意思是刘备在仓皇的乱世中起用诸葛亮，三分天下、三足鼎立之势被他一语言中，成为事实。可惜蜀国的名臣良将排名在关羽张飞之后，依然不见公正评价徐庶的推荐之功。

其实，诗人们有时对帝王的期望值也太高了一些。君不见，"飞鸟尽，良弓藏；狡兔死，走狗烹；敌国灭，谋臣亡"吗？那些帝王一旦得了天下，忘恩负义算什么，杀戮功臣之事多得是！纪信不过是没有给予相应的功劳，那个为汉王争得天下立了汗马功劳的韩信，最后还不是见诛于刘邦的基业稳固之后？说起来，还是那个重耳有点情义。他在别人提及介子推后，对自己的疏忽追悔莫及，急召不见之下，采纳了烧山的下策。待介子推死后，他把介子推被烧死的那一天定为寒食节，不许烧火做饭；还把介子推临死时抱着的已烧焦的柳木，带回宫中做了一双木屐，每天望着它叹道："悲哉足下！"

（原载《证券时报》2020年1月15日）

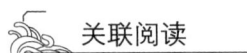
关联阅读

咏史诗·荥阳

（唐）胡曾

汉祖东征屈未伸，荥阳失律纪生焚。

当时天下方龙战，谁为将军作诔文？

李将军是故将军

李广是西汉抗击匈奴的名将。他善骑射,文帝时,从军与匈奴作战,英勇无畏,因战功得任中郎。汉景帝和武帝时,曾先后任北方诸郡太守,与匈奴大小七十余战,声名远播。因为他箭法好,行动快,忽东忽西,神出鬼没,谁也摸不清他行动的路线,匈奴人就给他送了一个"飞将军"的称号,畏他如虎,数年不敢来犯。武帝时,他又曾任未央宫卫尉(禁卫军长官),后出兵征匈奴,因寡不敌众,负伤被匈奴活捉。匈奴把他放在两匹马中间用绳子络成的吊床上,往回押送。途中,李广假装死去,走了几十里地,偷眼看到旁边有个匈奴少年骑了一匹好马,便趁个机会一跃而起,飞身上马,推下匈奴少年,调头往回飞奔。匈奴数百骑来追,李广用夺来的匈奴骑兵的弓箭射杀追兵,终于逃脱。回到朝廷后,李广被交给官吏处置。官吏认为李广兵败,损失重大,且被俘虏,应当斩首。好在汉朝有用钱来赎罪的规定,李广便交了钱,赎身成为庶人。

之后李广赋闲无事,常去终南山打猎以消遣。有一天外出,他和朋友在田间饮酒,深夜方归。行至霸陵,霸陵尉喝醉了酒,阻止李广不让通过。李广的随从说:"这是以前的李将军。"廷尉呵斥道:"现任将军尚且不得夜行,何况是从前的!"李广无奈,只好在霸陵亭下过了一宿。

后来因匈奴犯边,汉文帝又一次起用李广,任他为右北平太守。李广一到,匈奴害怕,都逃到别的地方去了。一次李广出猎,傍晚路过山下一处草丛时,忽见草丛里一只斑斓猛虎,正弓着腰准备扑过来,他大惊,急发一箭。大家看他射中了老虎,都跑过去要捉,走近一看,原来不是老虎,而是一块大石头,箭镞射进去很深,拔也拔不出来——这就是李广射虎的故事。这消息传开,匈奴人更加害怕李广了。

李广不善言辞,但心诚忠实,爱护士卒,对部下宽厚不苛,所以士兵愿意为他效力。他骁勇善战,战功卓著,"自汉击匈奴而广未尝不在其中",但他又命运多舛,"然无尺寸之功以得封邑"。军中校尉以下军官,才能连中等都不够的,因攻打匈奴有军功几十人被封侯,李广却与此无缘,一生也未能封侯。连汉文帝也说他:"惜乎,子不遇时!如令子当高帝时,万户侯岂足道哉!"当他"及死之日,天下知与不知,皆为尽哀"。因此太史公赞他说:"谚曰:'桃李不言,下自成蹊。'此言虽小,可以谕大也。"

南宋年间,辛弃疾是积极主张抗金的人士之一,但经常受到主和派的排挤,郁郁不得志。有一年,他又被劾落职,闲居带湖。一日夜读《史记·李将军列传》,联想现实,视及自身,感慨万千,夜不能寐,又想到朋友晁楚老、杨民瞻约同居山间,便用刚刚看过的李广之事,赋《八声甘州》一首。词曰:

> 故将军饮罢夜归来,长亭解雕鞍。恨灞陵醉尉,匆匆未识,桃李无言。射虎山横一骑,裂石响惊弦。落魄封侯事,岁晚田园。
>
> 谁向桑麻杜曲,要短衣匹马,移住南山?看风流慷慨,谈笑过残年。汉开边、功名万里,甚当时、健者也曾闲?纱窗外、斜风细雨,一阵轻寒。

词的上阕咏史,开笔即从李广受辱于廷尉写起,"故将军"三字尤为突出,为全词定下了慨叹英雄末路、壮志难酬的基调。李广英勇豪迈,威震匈奴,射虎传奇,非同凡响。但他却如此不得志,竟受廷尉呵夜,终生不得封侯,晚年落魄，退隐田园。"恨"和"匆匆"几个字，表现了词人对势利小人的愤慨。"桃李无言"，暗喻李广受人敬仰，也表达了词人对他的赞美。明写李广，但也是排遣自己政治上不得意的心情。下阕则是抒发感慨。前五句化用了杜甫的诗句。杜甫《曲江三章》第三首："自断此生休问天，杜曲幸有桑麻田。故将移住南山边，短衣匹马随李广，看射猛虎终残年。"该诗表达了杜甫景仰李广的心情，说他要是和李广同时代，也要短衣匹马，追随李广，看他射杀猛虎，以度晚年。而辛弃疾化用杜诗，也说了同样的意思：我才不要在杜曲种桑麻，而是要学李广，移住到南山去射猎，自由风流、胸襟开朗、在谈笑声中度过余年。这句也是他对晁楚老、杨民瞻相约的一个答复。写到这里，他忽发一问：当时汉代拓边开境，要人们在万里之外的边疆建功立业，怎么像李广这样的勇士却被投闲不用呢？这一问，既是为李广鸣不平，也是借题发挥，以汉言宋，批评南宋统治者对人才的扼杀。末三句，"纱窗外、斜风细雨，一阵轻寒"使我们似乎看到，词人合上《李广传》，抬眼窗外，黑夜沉沉，斜风细雨从窗外吹进，一阵寒气砭人肌骨。如此结尾，融情于景，以景结情，似有无尽悲凉之意漫于词外。

　　辛弃疾的词以内容丰富、思想深刻、风格多样、技法高超而著名，他赋予了词抒情、状物、记事、议论的多种功能，这首《八声甘州》，正是具有这样的特点。

（原载《西安晚报》2021年2月19日）

关联阅读

旧将军

(唐)李商隐

云台高议正纷纷,谁定当时荡寇勋。
日暮灞陵原上猎,李将军是故将军。

老将行(节选)

(唐)王维

卫青不败由天幸,李广无功缘数奇。
自从弃置便衰朽,世事蹉跎成白首。

咏史诗·霸陵

(唐)胡曾

原头日落雪边云,犹放韩卢逐兔群。
况是四方无事日,霸陵谁识旧将军。

不问苍生问鬼神

贾谊是西汉著名的政论家和文学家,汉文帝时代人,十八岁就以文才出名。他的《过秦论》,高屋建瓴,逻辑严密,说理透辟,语句铿锵,气势雄健,感情充沛,代表了汉初政论散文的最高成就,并首创史论体裁,对后代散文影响很大。鲁迅曾说,他与晁错的文章"皆为西汉鸿文,沾溉后人,其泽甚远"。他在二十一岁被朝廷征召为博士,是当时博士中最年轻的。不仅如此,他还见识超群,有经国治世之才。在朝廷议事时,对皇帝的问题,贾谊独能详尽对答,颇得文帝赏识,一年内便升任太中大夫。在此任上,他开始为汉文帝出谋划策,力主革除政治弊端。他的意见,有的被文帝采纳,有的则没有得到重视。汉文帝想进一步提拔重用他,却引起了权贵们的忌恨,周勃、灌婴等重臣进言说贾谊"年少初学,专欲擅权,纷乱诸事"。汉文帝听后便逐渐疏远了贾谊,并把他贬为长沙王太傅(老师)。长沙时乃僻地,距京城路途遥远,贾谊怀才不遇,心绪低沉,在经过湘江时,满怀悲愤,写下《吊屈原赋》,借哀伤古人而自抒政治失意之感。在谪居长沙三年后,汉文帝又因想念贾谊,召其入京,在未央宫前殿的宣室接见他。因为文帝刚刚举行过祭祀,接受了神的福佑,就向贾谊询问鬼神的本原。贾谊就详细讲述其中的道理,一直谈到深夜。汉文帝听得入迷,身体不觉向前移动,渐渐坐到了席的前端。谈完后,汉文帝说:"吾久不见贾生,自以为过之,今不及也。"（我很久没看到贾生了，自以为超过他了，今天看来，还比不上他啊。）但还是没有对他予以重用，而是让他担任梁怀王（文帝少子）的老师。外放期间，贾谊依然"忧其君"，写了《治安策》《论积贮疏》等鸿文。《治安策》"全文切中当时事理"，被毛泽东评为西汉一代最好的政论。《汉书》本传载贾谊论民生疾苦，说："百人作之不能衣一人，欲天下亡寒，胡可得也？一人耕之，十人聚而食之，欲天下亡饥，不可得也。饥寒切于民之肌肤，欲其亡为奸邪，不可得也。"（按：亡，意无。）故当时事势"可为痛哭者一，可为流涕者二，可为长太息者六"。后来，贾谊随怀王进京，怀王不慎坠马而死，贾谊觉得自己失职，常常自责，在忧郁中死去，年仅三十三岁。

唐代诗人刘长卿，也是一个政治失意、仕途坎坷的人。他刚而犯上，一生两次被贬谪。第二次是在任淮西鄂岳转运使留后时，因得罪鄂州观察使而被诬陷，贬为睦州（今浙江建德）司马。在谪迁路过长沙时，正值深秋，他独自一人，在夕阳照拂中来到贾谊故居，想着贾生的事迹，感念自己的遭际，百感交集，写了《长沙过贾谊宅》，诗云：

三年谪宦此栖迟，万古惟留楚客悲。
秋草独寻人去后，寒林空见日斜时。

> 汉文有道恩犹薄，湘水无情吊岂知？
> 寂寂江山摇落处，怜君何事到天涯！

诗中，刘长卿说，贾谊虽"三年谪宦"在此居住，却"万古"让人为他的命运深深叹息，首联即奠定了全诗抑郁沉痛的基调。颔联用"秋草""寒林""人去""日斜"，渲染出贾谊故居萧条冷落的景象，而"独寻"则把作者对贾谊的敬仰、同情和自己寂寞的心情，表现得淋漓尽致。颈联说像汉文帝那样历史上著名的"有道"明君，都薄恩——不能重视人才，而自己遭逢昏庸的唐代宗，还能寄托什么希望呢？暗讽当今当世。接着笔锋一转，对句说湘水无情，流过多少时光，屈原怎能知道百年后贾谊会临流凭吊？言外之意，自然是说贾谊也不知道刘长卿会来凭吊自己。末联说诗人在满树黄叶摇落的寂寞庭院，悲愤不已，怜君——也怜己，我们到底是因为什么要受到贬谪发配的惩罚？

这首诗蕴藉含蓄，咏古讽今而不露痕迹，不愧是唐人咏史的名篇。

著名晚唐诗人李商隐，也写过贾谊：

> 宣室求贤访逐臣，贾生才调更无伦。
> 可怜夜半虚前席，不问苍生问鬼神。

李商隐生在唐末，所遇君主皆昏庸，始终怀才不遇，所以他用贾谊重回朝廷被文帝召见这件事，把帝王名义上礼贤下士但并不能任用人才，让其实现抱负的现实，用冷嘲的笔法，揭露出来，实际上也是借史抒怀，自伤身世。

我们遍翻历史，历朝历代，正直贤良且才华卓著的人，往往得不到重用，忠而见疏者有之，谏而贬放者有之，能而遭忌者有之，且情景大致相同，不断重复上演，常常令后世之人，痛惜不已！故兼有切肤之痛的诗人形诸笔墨，就更能打动人心。

当然也有唱反调的，王安石与李商隐同题的《贾生》诗，就不这样看。

他写道:"一时谋议略施行,谁道君王薄贾生?爵位自高言尽废,古来何啻万公卿。"王安石认为汉文帝对贾谊的谋议大部分还是采用实行了的,因此不能说对贾谊薄情,比起虽然居于高位但他们的话君王根本不听的那些人,贾谊还是要幸运得多。王安石的观点得自《汉书·贾谊传》:"追观孝文(汉文帝)玄默躬行以移风俗,谊之所陈略施行矣。""谊亦天年早终,虽不至公卿,未为不遇也。"他认同班固的这一判断,故化而为诗。

(原载《证券时报》2020年3月10日)

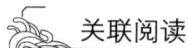关联阅读

过贾谊宅

(唐)戴叔伦

一谪长沙地,三年叹逐臣。
上书忧汉室,作赋吊灵均。
旧宅秋荒草,西风客荐蘋。
凄凉回首处,不见洛阳人。

过贾谊旧居

(唐)戴叔伦

楚乡卑湿叹殊方,鹏赋人非宅已荒。
谩有长书忧汉室,空将哀些吊沅湘。
雨余古井生秋草,叶尽疏林见夕阳。
过客不须频太息,咸阳宫殿亦凄凉。

卜算子·秋晚集杜句吊贾傅

（宋）杨冠卿

苍生喘未苏，贾笔论孤愤。文采风流今尚存，毫发无遗恨。

凄恻近长沙，地僻秋将尽。长使英雄泪满襟，天意高难问。

长沙吊贾谊宅

（清）黄遵宪

寒林日薄井波平，人去犹闻太息声。

楚庙欲呼天再问，湘流空吊水无情。

儒生首出通时务，年少群惊压老成。

百世为君犹洒泪，奇才何况并时生。

筹笔驿前感慨多

三国时期的筹笔驿，因年代久远，现具体位置仍有争议。据宋祝穆所撰《方舆胜览》："筹笔驿，在绵谷县，去州北九十九里。旧传诸葛武侯出师尝驻此。"据清乾隆二十二年（1757）编撰的《广元县志》载："筹笔驿在县北九十里，诸葛武侯出师常驻军筹划于此。"绵谷现为广元的一个区，故筹笔驿的大概位置应在今四川省广元市朝天区朝天镇北。这里在秦岭南麓崇山峻岭的环抱之中，是入蜀要塞，且又在略阳和阳平关的后方，具有可进可退、可攻可守的战略地位。诸葛孔明曾多次在这里谋划军机，决定战略，然后分派大军，北伐曹魏。后来，三国被晋统一，筹笔驿的战略位置不复存在，但仍是入蜀出川的要道。后世人们途经于此，总要为诸葛亮感叹一番。像乾道八年（1172）陆游在从夔州赴南郑任职时，路过广元，听说往北便是诸葛孔明的筹笔驿，便去寻访，并以《筹笔驿》为题，写了一首诗："运筹陈迹故依然，想见旌旗驻道边。一等人间管城子，不堪谯叟作降笺。"与陆游同时代余姚人孙应时，亦是在任四川安抚制置使丘崈的幕僚时，途经筹笔驿，写下《题筹笔驿武侯祠》："北出当年此运筹，悠然欹卧与神谋。三军节制驯貔虎，千里糇粮捷马牛。汉业兴亡惟我在，蜀山重复遣人愁。驿前风景应如旧，江水无情日夜流。"

历代以来，在众多吟咏筹笔驿的诗中，最著名的，大概要数晚唐诗人李商隐和罗隐的两首同名诗《筹笔驿》。

李商隐的诗是这样写的：

> 猿鸟犹疑畏简书，风云常为护储胥。
> 徒令上将挥神笔，终见降王走传车。
> 管乐有才真不忝，关张无命欲何如？
> 他年锦里经祠庙，梁父吟成恨有余。

大中九年（855），李商隐罢梓州幕职回长安，路过筹笔驿，怀古伤今，写下这首诗，表达对诸葛亮的崇敬之情，并对他未能实现自己的抱负而深感遗憾。诗的首联，说这里的猿猴和飞鸟，至今似乎还惧怕诸葛亮威严的军令（指简书，古人将文字写在竹简上），风云还常常护卫着他军垒前的藩篱木栅（储胥，拒敌的木栅）。颔联说诸葛亮徒然在这里挥动神笔深谋筹划，但最终刘禅还是投降了曹魏，乘坐传车（驿站专用的车辆）去了洛阳；意即以诸葛之神智，也不能挽救蜀国灭亡的命运。颈联说诸葛亮真不愧有管仲和乐毅的才干，但关羽、张飞已死（没有大将），失却羽翼，他又能怎么样（抱负难以实现）？尾联说当年他经过锦里拜谒武侯庙时，吟哦完诸葛亮喜爱的《梁父吟》，心中犹觉有无穷的遗恨。

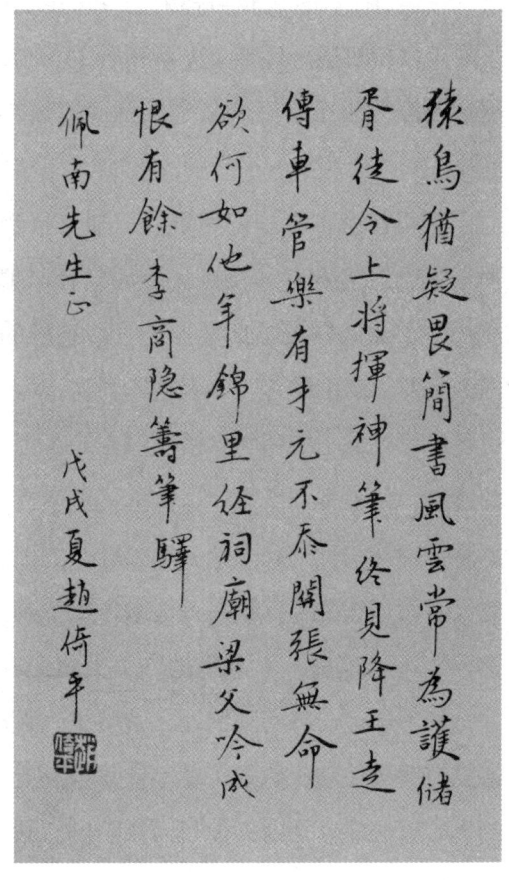

罗隐的诗，抒发了和李商隐同样的感慨，只是笔调和角度不同。请看他的诗：

> 抛掷南阳为主忧，北征东讨尽良筹。
> 时来天地皆同力，运去英雄不自由。
> 千里山河轻孺子，两朝冠剑恨谯周。
> 唯余岩下多情水，犹解年年傍驿流。

他说，诸葛亮为了报答刘备三顾的知遇之恩，抛却了隐居的南阳，为了刘备的事业北征东讨，细心筹划，用尽良谋。时运来了，天时地利都会为我所用；时运过了，你就是再伟大的英雄也难以施展才能。蜀国的千里山河被孺子阿斗轻易断送，侍奉了先帝和后主的两朝文臣武将都恨那劝后主投降的谯周。而今只剩山岩下的江水，好像还懂得思念，年年不停地傍着驿站蜿蜒而流。

这两首诗，都是把写景、叙事、抒情和议论结合起来，跌宕起伏，一唱三叹，但又各有其特点。清代学者何焯认为，李商隐的诗"起二句即目前所见，觉武侯英灵奕奕如在"。这样的诗是非李商隐不能的（别人作不出）。罗隐诗中的"时来天地皆同力，运去英雄不自由"，则是总结无数历史现象而淬炼出的警句，富有深刻的哲理，把"时势造英雄"的道理讲得精辟透彻。差不多一千多年后，清代著名诗人赵翼灯下读史，也发出来同样的感慨："一编青史几千秋，都入灯前大白浮。运去卧龙空伐敌，时来屠狗亦封侯。六州铸错终存铁，万里乘风或覆舟。历历古今成局在，兴衰不尽系人谋。"（《读史》）意思是一本史籍记载了几千年的历史，现在都来到眼前，灯下读史，每到动情处，就满饮一大杯酒。时运转走，即使号称卧龙的诸葛亮屡次伐魏，想要兴复汉室，也是徒劳无功；时运来了，就是一个杀狗的樊哙也会建立功勋，被封为舞阳侯。原本计划得很好，但往往事与愿违，合六州的铁也铸不成这样一个大错（此句用唐昭宗时罗绍威事：罗任魏博节度使时，因牙军叛乱，向宣武节度使朱温求救。朱温于是乘机进入魏博，在魏博半年，虽然消灭了牙军，但也消耗魏博钱粮无数，魏博积蓄为之一空，从此衰弱。罗绍威非常后悔，对人说："合六州四十三县铁，不能为此错也。"）；下半句说正乘风万里、一帆风顺，有时也会忽然触礁沉舟。古往今来已成的局面历历分明，兴盛与衰败并不完全是靠人的意志与努力。此诗"运去""时来"句化用了罗隐的句意，但精警有新意，尤其是以"卧龙"对"屠狗"，堪称神对。作者本身就是一个史学家，从无数历史事件中总结、提炼、升华的诗句，闪耀着真知灼见的光芒。

[原载《金秋》（下半月）2019年第6期]

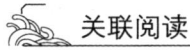
关联阅读

和野人殷潜之题筹笔驿十四韵（节选）

（唐）杜牧

永安宫受诏，筹笔驿沉思。

画地乾坤在，濡毫胜负知。

题筹笔驿

（唐）薛逢

天地三分魏蜀吴，武侯倔起赞訏谟。

身依豪杰倾心术，目对云山演阵图。

赤伏运衰功莫就，皇纲力振命先徂。

出师表上留遗恨，犹自千年激壮夫。

至今思项羽，过不过江东

在中国古代，楚汉相争这一段历史，真可谓波澜壮阔。楚国贵族出身、勇冠三军的西楚霸王项羽，坦荡磊落，豪爽率直，武力过人，勇不可当。但却残暴嗜杀，有勇无谋，缺乏韬略，刚愎自用，不能容人，虽然显赫一时，最后垓下一战，败给了泗水亭长出身、长期处于弱势的刘邦，让人扼腕叹息。项羽作为一个失败的英雄，一直被后人同情，让人惋惜。

但是在当时，在垓下汉军的重围之中，项羽并非只有死路一条。虽然此时兵少食尽，四面楚歌，又在突围成功后被一农人误导进入沼泽，以致追兵复至。但天无绝人之路，他尚有一线生机——这就是在退到乌江边上时，一个宽厚的长者乌江亭长心怜项羽，正在舣船等待，并开导他说："江东虽小，地方千里，众数十万人，亦足王也。愿大王急渡。今独臣有船，汉军至，无以渡。"但此时，项羽觉得自己无颜见江东父老，他说："天之亡我，我何渡为！且籍与江东子弟八千人渡江而西，今无一人还，纵江东父兄怜而王我，我何面目见之！纵彼不言，籍独不愧于心乎！"于是赠乌骓宝马于亭长，与身边的二十多人下马步战。在杀汉军数百人后，项羽抬头看到敌方阵营已位居司马的故人吕马童，便说："吾闻汉购我头千金，邑万户，吾为若德（意为我就送你一个人情吧）。"说罢自刎而死。这就是清代诗人蒋士铨在咏项羽时所说的"慷慨将头赠故人"。

时间过了七八百年,唐代诗人杜牧赴池州任刺史,在路过乌江亭时,有感于这段历史,对项羽不渡江以图复兴不以为然,遂有一首著名的《题乌江亭》:

> 胜败兵家事不期,
> 包羞忍耻是男儿。
> 江东子弟多才俊,
> 卷土重来未可知。

在杜牧看来,胜败乃兵家常事,打了败仗不算什么,项羽作为男子汉大丈夫,应该像越王勾践那样,"包羞忍耻",如果能重返江东,卧薪尝胆,总结失败的教训,那么,卷土重来、东山再起也不是没有可能。

正如杜牧所说,假如项羽渡江重返江东,那历史可能就要重写。但是须知,项羽如果真的回到江东,并期望卷土重来,就有一个先决条件,那就是正确认识自己由盛而衰、由强变弱、由胜转败的原因,并痛改前非,洗心革面,改弦易辙。否则,"卷土重来"只能是一句空话。但考察项羽的言行,恐怕他又很难做到这一点。

从历史上看,后来成为他劲敌的韩信原来就是他的部下,因为得不到重用,反投了刘邦;被他尊为亚父的范增给他出了多少好主意,但都没有得到他的采纳,最后反而在刘邦的离间之下,忿而离去。正所谓"范增一去无谋主,韩信原来是逐臣"

（清·严遂成）。宋代诗人陈洎也说他："学敌万人成底事？不思一个范增多！"（《过项羽庙》）即使到了最后时刻，他也没能认识到自己最大的问题就是听不得逆耳忠言，不能容人，也不会用人。你看，垓下战败被汉兵围追，身边只剩区区二十八骑，项羽也知难以逃脱，于是对跟从的人说："吾起兵至今八岁矣，身七十余战，所当者破，所击者服，未尝败北，遂霸有天下。然今卒困于此，此天之亡我也，非战之罪也。"为了证明他的话，他还和诸位约定，今天要决死战了，我要为诸君痛快地一战，要取得三次胜利，为诸君冲破包围，斩将、砍旗，"令诸君知天亡我，非战之罪也"。自然，如项羽之神勇，所向披靡，如他所言，三战三胜，斩汉军两将，杀数百人，而自己仅损失了两骑。再后来，逃到乌江边上，乌江亭长劝他赶快过江，项羽仍说："天之亡我，我何渡为！"你看，死到临头，他仍不知反省，还把失败的原因归之于天意。对此，司马迁就尖锐地指出："及羽背关怀楚，放逐义帝而自立，怨王侯叛己，难矣。自矜功伐，奋其私智而不师古，谓霸王之业，欲以力征经营天下，五年卒亡其国，身死东城，尚不觉悟而不自责，过矣。乃引'天亡我，非用兵之罪也'，岂不谬哉！"

也正是因为这一点，王安石有和杜牧截然不同的看法。他在《乌江亭》一诗中针对杜牧的观点，写道：

百战疲劳壮士哀，中原一败势难回。江东子弟今虽在，肯与君王卷土来。

王安石题乌江亭
己亥夏 赵传平

> 百战疲劳壮士哀,中原一败势难回。
> 江东子弟今虽在,肯与君王卷土来?

深刻尖锐地指出,垓下一战,项羽大势已去,失败是难以挽回的。即使渡过乌江,江东子弟虽然还在,但依项羽之所为,恐怕也不肯跟随他再与刘邦争夺天下了!宋人胡仔在他的《苕溪渔隐丛话》中评论杜牧的诗时,也持这个观点,他断然写道:"项氏以八千人渡江,败亡之余,无一还者,其失人心为甚,谁肯复附之?其不能卷土重来,决矣。"

王安石作为政治家,眼光似乎更犀利一些。因为,直至项羽生命终结,我们也没有看到他幡然悔悟的表现。当然,也不能排除他过江之后,冷静下来,有所反思和觉悟。但也不能草率地认为他真会这么做。两种可能性,不反思的可能性更大一些!既然如此,那么,慷慨自刎恐怕就是项羽最好的结局了,而且这还不失为英雄的壮举!

我们的推测也只能到此为止,因为历史是不能假设的,实际发生的历史事件就是霸王虽能过江,却不肯过江,而是选择悲壮一死。所以我们说他是失败的英雄!女诗人李清照更是在这一点上敬佩项羽:"生当作人杰,死亦为鬼雄。至今思项羽,不肯过江东。"(《夏日绝句》)当然,她是借古讽今,意在批评南宋王朝不顾江山社稷、百姓安危,仓皇逃窜、投降苟安的行为,但对项羽不肯屈辱偷生的由衷赞叹,也是明确不疑的!

(原载《深圳特区报》2018年7月26日)

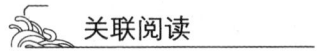
关联阅读

咏项羽

(唐)于季子

北伐虽全赵,东归不王秦。

空歌拔山力，羞作渡江人。

咏史诗·鸿门
（唐）胡曾

争帝图王势已倾，八千兵散楚歌声。
乌江不是无船渡，耻向东吴再起兵。

乌江
（唐）汪遵

兵散弓残挫虎威，单枪匹马突重围。
英雄去尽羞容在，看却江东不得归。

刘项原来不读书

秦是中国第一个大一统的封建政权。它以武力统一六国后，即进行严酷的政治统治。一是采取严刑峻法。秦朝的法令十分严酷，轻罪重罚，一人死罪就诛及三族，一家犯法便邻里连坐。《秦律》规定：五人共盗一钱以上，要断左足；五人以下的盗窃者，所盗超过六百六十钱，罚"割劓为城旦"（劳役四年的刑罚）。老百姓动辄就惨遭酷刑或被罚充苦役。二是征敛无度，赋税畸重。秦始皇为了满足其穷奢极欲的生活和维持庞大的军费开支以及土木建设，不惜对民众课以重税，竭天下之资财以奉其政。秦法规定农民收入的三分之二以上要缴给国家。如此一来，老百姓便生活在水深火热中：男子力耕，不足粮饷；女子纺织，不足衣服；百姓衣牛马之衣，食犬彘之食；哀鸿遍野，民不聊生。三是不恤民情，频征徭役，滥用民力。在秦朝统治者眼里，民众就是任自己驱使的牛马，秦始皇为了统治的稳固和自己的奢欲，连年大兴土木，筑长城，修直道，建阿房宫，造骊山墓，繁重的苦役接连不断。当时全国总人口约二千万，除去一半妇女，再除去男子中的老弱病残者，剩下的青壮男子总数有三四百万，几乎都被征去搞这些工程，仅修筑秦始皇陵，所征民夫就达七十万人以上。四是焚书坑儒，禁锢思想。秦的暴虐统治，不光百姓苦不堪言，也引起了士人的不满，大家议论纷纷。秦始皇认为儒生谤秦，"不师今而学古，以非当世，惑乱黔首"，于是焚书坑儒，把除《秦纪》及医药、卜筮、种树之外的"《诗》、《书》、百家语"全都烧掉，还坑杀儒生四百六十多人，并严令"偶语《诗》《书》者弃市，以古非今者族"，对思想进行高压控制。同时为了防止百姓造反，"收天下之兵聚之咸阳，销锋铸镝，以为金人十二，以弱天下之民"。这样一来，秦始皇"自以为关中之固，金城千里，子孙帝王万世之业"便可以高枕无忧。

然这种靠暴力维持的统治，是难以长久的，万世基业注定成为笑话。二世刚刚接班，便出了两个名不见经传的戍徒陈胜吴广在大泽乡揭竿而起之事，天下人云集而响应，"赢粮而景从"。继起的项羽刘邦成为灭秦的主力。秦因丧失人心，短短三年，便土崩瓦解。

关于秦朝的这一段历史，后人有不少的诗文论及。写得比较深刻的，有唐代章碣的《焚书坑》，诗云：

竹帛烟销帝业虚，关河空锁祖龙居。
坑灰未冷山东乱，刘项原来不读书。

诗以焚书之事立论，对秦始皇进行了无情的嘲讽。过去的书都是写在竹简和白绢（帛）上的，所以章碣说：竹帛被烧释放出的烟雾还没有完全消散，秦始皇的帝业就已经变得虚弱了；函谷关和黄河这样的天险白白地扼守着秦始皇（祖龙）的居住地；焚书坑中的灰烬还没有冷却，山东就已经发生了起义；灭秦的项羽刘邦原来并不爱读书。消灭文化、排除异己，容不下不同的声音，这样的王朝不可能是强大的。秦始皇原来的如意算盘是"焚百家之言，以愚黔首"，以为这样就消灭了异己，就可保他的万世基业，殊不知灭亡他的却是几个不读书的人。短短的四句诗，一是从时间——焚书坑儒到陈胜吴广起义只间隔了短短几年时间，"坑灰未冷"是合理的艺术夸张；二是从人物——葬送他的人并不读书来进行嘲讽，对比竟然如此强烈、鲜明。

元代诗人陈孚有一首《博浪沙》，亦很有意味：

一击车中胆气豪，祖龙社稷已惊摇。

如何十二金人外，犹有民间铁未销？

说的是张良使人在博浪沙用大铁椎狙击秦始皇的事，虽然击中副车，但此举却足以让秦始皇的天下惊恐动摇。作者紧接着发了一问：说你尽收世上的兵器熔铸了十二金人，怎么民间还有铁器没有收销？意思是销毁兵器铸成金人，对维持统治来说，只是徒劳，人们对暴政的反抗不会因此而停止。

清初号称"岭南三大家"之一的陈恭尹，也有一首和陈孚的诗相映成趣的《读秦纪》：

谤声易弭怨难除，秦法虽严亦甚疏。

夜半桥边呼孺子，人间犹有未烧书。

这是陈恭尹读《史记·秦始皇本纪》后写的诗。他由圯上老人授张良兵书而有感：因为秦的严刑酷法和对非议者的无情镇压，民怨沸腾，但诽谤之声容易消弭，人心中的怨恨却是难以消除的，秦法虽然严苛却也有疏漏的地方；君不见黄石公在桥上呼唤张良（曰："孺子可教也。"）给他传授兵书的事吗？可见人间还有没被烧的书。

这两首诗，都向人们揭示了一个道理：强权暴政，最终只能得到和自己愿望相反的结果。

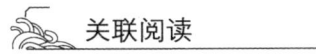

关联阅读

秦皇庙

（明）林弼

蚕食雄风逐逝波，荒祠寂寂寄岩阿。

三神山下仙舟远，万里城边战骨多。

东鲁尚存周礼乐，西秦空壮汉山河。

早知二世无多祚，崖石书功不用磨。

矫情不顾驿书传

两晋南北朝时期,由于八王之乱,匈奴乘机入侵,五胡起事,洛阳、长安两京沦陷,西晋灭亡,衣冠南渡,东晋偏安于江左,而北方的中原大地,则进入了五胡十六国混战的时期。氐族人先附前赵,继附后赵,后从后赵分离出来,由苻健称帝长安,建立前秦。苻健死后,传位于子苻生,苻生淫暴,常用弓箭刀锯胡乱杀人,连不能喝酒的大臣也不放过,故被从弟苻坚所杀。苻坚于是自立为大秦天王,任用才德兼备的王猛,励精图治,秦国不断强盛。经过二十多年的努力经营,先后灭掉了鲜卑人建立的强大的前燕和雁门关外的代国、汉人张氏在甘肃建立的前凉等,拥有了全国三分之二的土地,计二十六州,一百八十郡,基本统一了北方。西从西域,东到高句丽、新罗诸国,都慑于秦的声威,入朝于秦。这样,前秦和东晋便以淮河为界,南北对峙,由于前秦疆土广阔,遂形成了对东晋三面包围的态势。于是,苻坚认为扫灭东晋、统一中国只是一个时间问题。

这之前有两个对两国具有重要影响的人物去世。一个是东晋的桓温。桓温是东晋著名的政治家和军事家,是东晋主持北伐的名将,三次出兵北伐,屡立战功,曾灭成汉政权,平定西蜀。传其未满周岁,被东晋名将温峤看见,温峤说:"此儿有奇骨,可试使啼。"及闻啼声,惊曰:"真英物也!"因为温峤赏识,遂名为温。长大后果然成为人物。他总握兵权,历仕

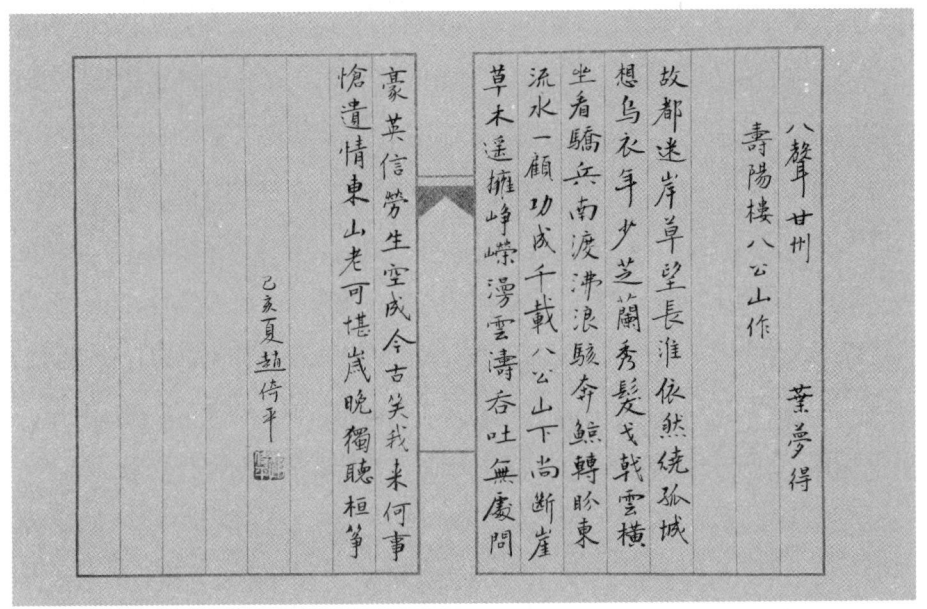

三朝,是东晋举足轻重的人物。另一个便是前秦的王猛,也就是历史上那个著名的"扪虱而谈"的人。他出身贫寒,但有出将入相、文要武备的过人才干。苻坚与他一见如故,谓如刘备遇到孔明。初拜为尚书,继升侍中、中书令,再升辅国将军、司隶校尉,三年中五度升迁,后拜为丞相和大将军。在王猛的辅佐下,前秦综合儒、法,整肃吏治,选拔廉明,开办学校,兴修水利,发展生产,于是"关陇清晏,百姓丰乐",国势日强,苻坚借此扫平群雄,统一北方。但在桓温去世两年后,王猛也去世了。

这时,苻坚意骄志盈,头脑发热,准备兴兵灭晋,混一宇内。其时,从兵力上说,前秦占有绝对优势,强弱异势,十分分明。但是,在这强大的外表下,秦自身亦有隐忧:比如秦军连年作战,未遑休息,已是疲惫之师;又如,虽然兵数巨大,但包括了很多收降的俘虏,军队成分复杂,像匈奴的刘氏、羌人的姚氏、鲜卑的慕容氏以及汉人的朱序(为东晋前梁州刺史,曾死守襄阳,城陷被俘而降),都在秦军做将帅,但未必与秦同心。这些问题却被苻坚所忽视。太元七年(382),苻坚大会群臣,计议南征,诸多大臣包括符坚的弟弟符融都提出反对意见，认为晋国君臣同心，国家稳定，且有能臣良将，兼有长江天险，取胜不易。丞相王猛死前也对此事有过交代："晋虽僻处江南，然正朔相承，上下安和，臣没之后，愿勿以晋为图！"但符坚不听。他认为自己有强兵百万，资财和兵器堆积如山，还怕打不过晋国？至于长江天险，"以吾之众旅，投鞭于江，足断其流"，有什么可怕的。于是倾全国之兵，汹汹南下，封其弟阳平公符融为先锋，率兵二十五万先行，自己督发关中戍卒六十余万、骑兵二十五万继进。符融的先头部队到了颍口，符坚到了项城，凉州之兵才到咸阳，幽州冀州的兵才到彭城；前秦的大军，前后千里，东西万里，水陆并进，旌旗相望，鼓角相闻，浩浩荡荡直东奔晋而来。

消息飞过长江，东晋上下大为震惊。此时，东晋已由谢安执掌朝政。谢安是东晋名士，性情娴雅温和，出仕前隐居东山，屡辞辟命。既仕，公忠体国，持重多谋，深得人心，是东晋一位不可多得的大政治家。面对强敌，孝武帝拜谢安为征讨大都督，统筹对敌军事。谢安运筹帷幄，从容镇静，调兵遣将，布置迎敌。他认为淮河一线是符坚进攻的主要方面，所以必须首先派重兵在这一带布防。他命自己的弟弟谢石为代理征讨大都督，指挥全军；委派侄儿谢玄为前锋都督，与自己的儿子辅国将军谢琰，西中郎将桓伊，龙骧将军胡彬、刘牢之等率军八万迎敌。著名的淝水之战拉开了序幕。

淝水之战大概有两个阶段。起先，符融已攻陷了寿阳，派兵进驻洛涧。谢石、谢玄军队到达后，在离洛涧二十五里处扎营。而胡彬所率先锋，则被秦兵困于北方的硖石，军粮将尽，又与谢玄失去了联系，便派人出来送信，不料被秦军俘获。符融由此得知晋军虚实，派人急告符坚。符坚大喜，留大军于项城，自率轻骑八千，赴寿阳与符融会合。来到寿阳后，他们计议一番，认为东晋可以不战而降，就派朱序到晋营劝降。朱序本是迫不得已才投降了秦，仍存报国之心，来到晋营，反而告诉谢石、谢玄，说如果秦军百万之众都到了，要打败他们就难了；现在趁他们还未到齐，前线的兵力并不雄厚之时，要尽快出击；如果打败秦军的前锋，挫其锐气，秦军可破。谢石采纳了朱序的建议,派龙骧将军刘牢之率五千北府军趁夜渡河,击溃占领洛涧的秦军。一夜激战,秦军死伤达一万五千人。谢玄得到洛涧胜利的消息,率领大军乘胜推进到淝水东岸,与苻融大军隔河相望。这可以算作第一阶段。

天亮,苻坚与苻融登上寿阳城,看到晋军布阵严整,甲士精锐,又望了望东北的八公山上,草木摇动,也怀疑是晋军,苻坚便回头对苻融说:"是亦劲敌,何谓弱也!"怃然有惧色。这时,因为秦兵在西岸逼水为阵,谢玄派人与秦军交涉,说愿意与秦军决战,但需要秦军向后撤退,让出一块地方作为战场,以便晋军渡过河去好与秦军决一死战。有的秦军将领不同意这样,但苻坚想在晋兵过河时,乘其半渡而击之,便麾兵稍退。哪知秦军兵多,指挥又不统一,这一退便停不下来,而晋兵则奋勇渡河,趁机追杀。此时,朱序又在阵后大喊:"秦军败矣!"于是秦兵大乱。苻融落马被晋兵所杀,晋人愈战愈勇,秦军顷刻瓦解,弃寿阳而走。苻坚见状,赶快骑上战马,在乱军中单骑逃跑,没跑多远,肩膀就中了一箭。正所谓兵败如山倒,秦军人人丧魂落魄,昼夜奔走,草行露宿,不敢停息,闻风声鹤唳都以为是晋兵追来,死伤的秦军蔽野塞川,损失了十之七八。

淝水一战,以少胜多,成为千古闻名的战例,也为汉语贡献了"风声鹤唳""草木皆兵"两个成语。而南北的局势从此全面扭转,谢安对东晋有再造的大功。

淝水之战,关系南北存亡,至为关键,意义重大，人人心里都清楚，谢安更不用说。据《晋书·谢安传》，谢玄他们打败了秦军，前方的捷报传来，谢安正在与客人下棋，他看完捷报，便轻轻地放在床上，没有流露任何表情，继续下棋。客人忍不住问前线的情况怎么样，他只是淡淡地说了一句："小儿辈遂已破贼。"下完棋，他回内室，过门槛的时候，因为抑制不住内心的喜悦，不觉把木屐（东晋人穿木屐）的屐齿都碰断了。为此，《谢安传》还评了一句："其矫情镇物如此。"

宋黄庭坚据此有诗一首，题目是《读谢安传》，诗云：

> 倾败秦师琰与玄，矫情不顾驿书传。
> 持危又幸桓温死，太傅功名亦偶然。

诗意一目了然，是讥讽谢安矫情，又说他因淝水之战得到的功名很偶然。以前的诗文，论起淝水之战，都是赞扬谢安，黄庭坚在这里别出心裁，唱了一曲反调。笔者并非从众，然对此诗亦有一些不同看法。谢安本身就是一个宽宏镇定有气度有雅量的人，童年时便清秀明达，神态沉着。他早年隐居时，曾与名士孙绰等人泛舟大海，忽然风起浪涌，众人十分惊恐，谢安却吟啸自若。船夫以为谢安高兴，便继续驾船漫游。风浪逐渐转大，谢安慢慢地说："如此大风我们将如何返回呢？"船夫听了才调转船头折返。淝水之战前夕，大军压境，谢玄去见谢安，问怎样打败秦军。谢安泰然自若地说："朝廷已经安排好了。"之后就不再说话。谢玄不敢再问，就派好友张玄再去请示。谢安见了张玄，却不谈抗敌，而是安排车驾去山中别墅，与很多亲朋在那里相聚，又与张玄下围棋赌别墅。谢安的棋技本来不如张玄，但那天张玄老是为抗敌的事心里发慌，结果败给了谢安。谢安回头对他外甥羊昙说："别墅给你啦。"又去登山游玩，直到晚上返回后，才召集谢石、谢玄等将帅，面授机宜。作为一军主帅，在大敌当前且敌强我弱的情况下，沉着冷静，从容不迫，充满信心，对于稳定人心是非常重要的。谢安收到捷报不露喜色，与他前面的这些行为一脉相承，每临大事有静气是也。他回到内室才流露出兴奋之情，也是人之常情。如果拿到捷报就笑逐颜开，或者回到家里反而平淡不喜，那就可能不是谢安了。矫情之说，未免苛刻。

而黄诗的后两句，更难说近理合情。说如果桓温未死，就没有谢安的什么事情了。却也未必。桓温固然是东晋名将，但桓温执政时专擅朝政，操纵废立，诛杀异己，作风跋扈，有政治野心，这些都不及谢安总持大体，顾全大局，处事公允，不专权树私、不居功自傲那样深得人心，深孚众望。桓温去世后，其弟桓冲继任。桓冲为人谦和，与谢安通力合作，东晋政事协调，也才有淝水之战时晋人行动的高度一致，团结合作，同心协力。何况在淝水之战中破敌的主力军"北府军"，就是谢安举荐其侄谢玄在任兖州刺史时，与当时的参军刘牢之在江北培养训练的一支精锐部队。太元三年（378），秦兵进攻淮南时，也是谢安举荐其弟谢石与侄儿谢玄率领这支劲旅大破秦兵，稳定了淮南。谢安的这些强军措施，可以说都为淝水之战的胜利做好了基础性工作。淝水之战，固然有很多偶然因素，但若无谢安坚决抗敌的决心和指挥若定的气魄，说要取得胜利，也是一件很难的事情。所以说谢安因淝水之战而得到的功名太偶然，并非持平之论。

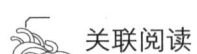 关联阅读

永王东巡歌十一首（其二）

（唐）李白

三川北虏乱如麻，四海南奔似永嘉。

但用东山谢安石，为君谈笑静胡沙。

谢公墅歌

（唐）温庭筠

朱雀航南绕香陌，谢郎东墅连春碧。

鸠眠高柳日方融，绮榭飘飘紫庭客。
文楸方罫花参差，心阵未成星满池。
四座无喧梧竹静，金蝉玉柄俱持颐。
对局含情见千里，都城已得长蛇尾。
江南王气系疏襟，未许苻坚过淮水。

八声甘州·寿阳楼八公山作

（宋）叶梦得

故都迷岸草，望长淮、依然绕孤城。想乌衣年少，芝兰秀发，戈戟云横。坐看骄兵南渡，沸浪骇奔鲸。转眄东流水，一顾功成。　　千岁八公山下，尚断崖草木，遥拥峥嵘。漫云涛吞吐，无处问豪英。信劳生空成今古，笑我来何事怆遗情？东山老，可堪岁晚，独听桓筝！

附言：关于"独听桓筝"，有这样一事。淝水之战使谢安的声望达到顶峰，于是一些奸邪小人开始罗织罪名，使孝武帝与谢安之间渐生嫌隙。一日，孝武帝召桓伊宴饮，让谢安作陪。孝武帝命桓伊吹笛。桓伊神色安然，吹了一曲，然后放下笛子说："虽然臣对筝的情分不如笛，然而也足以弹得与歌管配合，请允许我奏筝歌唱，并请一人来吹笛配合。"孝武帝很欣赏他在音乐方面的才能，就下令让一个御妓吹笛。桓伊又说："御府的人与臣必定配合不好，臣有一奴，与臣配合得很好。"孝武帝更加赏识他的放达直率，允许他把家奴招来。家奴吹起笛子，桓伊就抚筝而唱《怨诗》："为君既不易，为臣良独难。忠信事不显，乃有见疑患。周旦佐文武，《金縢》功不刊。推心辅王政，二叔反流言。"歌声慷慨激昂，俯仰可观。谢安听得眼泪将衣襟都沾湿了，越席来到桓伊的身边，捋着自己的胡须说："使君在此表现得很不一般！"孝武帝则面露愧色。

司马家儿是丈夫

清代著名诗人袁枚才华出众，一生中写了大量咏史诗。他对自己写诗的要求一是新意，二是隽永。他非常认同姜夔对诗的见解："人所易言，我寡言之；人所难言，我易言之：诗便不俗。"（《随园诗话》）而他的咏史之诗也确实做到了卓越的见识与悠长的韵味兼备。乾隆二十四年（1759），已是衰年的袁枚回到他青少年时期读书的杭州，带着儿子游览西湖胜景，这期间，他围绕岳飞以《谒岳王墓》为题，创作了十五首绝句。同样题材的诗十五首，竟然没有一首立意重复角度雷同，足见其诗艺高超。如"华表凌霄落照迟，一朝孤愤万年知。梨花寒食烧香女，纤手都来折桧枝。""江山也要伟人扶，神化丹青即画图。赖有岳于双少保，人间才觉重西湖。"就是其中的佼佼者。另外还有这样一首：

> 岁岁君臣拜诏书，南朝可谓有人无？
> 看烧石勒求和币，司马家儿是丈夫。

这首诗的大概意思是，自绍兴十一年（1141）岳飞被冤杀之后，宋、金议和，即"绍兴和议"，南宋放弃了淮河以北的大片领土，对金纳首称臣，每年向金献银、绢各二十五万两、匹。自此之后，金对宋传来的文书就变成了诏书，南宋君臣要拜接，所以"岁岁君臣拜诏书"。面对这种状况，袁枚痛问："南朝可谓有人无？"南宋还有志士吗？还有有识之士吗？还有有血性的男儿吗？这句有点像五代时期花蕊夫人的"十四万人齐解甲，更无一个是男儿"（《述国亡诗》）的翻版。后两句说看那烧掉石勒求和财物的东晋成帝，才是一个真正的大丈夫，借赞扬东晋君主不惧怕强敌，反衬宋高宗的怯懦畏缩。

而这个石勒和被袁枚称为"丈夫"的"司马家儿"又是怎么一回事呢？

在历史上，东晋与南宋颇有一些相似之处：都是在同宗的前朝灭亡之后，南渡江左；虽然在时代和内部政治上完全不同，但基本上都是不求恢复，偏安于一隅，主张收复失地的人反而遭到忌恨排挤。南宋面对北方强敌，一味妥协退让，即使有机会收复失地，也往往因为只图苟安而坐失良机。于是我们看到，每次战事，不论是宋处于优胜状态还是处于失败的劣势，总是以议和为结果。上述"绍兴和议"如此，以后的"隆兴和议""嘉定和议"也是如此（"隆兴和议"主要内容是宋虽减少输金的岁币、银、绢，但割地给金，且将金、宋君臣之国改为叔侄之国，金为叔，宋是侄。"嘉定和议"再改金宋关系，由原叔侄之国改为伯侄之国，宋给金岁币增加到银、绢各三十万两、匹，宋向金纳犒军银三百万两等）。主张积极抗金北伐的人，基本上没有什么好结果，先有李纲被罢相，后有岳飞以"莫须有"的罪名被杀害，韩世忠被解除兵权，再有胡铨被排挤出朝廷，张浚被弹劾废黜，等等，像辛弃疾、陆游、陈亮等人的抗金主张更是得不到重视和实施。在偏安这一点上，东晋与南宋基本上是一致的。自司马睿（晋元帝）建立东晋起，在思想上从来就没有想着要北伐，在行动上更是坚决打击主张北伐的人。南渡之初，司马睿想要称帝，周嵩上书劝他不要着急，先整军讲武，等收复了失地再登基不迟，周嵩差点被杀死。熊远说朝廷有两个过失：一是不能出兵北伐；二是大臣忘记国耻，以游戏酒食为务。结果熊远被贬谪到地方任职。祖逖锐意北伐，但晋元帝只给他一千人的粮食和三千匹布，叫他自己去招募兵员、打造兵器。他只好招募流民，组建了二千余人的军队。他的军队纪律严明,与当地百姓的自卫武装合作,得到广大民众的爱护,屡次击败前赵的石勒军,成功收复黄河以南领土,与石勒隔河相持。当他准备渡黄河击石勒,收复河北时,晋元帝担心他威望太高,于己不利,派仅有虚名的戴渊做征西将军,节制军事。这显然是对祖逖不信任。此举致使收复河北的计划无法实现,祖逖忧愤而死,黄河以南也得而复失。晋成帝时,庾亮、庾翼兄弟曾意图发动北伐,后来桓温也多次希图北伐,但朝

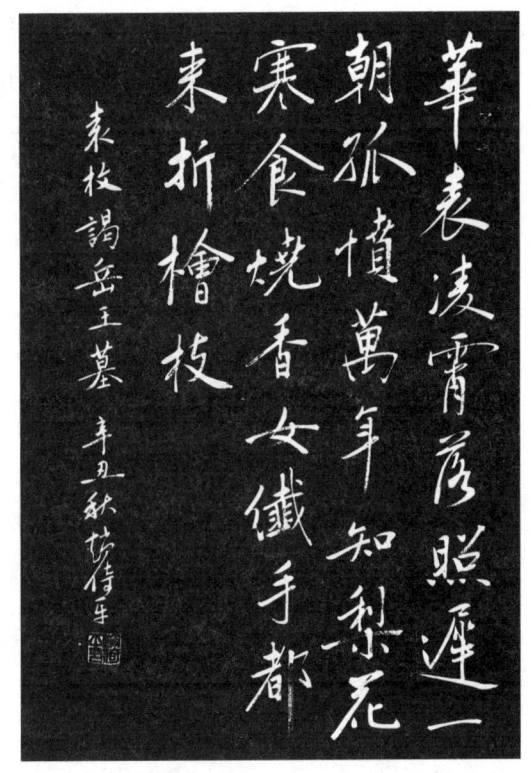

廷皆不允许。在皇室及大多世族只想偏安江南的情况下,虽然东晋后来也曾组织过几次北伐,但并不成功。

还在西晋时期,有匈奴的后裔刘渊起事,建立了汉赵(历史上又叫前赵)。同为匈奴后裔羯族的石勒投奔刘渊,他虽奴隶出身,但英姿勇武,雄才大略,领兵"席卷兖豫,饮马江淮,折冲汉沔",在汉屡立战功,后又协助刘渊的儿子刘聪消灭了西晋。其时的西晋王朝政治腐败,为夺取皇权骨肉相残,实在像后来晋怀帝司马炽对汉昭武帝刘聪所言,简直是为汉赵取而代之"自相驱除"。永嘉五年(311)六月,刘聪攻陷洛阳,晋怀帝在逃往长安途中被俘,即历史上的"永嘉之变"。晋怀帝被掳到汉赵的首都平阳,刘聪任命其为仪同三司,封会稽郡公。但降君哪有尊严,过了一年多,晋怀帝在一次宴会上被命令做斟酒的仆人,有晋朝旧臣见到,为之号哭,刘聪心中不悦,不久就将晋怀帝毒杀。永嘉七年(313),得知晋怀帝的死讯后,司

马邺在长安登基，改年号为建兴，是为晋愍帝。这是西晋的最后一位皇帝。西晋的领土此时也仅剩下长安及周边的弹丸之地，兵寡粮少，风雨飘摇。四年后，汉赵军围困长安，长安城发生严重饥荒，司马邺只好请降，也被送到平阳，刘聪封其为光禄大夫、怀安侯。像对待晋怀帝一样，刘聪对他也是百般羞辱。建兴五年（317）十月，刘聪外出打猎，令晋愍帝身着戎服，手执戟矛，在前面开路。一些晋朝遗老看到后，流泪抽泣，刘聪闻知非常反感。一次在宴会上，刘聪让晋愍帝行酒，洗酒杯，上厕所时又让晋愍帝为他拿马桶盖，陪同的晋臣多失声哭泣，尚书郎辛宾抱住晋愍帝痛哭，被刘聪杀害。当然晋愍帝不久亦在平阳被害。

虽然消灭了西晋，但汉赵很快也陷入内乱之中，又为后赵取代自己廓清道路、创造条件。果然，战功赫赫，占据并州、冀州之地的石勒反叛汉赵，仅用几年工夫，西取关中，东擒苟晞和曹嶷，北侵代国，拿下幽州、青州，向南又乘祖逖病故，攻下了淮北的豫州、兖州、徐州，与东晋划淮而治。腾出手来后，又大破汉赵的军队，杀前赵皇帝刘曜，灭了前赵。这时，除前凉、辽西国及辽东国三个政权外，石勒几乎占领整个中国北方，成为北方最强的政权，于是在330年称帝。这是中国唯一一个奴隶出身的皇帝。

石勒称帝后第三年（333），大概是觉得自己已到一个甲子的年龄，来日无多（实际上他就在这一年生病），打过淮河进取江南已经没有希望，也为后代的江山计，于是派使者到建康向东晋示好，想与东晋和平共存。《资治通鉴》记载："赵主勒遣使来修好，诏焚其币。"《晋书·成帝纪》载，咸和八年（333），"石勒遣使致赂，诏焚之"。东晋并非强国，为何断然拒绝后赵的和议？南宋学者袁燮在《絜斋集》里也这样发问："尝怪晋氏之东，江左可谓微弱，而未尝辄与议和。石勒来聘，遽焚其币，不知何恃而敢然也！"现在看来，应当说：一是东晋士人具有民族气节，后赵乃异族——匈奴的政权，故不与其通好；二是因为东晋有淮河、长江之险，加上有陶侃这样的名将，可保无虞；三是石勒原是汉赵的将领，是消灭西晋的主力，对晋来说，怀、愍二帝被掳杀乃君父之仇，不共戴天，因此严词拒绝，并下诏烧了石勒送来的财物，以显示决心。这时东晋的皇帝是晋成帝司马衍，即袁枚诗中赞扬的"司马家儿"。其实，以司马氏在历史上的表现，他也未必称得上"丈夫"，但是在这一件事上，与南宋君主相比，有气节，敢拒绝，倒是可以这样说。

南宋学者王应麟在《困学纪闻》中说："焚石勒之币，江左君臣之志壮矣。"袁燮在《絜斋集》卷七《论战》中还有一句："晋之渡江，国非不弱，而未尝肯与敌和。石勒来聘，辄焚其币……盖强敌在前，晋人朝夕思虑，求胜敌之策，所以克保其国。"王应麟、袁燮身在南宋，这些话既是伤时之言，当然也具有很强的针对性。到了清代，史学家钱大昕在《廿二史考异》中犹评论说："东晋君臣虽偏安江左，犹能卓然自立，不与刘、石通使。……视南宋之称臣称侄，恬不为耻者，相去霄壤矣。"与袁诗同义。

这里，用袁枚《谒岳王墓》中的另一首诗来作结尾：

要盟结赞屡弯弓，翻录和戎魏绛功。
老住迷楼人不醒，赵家天子可怜虫。

风云帐下奇儿在，鼓角灯前老泪多

唐朝到了垂垂将亡的末年，从内政上说，有三大心腹之患：一是藩镇之乱，一是宦官之祸，一是政党之争。藩镇将领手握重兵，权制扩大，军政自专，飞扬跋扈，加上中央政府的腐朽黑暗，所以藩镇常处于半独立状态，对朝廷的命令，想听则听，不想听就置之不理。藩镇之间为了地盘和利益，还会经常互相侵略兼并，尤其是到了唐昭宗时，地处中原的藩镇更是处于一种大混战的局面，整个来说就是兵连祸结，生灵涂炭，社会动荡。而在诸镇当中，最有实力的就是李克用和朱全忠。

当时李克用为晋王，势力范围在黄河以北；朱全忠为梁王，势力范围在黄河以南。他们为争夺黄河地带不断交战。李克用其实并非汉人，但他在唐代又与皇家同姓且取汉人名，是有一段来历的。他的祖上原是西突厥的一个部族，叫朱邪（另一译处月），最早居住在新疆巴里坤湖以北。此地有一片大漠叫沙陀，所以他们部族就称为沙陀突厥。沙陀突厥入唐也有一个漫长曲折的过程。最早他们曾在安北都护府的辖治下，族长金山帮助武卫将军薛仁贵征讨铁勒立功，拜为金满州都督、封张掖郡公，金山的孙子骨咄支，曾随回纥助唐平安史之乱立功，拜特进、骁卫上将军。后中原多乱，回纥强盛，西路中断，沙陀有一段时间游离于唐，因受回纥压迫而投降吐蕃。到朱邪执宜手里，又因不堪吐蕃的虐待，千辛万苦回到中原。沙陀人勇健善斗，能征惯战，朱邪执宜因为帮助朝廷讨伐成德节度使王承忠、讨伐吴元济、抵御回纥屡立战功，不断升迁。唐宪宗、穆宗时沙陀人英勇善战即已闻名遐迩。散落的沙陀人也不断来归附朱邪执宜，沙陀的势力日益强大。朱邪执宜死后，传子朱邪赤心。朱邪赤心在武宗时助朝廷讨泽潞立功，在宣宗时帮助唐击败吐蕃，在懿宗时又助朝廷讨平庞勋之乱，于是懿宗赐朱邪赤心名李国昌，进拜大同军节度使，后又因抵御回纥有功再加封，并赐第长安亲仁里，进拜校检司徒，可谓宠荣备至。李克用就是李国昌的儿子，为人英武，颇能服众。但在唐僖宗乾符五年（878），因欲谋取更大的权力地盘，朝廷不许，父子联兵抗命，被朝廷讨伐而逃到鞑靼。

这之后黄巢起事，屡剿不平。有人又上书僖宗，说如召李克用入援，则平巢不足为虑，僖宗允诺。李克用便奉诏长驱南下，所率部皆着黑衣，人称鸦军。果然，李克用一登场，就成破巢主力：正月，破黄巢之弟黄揆于沙苑；二月与十五万黄巢兵大战于梁田坡，斩首数万，伏尸三十里；三月克复华州，进军渭桥；四月与黄巢大战渭南，一日三胜，巢全军崩溃，李克用收复长安。在后来追击黄巢过程中，他还解陈州之围，救大梁之困，在灭黄巢的决定性一战中，又是李克用最为得力。在朝廷所有围剿黄巢的军队中，他兵力最强，战功最高，而又是诸将中最年轻的，当时才二十八岁。但在联手破巢之后，朱全忠和李克用却突然交恶。原来是朱全忠在黄巢北攻大梁之时，求救于李克用，李克用遂率劲旅北上，大破围梁巢兵，杀死一万多人，黄巢大将尚让投降，黄巢势力大衰，一路溃逃，李克用不分昼夜，追击二百余里，因军粮不济，人困马乏，遂回汴州休息。朱全忠便邀李克用进城，设宴款待。醉饮之际，克用乘酒使气，话语伤了朱全忠。全忠心中不平，部下劝他杀死李克用，于是朱全忠在半夜围攻李克用住的驿亭。李克用在醉中惊醒，拼全力逃出，他所带的数百人都被朱全忠杀死。第二天李克用准备整军进攻朱全忠，被妻子苦苦劝住，便作罢班师，回了晋阳。从此晋梁交恶。李克用一直以忠臣自居，在后来藩镇混战中，也表现了对唐王朝的忠心。而朱全忠（后又叫朱晃、朱温），在与李克用的争斗中，利用地处中原的优势，纵横捭阖，渐渐占了上风，并最终篡唐自立，在大梁即位，就是后梁太祖。从此，中国进入五代十国这样一个战乱的时代。

关于李克用、李存勖父子的故事，据欧阳修的《新五代史》记载："初，克用破孟方立于邢州，还军上党，置酒三垂岗，伶人奏《百年歌》，至于衰老之际，声甚悲，坐上皆凄怆。时存勖在侧，方五岁，克用慨然捋须，指而笑曰：'吾行老矣，此奇儿也，后二十年，其能代我战于此乎！'"此文所说的三垂冈在今山西省长治市北（即上党），由三座小山丘组成，东西一字排开。当年李克用破昭义军节度使孟方立于邢台，班师回到长治，在三垂冈摆酒庆贺，让伶人奏唱西晋诗人陆机的《百年歌》（共十首，每十岁为一首，写人从幼到老一生的景况与悲欢），唱到衰老之际那几首时，声音悲凄，在座的人都深感哀怆。其儿李存勖自幼随父征战，这时才五岁，正在身旁，李克用感慨地捋着胡须，指着他笑着说："我快要老了，这是一个奇儿，二十年后，他能代我征战于此吧！"

公元908年，李克用病重，临死的时候，交给李存勖三支箭，说："梁，吾仇也；燕王吾所立，契丹与吾约为兄弟，而皆背晋以归梁。此三者，吾遗恨也。与尔三矢，尔其无忘乃父之志！"也就给儿子交代后事：梁是他的仇敌，燕王刘仁恭是他立的（李克用击败李匡筹占领幽州后，表举刘仁恭为幽州卢龙节度使，使刘仁恭有了幽州的地盘和势力，直至后来其子自立为燕王），契丹和他约为兄弟，但后来他们都背叛了晋而归附了梁；这三仇未报，是他的遗恨，希望儿子将来为他报仇雪恨。至于刘仁恭背晋一事，是在刘仁恭做了幽州节度使后，李克用攻魏州，几次向刘仁恭求兵相助，刘拒不发兵，李克用大怒，亲往讨伐，反被刘仁恭所败，后来刘仁恭叛晋归梁。而契丹背晋，则是李克用曾与契丹主阿保机会于云州（今山西大同）东城，置酒，"酒酣，握手约为兄弟"，希望契丹能和他联合出兵，攻打朱全忠。谁知阿保机从云中回去后，却背叛盟约，反而求梁册封，相约共同举兵灭晋。

李克用死时，朱全忠正在攻打潞州。潞州乃兵家必争之地，二十多年间，梁晋反复争夺，主要城池、关隘先后五度易手，战事异常惨烈。这次朱全忠又发兵十万围攻潞州，李克用的儿子、守将李嗣昭闭关坚守。梁久攻不下，便在潞州城外又筑起一道城墙，内防守兵突围，外拒援兵来犯，称为夹寨。两军对峙，战事胶着达一年之久。李克用死后，李存勖在太原继任晋王。他勇略过人，意气风发，召集众将说："梁人幸我大丧，谓我少而新立，无能为也，宜乘其怠击之。"他亲率大军，疾进六日，到达三垂冈时，正值夜晚，他感叹道："此先王置酒处也！"梁兵果然像李存勖判断的那样，以为晋王新丧，李存勖新立，遂疏戒懈备。李存勖伏兵三垂冈，第二天凌晨乘着大雾，直捣夹寨。梁军不及应战，向南溃逃，死亡数以万计。此时距李克用置酒三垂冈刚好二十年，人皆以为奇。且此役一举使晋由被动转为主动，也奠定了灭梁的基础。朱全忠闻讯曾惊叹："生子当如李亚子（李存勖小名）。克用为不亡矣！至如吾儿，豚犬耳！"

清代雍正年间诗人严遂成，与钱载、袁枚等并列为"浙西六家"。他有一首著名的七律《三垂冈》：

英雄立马起沙陀，奈此朱梁跋扈何！
只手难扶唐社稷，连城且拥晋山河。

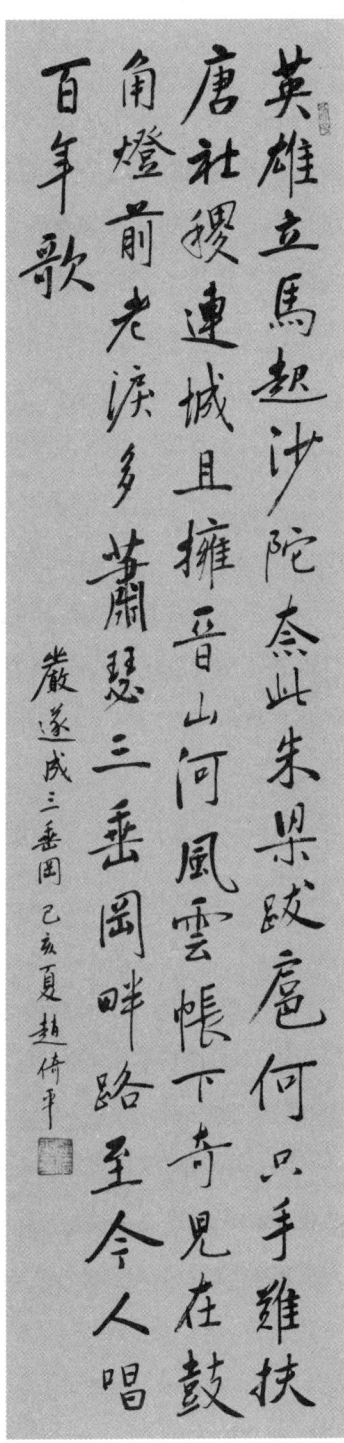

英雄立马起沙陀，奈此朱梁跋扈何只手难扶唐社稷连城且拥晋山河风云帐下奇儿在鼓角灯前老泪多萧瑟三垂冈畔路至今人唱百年歌

严遂成三垂冈 己亥夏 赵倚平

风云帐下奇儿在,鼓角灯前老泪多。

萧瑟三垂冈畔路,至今人唱百年歌。

说的就是这段故事。这首诗艺术技巧高超,把人、地、事、时(古、今)有机地结合起来进行刻画描写。前四句一扬一抑,跌宕起伏,先说李克用起于沙陀,是横刀立马的英雄,但面对朱梁的跋扈也难以施展抱负;又说单凭他一人之力难以扶持唐朝将倾的社稷,但连成一片的城池却也使他拥有三晋的山河。颈联说李克用置酒三垂冈之事,十四个字,情景如在眼前,感情充沛饱满,可谓神来之笔。尾联则回到现实,发出感慨,说如今萧瑟寥落的三垂冈下,路上还有行人在唱着《百年歌》。诗时间跨度大,概括性强,给人以世事沧桑之感,读来余味悠长,不愧为咏史诗的佳作。前人称严遂成"长于咏古,人以诗史目之"。袁枚在《随园诗话》中也给这首诗以高度评价,说:"海珊(严遂成字)自负咏古第一,余读《三垂冈》等作,果然。"

(原载《罗湖文艺》2021年第3期)

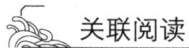

关联阅读

诗史互证到这里本该结束,但作为延伸阅读的一部分,还想再讲讲这些人物后续的故事。幽州节度使刘仁恭,后为儿子刘守光所幽囚。刘守光在幽州称帝,国号大燕。李存勖于乾化二年(912)伐燕,大军势如破竹,直至幽州城下,刘守光求救于朱全忠。朱全忠也想雪夹寨之耻,亲率大军来救,却为晋军所败,军资器械遗弃无数。朱全忠既惭愧又愤恨,竟一病不起,回到洛阳后,顾谓左右说:"我经营天下三十年,不意太原余孽,昌炽如此,观其志不小,我死诸儿非其敌也,我无葬地矣!"晋兵围攻幽州,苦战一年,李存勖又亲临督师,终于在乾化三年(913)冬,攻破幽州,生擒刘家父子,用绳子捆绑牵回晋阳,献于太庙之前。李存勖亲斩刘守光,然后械送刘仁恭到代州,"刺其心血以祭先王墓,然后斩之"。李存勖告功太庙,报了一箭之仇。

朱全忠从幽州败回后,病势危急,欲托付后事之时,为次子朱友珪所杀,友珪自即帝位(朱全忠长子早死)。再次子朱友贞不平,发兵攻入洛阳,友珪自杀,友贞即位,为梁末帝。后晋取魏博,在澶郓之地与梁兵大战。这一仗打了三年,三年之间几乎无日不战,争斗十分激烈。这期间李存勖亦称帝于魏州,自以为中兴唐室,国号大唐,即历史上的后唐,李存勖即为后唐庄宗。后李存勖攻破后梁国都开封,梁末帝朱友贞对侍卫官皇甫麟说:"吾与晋人世仇,不可俟彼刀锯。卿可尽我命,无令落仇人之手。"于是皇甫麟奉命杀了朱有贞,然后自杀。自此后梁灭亡。这样,庄宗完成先父的第二个遗命,而只有契丹未灭,独留一恨。这就是欧阳修所说的"系燕父子以组,函梁君臣之首,入于太庙,还矢先王而告以成功"。此时之后唐,统一了大河南北,不但尽取河南、山东等地,而且将关中陇右也并入了版图,一时威震海内,大有混一天下之势。

但像庄宗这样英明果敢之人,却也逃不掉逸豫亡身这样一个悲剧的命运。受遗命之初,每次出征,他都从太庙请出箭来,装在箭囊里,并身背箭囊,走在队伍最前头,意气豪迈、斗志昂扬。等到仇雠既灭,天下初定,他志得意满,骄奢淫逸,简直和以前判若两人。庄宗称帝之后,治国无能,用人无方,他重用的是优伶和宦官,却疏远忠良,猜忌杀戮功臣,扩充后宫,沉湎声色,纵容皇后干政,同时大造宫室,横征暴敛,租税繁重,府库充盈而百姓困苦,饿殍遍地,士众离心,怨声载道。他因精通音律,所以好演戏,给自己取艺名叫"李天下",有时竟也粉墨登场,与伶人共戏于宫廷,最后竟死于伶人叛乱的兴教门之变,在位不到三年。后欧阳修在《新五代史》中专门作了《伶官传》,并写下了名文《伶官传序》,叹息李存勖"故方其盛也,举天下之豪杰,莫能与之争;及其衰也,数十伶人困之,而身死国灭,为天下笑",并提出了"忧劳可以兴国,逸豫可以亡身"来警醒后世。

三垂冈

(清)袁枚

太原西行五百里,马头一片阵云起。

路人手指三垂冈，行客心怜李亚子。
乃翁仗剑沙陀来，黄蛇远遁潼关开。
气吞朱三力不足，电光照耀龙一目。
李花吹落风凄凄，十六宅王口呼饥。
官家不听鸦儿语，纥干山头冻雀飞。
邢州还军上党行，万马立月霜毛明。
酒中照见白发生，英雄老矣难为情。
将军鼓瑟伶人唱，老泪珠光满貂帐。
膝前五岁有奇儿，掀髯一指心还壮。
刘家夫人抱儿去，张家老奴共儿住。
两羡真存缓带心，七哥苦积监军赋。
十年郎主战袍新，重过先王置酒处。
三箭高悬太庙凉，一年一箭报先王。
幽州儿女朱丝系，汴水君臣白马降。
初心虽负轻移鼎，国号依然不改唐。
生儿如此尚何忧，汉有孙郎足与俦。
此外英雄那堪老，百年歌唱泪空流。

三垂怀古

（清）张承纶

亚子真英雄，创痛还三矢。
乘间趋上党，忧劳自斯始。
先王置酒处，三叹未能止。
惟兹大性殊，终焉雪父耻。
晚节虽不贞，岂曰非有子？

只缘一曲后庭花

南京,古称秣陵、金陵、建业、建康,又叫江宁、应天、石头城等等,因其得天独厚的地理位置,一直受到争霸豪强的青睐。自三国东吴孙权在这里建都之后,紧接着,东晋和之后南北朝时期南朝的宋、齐、梁、陈,都相继在这里建都,故称其为六朝古都。

虽称六朝,其实在历史的时间坐标上,并不算长。自"王浚楼船下益州"便"金陵王气黯然收","一片降幡出石头"——东吴末代皇帝孙皓束手就擒,晋朝统一了中国。但晋的统一并没有维持多久,政治崩坏和内乱成为互为表里的现象,致使国力衰败,社会动乱,匈奴乘虚而入,大举南下,先攻占洛阳,俘晋怀帝,继而再占长安,俘晋愍帝,于是中原沦陷,胡蹄肆虐,西晋仅存五十一年而亡。于是,司马睿便建都建业,是为东晋。东晋保有江南半壁江山,共一百零四年,于420年被刘裕建立的宋所取代,史称刘宋,历史进入南北朝时期。南朝这边经历了宋、齐、梁、陈,一朝取代一朝,国祚时间都不长,刘宋六十年,萧齐二十四年,萧梁五十六年,南陈三十三年,最后直到隋灭南陈,结束南北朝时期,统一中国。

东晋在建业的政权,与西晋一样,政治上毫无起色,由于群王与州郡将领都握有兵权,矛盾重重,导致朝纲不振,内乱频仍。尽管如此,一百多年间,仍有几次北伐恢复的机运,但都因皇帝不思进取,只想隔江自保,朝中大臣又相互掣肘，白白丧失战机，以致像闻鸡起舞中流击楫的祖逖等志在恢复的志士只能忧愤而死。人说东晋偏安江左，纵观其一朝，也是偏而不安。东晋最后为大权独揽的刘裕所篡。

自曹魏篡汉，司马氏又篡魏，刘裕又篡晋，都是在不断的倾轧杀戮变乱中，最后胜出一个强有力的军阀，他权倾天下，手握重兵，于是野心膨胀，威逼朝廷，以禅让之名，行篡夺之事，改朝换代。这传统便被继承了下来，在南朝故都建业轮番上演。刘宋到了末期，萧道成屡破强敌，威名日隆，则弑后废帝刘昱立安成王刘准为宋顺帝，自为司空、骠骑大将军，第二年加位太傅，第三年为相国并封齐公、晋齐王，即逼宋顺帝禅位，自即皇帝位，是为齐高帝，史称此政权为南齐或萧齐。南齐仅仅存在了二十四年。这二十四年中，除齐高帝萧道成在位四年和齐武帝萧赜在位十一年形成的"永明之治"外，所余九年又陷入权臣骄横、排除异己、君王猜忌、骨肉相残这种混乱的政治局面之中，尤其是废帝萧宝卷即位以后，这种情况更加剧烈。萧宝卷昏庸无道，骄狂狠毒，行动乖张，嬉游无度，随意诛杀大臣，外出游幸，也以随地杀人为乐。同时又穷奢极欲，因宠爱潘贵妃，为其造了仙华、神仙、玉寿三座宫殿，凿金作莲花铺地，令潘妃行走其上，谓之"步步生莲"。后中书令萧懿被诬赐死，其弟萧衍为兄报仇，从雍州起兵，攻入建康，杀死萧宝卷，自称相国，封梁王。萧衍引兵东下时，在江陵即位的和帝萧宝融知道不能与之争锋，即禅位于梁王。萧衍便在建康称帝，是为梁武帝，于是时代进入了萧梁时期。梁武帝虽也是一篡位的强人，但他却很有些学问修养，史载其"少而笃学，洞达儒玄。虽万机多务，犹卷不辍手，燃烛侧光，常至戊夜"。他在位四十八年，早期励精图治，制礼作乐，提倡儒术，奖励学术，扬文治史，有二十多年国家承平，社会安定，可以说是黑暗南朝的一段黄金时代，史称"梁武中兴""天监之治"。在他的倡导下，梁朝出了很多文学方面的人才，如江淹、沈约、庾信、钟嵘、刘勰等，著名的《昭明文选》，就是梁武帝的长子昭明太子萧统所辑，可以说是文治兴隆，史称文物之美为江左二百年来所仅见。但他却不善用人，赏罚不明，尤其到了晚年，越来越笃信佛法。他平时崇尚节俭，素食粝饭，身衣布服，但建寺庙却很大方。上有所好，下必甚焉。因此，当时建康的佛寺就多达七百多所。后来他为了自己进出寺庙方便，又在台城北建造了同泰寺，并三次舍身寺庙。因为国不能一日无君，又三次被百官赎回。这样一来，政事废弛，纲纪破坏，国家由盛转衰，引发了著名的侯景之乱。侯景乃一北朝军阀，反复无常，先叛北朝的东魏归梁，这次举兵叛梁，攻破台城，梁武帝被软禁宫中，饮食不继，忧愤成疾。两个月后，他口渴，想要点蜜喝，但也得不到，连呼"嗬，嗬！"而死。此次事变影响重大，不但导致了梁的灭亡，而且使胡蹄得以南下，打破了东晋以来二百多年的南北平衡。它还或直接或间接地致使南朝的图书文物连续两次化为灰烬（一是侯景焚烧东宫台殿数百橱图籍及延阁、秘署，一是后来元帝为西魏所灭，战败之时，自焚所藏图书十四万卷），造成了文化上的浩劫。侯景叛乱被陈霸先、王僧辩剿灭后，梁朝局面混乱，先后有几个诸侯王在不同的地方称帝称王，一时出现了两帝一王的政局。经过激烈复杂的争斗，陈霸先兼并王僧辩，立晋安王为梁敬帝，自为丞相太傅，两个月后晋位相国，封陈公；再过一月又晋王位，然后即逼迫敬帝禅让，自即帝位，建立南陈，是为陈武帝。这与前几朝的套路如出一辙。陈虽取得梁的社稷，但因为侯景之乱北人的入侵，疆域已大为萎缩，仅有长江东南一狭小的地带。后虽经陈宣帝大举伐齐，开拓疆土，但复又被周人攻陷。等到宣帝一死，陈叔宝继立，就是著名的陈后主。后主之所为，几乎可以说就是为隋的统一扫清道路。他长期居于深宫之中，不修政事，百官的奏章，都由宦官转报，而他所信任的，又是一班佞臣小人。他每日醉心之事，就是淫佚享乐。他聚集了十多个文士，号为狎客，与后宫嫔妃，纵酒作诗，日夜歌舞。最著名的艳曲《玉树后庭花》便出自他之手。他先是宠爱龚、孔二贵妃，后又专宠张丽华。他嫌内廷简陋，就在光昭殿前起造临春、结绮和望仙三阁，各高数十丈，以沉檀木为栏杆，以金玉珠翠装饰，服玩珍奇，应有尽有，每微风吹拂，香飘数里。陈后主自居临春阁，张丽华住结绮阁，龚、孔二妃住望仙阁，轮流召幸，极情纵欲。对于臣下奏章，则拥张丽华于膝上，与之共决。这样，朝政荒废，贿赂公行，将士解体，陈之政治，便败坏不堪。此时在北朝，隋已篡周（程式与南朝别无二致），经过几年经营，北方统一稳定，遂发兵五十万，八路南下，大举伐陈。陈叔宝闻说隋军即将渡江，仍不图抵抗，认为长江天堑，隋军岂能飞渡，照样奏乐侑酒，歌舞不辍。甚至把前线的告急军书，置于张丽华床头，忘记启封。直到隋大将韩擒虎率军攻入台城，众军溃逃，百官散遁，陈叔宝才和张、孔二妃，仓皇投入景阳殿后的枯井中，后为隋兵搜获。

六朝就此完结。

六朝旧事，引起了后代诗人无尽兴叹。尤其是陈后主这样耽于逸乐的亡国之君，因其的典型性而带有更为广泛的意义，成为诗人集中咏叹的对象。

唐代诗人刘禹锡，曾对金陵十分向往，唐敬宗宝历二年（826），他由和州刺史任上返回洛阳，途经金陵，一偿夙愿。当时有人拿着题为《金陵五题》的诗给刘禹锡看，刘禹锡看后，"迨尔生思，欻然有得"，于是写了一组和诗，亦称《金陵五题》。其中一首是《台城》：

> 台城六代竞豪华，结绮临春事最奢。
> 万户千门成野草，只缘一曲后庭花。

诗人说，六朝近三百年间几十位君王在台城——这个历代君王起居临政的地方——过着一个比一个豪华淫奢的生活，而陈后主的结绮、临春登峰造极最为奢华。前两句陈述六朝的繁华，突然笔锋一转，说过去千门万户的盛景如今成为满目丛生的野草；紧接着沉痛地指出：这都是因为唱的那一曲《玉树后庭花》。当然，这里并不是说一首歌就唱完了一个国家，而是用《玉树后庭花》来指代帝王不理朝政、荒淫无度的作为，指出他们亡国的根本原因。他同时还另写了一首《金陵怀古》：

> 潮满冶城渚，日斜征虏亭。
> 蔡洲新草绿，幕府旧烟青。
> 兴废由人事，山川空地形。
> 后庭花一曲，幽怨不堪听。

这首诗连写了金陵的四处景物：东吴曾经冶铸之地冶城；东晋征虏将军谢石建的征虏亭；为平苏峻作乱，东晋名将陶侃和温峤曾经驻兵的蔡洲；东晋丞相王导建立幕府的幕府山。诗的前四句写景，说潮水已经涨满了冶城旁的小洲，落日的余晖斜照着征虏亭，蔡洲长出的新草一片嫩绿，幕府山上的烟霭依旧青青。诗人技艺高超，融古今事与眼前景为一体，看似写景，但也蕴含着对兴亡的感慨。后四句则是抒情，说国家兴亡取决于人事，山河只是徒有险峻的地形（不足倚恃）；那支亡国的曲子《后庭花》，幽怨凄婉不堪卒听。同上一首一样，再次用《后庭花》来做君王沉溺声色以致国破身亡的代名词，示警当世，吊古喻今。而清代诗人宋元鼎更是用一首《吴音曲》直指陈后主："碧月庭花夜夜重，隋兵已断曲河中。丽华膝上能多记，偏忘床头告急封。"

诗人韦庄在唐僖宗光启三年（887），路经金陵，凭吊台城，写了一首怀古绝句《台城》：

> 江雨霏霏江草齐，六朝如梦鸟空啼。
> 无情最是台城柳，依旧烟笼十里堤。

韦庄善于渲染气氛，营造意境，从而表达繁密的愁思。在一个细雨迷茫的春日，诗人走上台城，春雨霏霏，春草茂盛，六朝像梦境一样消逝得无踪无影，只剩下鸟儿在这里空啼。诗人顿生人世沧桑的无限感慨，但他不直接说，却用柳树来表达这种感情：台城的柳树真是无情啊，六朝破亡如此，它却还像当年一样，轻烟般地笼罩着十里长堤。无可奈何的哀叹，借此表达得含蓄深

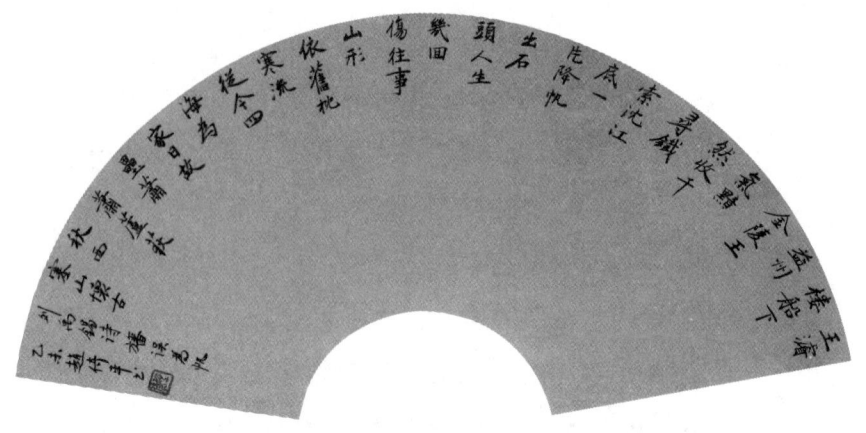

沉。这首诗与刘禹锡《金陵五题》的另一首《石头城》异曲同工：

> 山围故国周遭在，潮打空城寂寞回。
> 淮水东边旧时月，夜深还过女墙来。

意思是，山形依旧，还是那样围绕着故都，潮水照样涨起，但拍打着的却是一座空城，所以很寂寞地再退了回去。淮河东边升起的是那曾经见证过昔日繁华的月亮，此时仍不肯离开，深夜又慢慢地从城墙上照了过来。看似白描式的写景，但悲凉浓郁的感情蕴含其中。故白居易读后赞美说："我知后之诗人无复措词矣。"

唐代诗人作诗感慨六朝的，还有杜牧、许浑、李商隐等。杜牧在《台城曲》中有句"门外韩擒虎，楼头张丽华"，《江南春》中有"南朝四百八十寺，多少楼台烟雨中"之句，在《题宣州开元寺水阁阁下宛溪夹溪居人》中有句"六朝文物草连空，天淡云闲今古同"；许浑在《金陵怀古》中写道"玉树歌残王气终，景阳兵合戍楼空。松楸远近千官冢，禾黍高低六代宫"；李商隐有《咏史》"北湖南埭水漫漫，一片降旗百尺竿。三百年间同晓梦，钟山何处有龙盘？"以及《齐宫词》："永寿兵来夜不扃，金莲无复印中庭。梁台歌管三更罢，犹自风摇九子铃"（说南齐萧宝卷与潘贵妃事）；等等。

宋代词人王安石的《桂枝香·金陵怀古》和元代词人萨都剌的《满江红·金陵怀古》也都是著名的篇章。王安石的词，上片写景，描写诗人"登临送目"时看到的金陵晚秋的壮丽景色；下片则转为抒发怀古伤今的感情：

念往昔，繁华竞逐。叹门外楼头，悲恨相续。千古凭高，对此谩嗟荣辱。六朝旧事随流水，但寒烟、衰草凝绿。至今商女，时时犹唱，后庭遗曲。

大意说，回首六朝往事，奢华生活一代一代竞相追逐，让人感叹在"门外韩擒虎，楼头张丽华"这样的历史场景下亡国的悲恨一个接着一个。千百年来人们登上高楼手抚栏杆，面对这样的景象，空叹荣辱兴亡。六朝的旧事都像水一样流逝了，只有那冷冷的烟雾和衰萎的野草上还凝着一点苍绿。直到如今，歌女们还时时唱着亡国的《后庭花》遗曲。词对前述杜牧的两句诗化用得很巧妙，增加了表现力，给人无限悲凉的沧桑之感。而萨都剌的词，一开篇就怀古抒情，在抒情中亦兼有写景：

六代豪华，春去也，更无消息。空怅望，山川形胜，已非畴昔。王谢堂前双燕子，乌衣巷口曾相识。听夜深，寂寞打孤城，春潮急。　思往事，愁如织。怀故国，空陈迹。但荒烟衰草，乱鸦斜日。玉树歌残秋露冷，胭脂井坏寒螀泣。到如今、只有蒋山青，秦淮碧！

词意是说，六代的豪华像春光一样消逝得无影无踪，惆怅相望，山河天险，已不是当年的样子。王、谢豪华府第里的一双燕子，曾是我乌衣巷口的旧相识。夜深了，急涌的春潮拍打着空孤的金陵城，荡起寂寞的回音，回想起六朝往事，愁绪像织成的密网。怀念故国，只剩一点陈迹，现在但见荒烟笼罩着衰草，斜阳里群鸦乱飞。秋天霜寒露冷，《玉树后庭花》已不成曲调，寒蝉在抽泣般鸣唱，藏过陈后主和张丽华的胭脂井也已圮坏，如今留下的，只有钟山青秀，秦淮水碧。这首词，巧妙地化用了刘禹锡《乌衣巷》《石头城》的诗意，也是不露痕迹。全篇情景交融，文采飞扬，如行云流水，读起来气韵强劲，深沉苍凉，给人以强烈的感染。

每每说起六朝，感伤慨叹是主基调。当然这些诗中也有吊古伤时和借古喻今，希望当政者不要重蹈六朝覆辙的良苦用心。然清代纳兰性德的《秣陵怀古》，构思新颖，别具格调，既不为六朝的相继衰亡而悲伤，也不去谴责那些昏庸的君王，只讲历史的必然。诗云：

> 山色江声共寂寥，十三陵树晚萧萧。
> 中原事业如江左，芳草何须怨六朝。

首句说钟山的美景和长江的水声都显得寂寥，这句说完，诗人忽然把景物转到了北京：明代十三陵的树木在晚风中萧萧作响。紧接着继续说明朝的事：明王朝的统治就已经像偏安江左的六朝一样腐败不堪了，人们何必像叹息芳草凋零一样为六朝哀伤？诗既说六朝，又论明朝，纵横万里，上下千年，写景议论，虚实相映，尤其是其眼光与角度，认为腐朽的政权其灭亡是必然的，不必为其哀叹，就完全脱离了前人的窠臼。

（原载《罗湖文艺》2020年第3期）

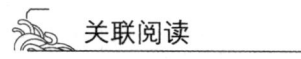 关联阅读

台城曲二首

（唐）杜牧

整整复斜斜，隋旗簇晚沙。

门外韩擒虎，楼头张丽华。

谁怜容足地，却羡井中蛙。

王颁兵势急，鼓下坐蛮奴。

潋滟倪塘水，叉牙出骨须。

干芦一炬火，回首是平芜。

咏史
（唐）李商隐

北湖南埭水漫漫，一片降旗百尺竿。

三百年间同晓梦，钟山何处有龙盘？

再过金陵
（唐）包佶

玉树歌终王气收，雁行高送石城秋。

江山不管兴亡事，一任斜阳伴客愁。

金陵怀古
（唐）许浑

玉树歌残王气终，景阳兵合戍楼空。

松楸远近千官冢，禾黍高低六代宫。

石燕拂云晴亦雨，江豚吹浪夜还风。

英雄一去豪华尽，惟有青山似洛中。

上元怀古二首
（唐）李山甫

南朝天子爱风流，尽守江山不到头。

总是战争收拾得，却因歌舞破除休。
尧行道德终无敌，秦把金汤可自由。
试问繁华何处有，雨苔烟草古城秋。

争帝图王德尽衰，骤兴驰霸亦何为。
君臣都是一场笑，家国共成千载悲。
排岸远樯森似槊，落波残照赫如旗。
今朝城上难回首，不见楼船索战时。

江城子

（五代）欧阳炯

晚日金陵岸草平，落霞明，水无情。　六代繁华，暗逐逝波声。空有姑苏台上月，如西子镜照江城。

南朝

（宋）石延年

南明人物尽清贤，不是风流即放言。
三百年间却堪笑，绝无人可定中原。

西河·金陵

（宋）周邦彦

佳丽地，南朝盛事谁记？山围故国绕清江，髻鬟对起。怒涛寂寞打孤城，风樯遥度天际。

断崖树、犹倒倚，莫愁艇子曾系。空余旧迹郁苍苍，雾沉半垒。夜深月过女墙来，伤心东望淮水。

酒旗戏鼓甚处市？想依稀、王谢邻里，燕子不知何世，入寻常、巷陌人家，相对如说兴亡，斜阳里。

人月圆·宴北人张侍御家有感
（宋）吴激

南朝千古伤心事，犹唱后庭花。旧时王谢、堂前燕子，飞向谁家。　　恍然一梦，仙肌胜雪，宫髻堆鸦。江州司马，青衫泪湿，同是天涯。

念奴娇·登石头城次东坡韵
（元）萨都剌

石头城上，望天低吴楚，眼空无物。指点六朝形胜地，唯有青山如壁。蔽日旌旗，连云樯橹，白骨纷如雪。一江南北，消磨多少豪杰。

寂寞避暑离宫，东风辇路，芳草年年发。落日无人松径冷，鬼火高低明灭。歌舞樽前，繁华镜里，暗换青青发。伤心千古，秦淮一片明月！

秣陵
（清）屈大均

牛首开天阙，龙岗抱帝宫。
六朝春草里，万井落花中。
访旧乌衣少，听歌玉树空。
如何亡国恨，尽在大江东！

更请君王猎一围

在南北朝时期，北朝有一个鲜卑族拓跋氏建立的政权，叫北魏。北魏后来又分裂为东魏和西魏。西魏后来为宇文觉所篡，是为北周；东魏为高洋所篡，是为北齐。

东魏、西魏一直敌视对抗，到了北周与北齐，依然保持这种敌对的局面。北周方面励精图治，在军事政治上不断革新，尤其是后来的周武帝宇文邕。他是一个精明强干的君主，在位期间政教严肃，制定律法，提倡儒术，国家风清气正，秩序井然，国力不断增强，成为南北朝这一时期北周、北齐、南陈三国中疆域最广、实力最强的政权。

与北周恰恰相反，北齐的后两任皇帝荒淫无道。齐武成帝高湛继任后，宠用佞臣和士开。和士开曲意媚主，竟然劝武成帝及时行乐，不必过问政事，他说："自古帝王，尽为灰土，尧舜桀纣，竟复何異。陛下宜及少壮，极意为乐，纵横行之，一日取快，可敌千年！"高湛深以为然，竟把政事委托左右，自己日夜纵乐。之后他又听另一佞臣祖珽的建议，传位于太子高纬，自己做太上皇。这个高纬即是齐后主。真是有其父必有其子。太上皇去世后，后主亲政，任用的也是一帮奸佞小人，像武术将军高阿那肱、侍中领军韩长鸾、曾抚养过他的保姆（又称养母）陆令萱（被任命为女侍中）及陆令萱的儿子穆提婆等。陆令萱更是利用与后主的特殊关系，把持后宫，勾结朋党，干预朝政，与受诏辅政的和士开沆瀣一气。和士开见陆令萱能够左右皇帝，便拜她为"养母"，与穆提婆称兄道弟。而很多朝士见和士开权势熏天，也毫无廉耻地愿意做和士开的"义子"。这些无耻之辈视正直臣子为眼中钉，恶意中伤，谗毁构陷。斛律光是一代名将，屡立战功，极有威望，可谓国之屏障。

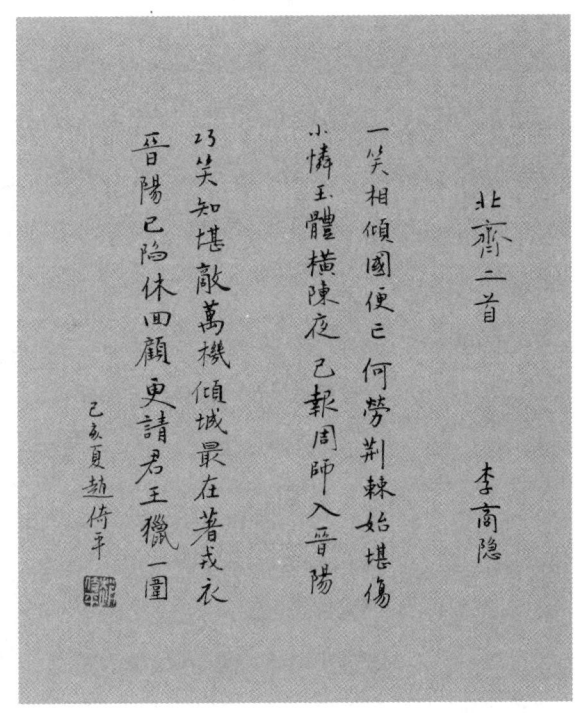

陆令萱勾结侍中祖珽等散布谣言，说斛律光谋反。后主轻信，召斛律光入宫，经过凉风堂，埋伏的大力士一拥而上，用弓弦勒死了斛律光。同时，还杀死斛律光的弟弟幽州刺史斛律羡和梁、兖二州刺史斛律武都，自毁长城。斛律光死，齐国朝野痛惜，而北周闻之大喜，大赦天下，举国庆祝。

  在陆令萱、和士开以及祖珽等人的构陷下，忠良或亡或疏，而群小却升官晋爵，于是，朝政便把持在号称"三贵"的高阿那肱（录尚书事）、穆提婆（侍中）和昌黎王韩长鸾手中。他们因与祖珽发生矛盾，又排挤祖珽，由穆提婆代为尚书左仆射。这个穆提婆，不学无术，与母亲狼狈为奸，排除异己，使政事愈加荒坏。后主高纬更是荒唐昏庸，为了享乐，他大兴土木，广修宫室，百工土木夜以继日，无时休息，夜间燃火照作，一夕用油万盆，几十里内光照如昼。他好自弹琵琶作《无愁之曲》，上百名侍者应和，民间称之为"无愁天子"。武平元年后，他益加荒淫残暴，宠妃朝暮陪他游宴，一戏之费动辄逾巨万。他还残暴无德，随意杀人，一次游南苑，一日之间，跟从的官员赐死者达六十余人。宫中几百名宫女，他都封其为郡官，每个宫女都赏赐一条价值万金的裙子和价值连城的镜台。这样折腾下来，府库空竭，民不聊生，又卖官取直（值），"官由财进，狱以贿成"，贪贿公行，乱象丛生。齐国政治糜烂如此，又在为新朝扫清道路。于是，周人开始东进伐齐。

齐后主后来又偶得皇后的侍婢冯小怜。冯小怜美丽聪慧、乖巧伶俐，深得后主宠爱。齐后主封其为淑妃，坐则同席，出则并马，行坐不离。576年，周武帝亲率大军渡过黄河进攻平阳，齐后主自晋阳率军南救平阳。本来军机紧急，但后主行军途中，忽发逸兴，要行围射猎以取乐。从早上围猎到中午，告急的驿马三至，但右丞相高阿那肱说："大家（指齐后主）正为乐，边鄙小小交兵，乃是常事，何急奏闻！"到了傍晚，传平阳已失陷，才奏知后主，后主准备开拔，小怜请再猎一回，后主从之，又猎一回。后来反攻平阳时，齐军与周师大战，后主与冯小怜并马观战，当看到东边阵势稍微有些后退，冯小怜害怕了，大叫："军败矣！"穆提婆则在一旁喊："大家去！大家去！"后主即携冯小怜北走。这样一来，人心骇乱，齐军全面崩溃，一路奔逃，被杀万余人，百里之间，军资器械委弃山积。后主败回晋阳，周武帝乘胜北进，直逼晋阳，后主又携冯小怜南走邺城。周武帝随即攻下晋阳，齐人此时已全无斗志，军民纷纷投降。武帝并不停留，又率师长驱南下，进攻邺城，后主与冯小怜又出邺城南奔青州，中途被周将俘获。齐国终于亡在这一个昏君手里。国祚仅仅二十八年。

唐代诗人李商隐曾作《北齐二首》以咏此事，其一：

> 一笑相倾国便亡，何劳荆棘始堪伤。
> 小怜玉体横陈夜，已报周师入晋阳。

其二：

> 巧笑知堪敌万几，倾城最在著戎衣。

晋阳已陷休回顾，更请君王猎一围。

其一诗意是：只要倾国的美人一笑国家便会灭亡，哪里需要等到荆棘满殿才感到悲伤？冯小怜玉体横陈的那一夜，就有消息报告北周的军队攻入了晋阳。其二是：美人的甜笑胜得过朝廷的万件大事，身穿戎装的冯妃看起来最为美丽；晋阳已经陷落就不要再去管它，还是乘兴我们再来围猎一圈。（因为当时救平阳而"平阳已陷"，而李商隐这里写的是"晋阳已陷"，与史实不符。是他的笔误，还是另有意味？如果他就是写晋阳，则此句诗可以解为：平阳陷落你不曾回顾，又杀了一围，现在晋阳又陷，那也无须回顾吧，但冯小怜还能再请，而陈后主也还能再猎一回吗？）这两首诗是李商隐咏史的名篇，他选取齐后主荒淫的典型细节，以强烈的对比手法突出其荒淫昏庸的程度，产生了惊心动魄的效果。"小怜玉体横陈"的旖旎画面对应着"周师入晋阳"危急场景；"晋阳已陷"的峻急时局对应着"更请君王猎一围"的荒唐行径，还有美人巧笑在后主心中的"重"和朝政的"万几"在他心目中的"轻"，都更深一层地表现了荒淫必然败国的主题，不着一字而含蓄有力。"小怜玉体横陈夜，已报周师入晋阳"，更是用极端夸张的手法，来揭示"一笑相倾国便亡"——荒淫与亡国的因果关系。一般来说，咏史离不开议论，李商隐的高明则在于把议论融入形象之中。两首诗中形象丰富，充满了画面感，把要说的话寓于生动的形象之中，用典（"一笑"用周幽王宠褒姒典；"荆棘"用晋索靖预见天下将乱，指着洛阳宫门的铜驼感叹"会见汝在荆棘中耳"之典）亦不露痕迹，自然化于诗句中，艺术手法十分高超。

唐末，唐武宗喜欢打猎，贪恋女色，尤宠王才人，每畋苑中，才人必从。因此，李商隐这两首诗恐怕不是单纯咏史，同时还含有以古喻今、借以讽谏之意。

（原载《罗湖文艺》2021年第3期）

玉玺不缘归日角，锦帆应是到天涯

中国历史上的短命王朝，大概要数秦朝和隋朝了。秦只有十五年，二世而亡。隋比秦好点，存在了三十八年，也是二代即灭。今天且不说秦，单来谈谈隋朝的第二个皇帝隋炀帝。

隋文帝杨坚建立的隋朝，结束了自两晋南北朝以来长达近三百年的分裂混乱局面。顺应人心思定的形势，文帝对内重视内政建设，对外征服突厥，开疆拓土，安定边疆。在他治下的二十三年，政治清明，社会安定，民生富庶，国势日隆，史称"开皇之治"。但当他一去世，杨广即隋炀帝即位之后，情况就大为不同。杨广是一个好大喜功、骄奢淫逸、昏庸暴虐的人，在位仅仅十四年，就把一个颇有点气象的大隋朝搞完了，自己也落了一个不得善终的下场。

隋炀帝在位时的恶政，首先是营建东都，大造宫苑。他即位之初，就开始做这些靡费民力的事情。先皇营造了西都长安城，他不满足，又要造一座新的东都洛阳城。这洛阳新都规模巨大，营造时每月役丁二百万人，建成以后，繁华无比。他又仿照秦始皇的办法，把全国的富户大贾几万家都迁到洛阳，自己也常驻东都，使洛阳成为全国的军政和经济商业中心。建东都的同时，在洛阳西南的洛水之上营造了一所辉煌的显仁宫，又在洛阳之西，开辟了西苑，后来又开凿了运河。西从长安，东经洛阳，南到江都，沿途建造离宫四十多所，北边也建造了晋阳、汾阳诸行宫，这样东西南北，到处都有他行幸的宫殿。

他在位的日子里，几乎没有一天不在建造宫室。而其宫殿的豪华程度，令人咋舌。仅以西苑来看，据史书记载，西苑方圆二百多里，苑内有一个周长大约十里的人工湖。"湖中堆起蓬莱、方丈、瀛洲诸山，以像东海仙岛。山高百余尺，其上罗建台观殿阁。苑北开凿了一道龙鳞渠，曲折流入海（人工湖）内。缘着龙鳞渠建造十六所宫苑。苑门皆临水，每苑以四品夫人主之。各堂殿楼观皆穷极华丽。为了建造这些宫苑，特征发大江以南、五岭以北的奇材异石，都输往洛阳。又征求海内的嘉木异草、珍禽奇兽，充实于园苑之中。每逢秋冬，苑中花木凋落，则剪彩为花叶，缀结于枝条之上，远望有如阳春。炀帝经常乘舟舆游幸其中，十六院夫人嫔妃，竞以肴馐歌舞，求取恩宠。炀帝最喜于月夜时从宫女数千，骑马遨游于西苑之中，作《清夜游曲》于马上奏之。"[①]观一斑而知全豹，其他的宫苑，可想而知。

其次是大规模用兵。他在大业七年（611）、大业九年（613）和大业十年（614）三次远征高丽，每次兵力均在一百多万人，可以说几乎倾全国之兵。第一次征讨，发兵一百一十三万多人，分左右队各十二军，日遣一军，每军相隔四十里，连营而进，浩浩荡荡，首尾达近千里，由隋炀帝亲自节度，但这一次惨败而归。大业九年又如法炮制，但久攻不下，而隋军后方又发生叛变，最后狼狈撤回。这时尽管国内民变四起，人人厌战，隋炀帝仍然第三次征讨高丽，最后不了了之。真可谓穷兵黩武。

第三，也是最有名的，大概就是他大规模地开凿运河。在他的手里，以便于东征漕运的名义，共开辟了三段运河，一是关东的通济渠，二是河北的永济渠，三是从邗沟到达杭州的江南河。这三段运河，加上隋文帝开辟的广通渠，沟通了渭河、黄河、淮河和长江四大流域的航运，在客观上大大便利了南北交通，促进了经济的发展。开辟三段运河，工程极其浩大，动辄发男女民工一百多万人，进行艰苦的劳作。另外，他还重筑长城，大修驰道，同样劳师动众。

隋炀帝不但骄奢淫逸，而且好铺张虚饰。运河的开凿，本身就是受他巡幸江南的私欲的驱动，运河的开通，使他的这一欲望有了实现的条件。为此，他制造了龙船和几万艘杂船。其龙船，共有四层，高四十五尺，长二百尺，上层有正殿、内殿、东西朝堂，当中两层共有御房一百二十间，都装饰得金光耀眼，富丽堂皇（下层为内侍所居）。皇后所乘的翔螭舟，虽然比皇帝的龙船略小，但装饰档次一样。另外又有浮景船九艘，三层都有水殿。隋炀帝每次出行，不论督师，还是游幸，都喜欢搞排场，仪仗往往长达数十里，而且常常以僧、尼、道士、女冠自随，称为"四道场"。他在"第一和第二次游幸江都时，随行的后宫嫔妃、诸王公主、群臣百官，还有僧尼道士与蕃客，及内外百司供奉之物，所用船只共有几千艘，挽船男女就有八万多人，另外还有卫士们乘坐的船只，舳舻相接二百里，两岸之上还有骑兵翊卫而行，旌旗蔽野，照耀川陆，所过州县，令五百里内都要贡献食物，多者一州至百舆，极水陆之珍，后宫食用不尽，缘途弃掷。"②这是炀帝两次下江都（扬州）的盛况，当然后来还有第三次，此不赘述。

隋炀帝还爱夸耀，要面子。"那时四夷的蕃客与使者仰慕中国，来洛阳观光的极多。炀帝为了炫耀，每年从正月十五起，在皇城前端门街，盛陈百戏，戏场周围五千步，执丝竹奏乐者万八千，声闻数十里。又张灯结彩，通宵达旦，光耀天地，尽欢一月之久。""每年这项浪费，以巨万计。又因为洛阳市廛中往来交易的蕃客众多，炀帝特命洛阳市中的店肆一律要布置得整齐华美，珍货山积，蕃客到酒食店中饮宴，任其醉饱，不取分文。但告以'中国富庶，欢迎外宾，例不取值！'蕃客无不惊叹。"大业五年（609）他西巡，西域有二十七国的使者前来拜谒。"炀帝令人焚香奏乐歌舞喧阗。又示知武威张掖一带地方的仕女出外，都要盛装华饰，乘坐鲜丽的车骑，绵亘几十里，以夸耀中国富庶。又引见高昌王与蛮夷使者，奏九部之乐，作鱼龙之戏。颁给各国的赏赐尤多。"③

> 紫泉宫殿锁烟霞，欲取芜城作帝家。玉玺不缘归日角，锦帆应是到天涯。于今腐草无萤火，终古垂杨有暮鸦。地下若逢陈后主，岂宜重问后庭花。
>
> 李商隐 隋宫

他从不爱惜民命，对老百姓的奴役压榨变本加厉。大业元年（605）征林邑，士卒不服水土，病肿而死者十之四五；造东都宫苑与龙舟，役丁死者十之四五，东至城皋北至河阳的道路两旁都是被丢弃的尸体；大业七年（611），征高丽之前，要在东莱海口造船三百艘，官吏督促严急，工役昼夜立在水中，不敢休息，自腰以下皆生蛆，死者十之三四。战争期间，发黄河和江淮民夫运送军辎粮秣，几十万人往还道路，昼夜不息，死者枕藉于道，惨不忍睹……④

那么，在有隋一朝，难道就没有几个敢于诤谏的忠直之士来规劝隋炀帝吗？当然有！但隋炀帝不听，反而嫉贤妒能，杀忠良，亲奸佞。大业三年（607），太常卿高颎、尚书左仆射苏威一再劝谏，炀帝不听。退朝后高颎和礼部尚书宇文弼、光禄大夫贺若弼等感慨议论，炀帝知道后大怒，说他们诽谤朝廷，诛杀高颎、宇文弼、贺若弼，苏威免职，贺、高的妻子或没为官奴或流放边疆。要知道这些都是开国元勋、两代重臣，忠心耿耿，在朝野深孚众望。这样一来，还真是杀一而儆百，群臣不敢再犯威颜批逆鳞。再如大业十二（616）年七月，炀帝又要南下江都，建节尉任宗上书极谏，在朝堂上被当场杖杀；奉信郎崔民象上表劝谏，也被杀掉。炀帝车驾抵达汜水时，奉信郎王爱民又谏，炀帝大怒，把他斩首，然后继续前行。这个暴君就是这样纵情嗜杀，毫无忌惮，一意孤行。

由于隋炀帝的为所欲为，倒行逆施，隋文帝手里积累下来的一点国力，很快被他消耗殆尽，而人民更是不堪忍受这样无止境的奴役和压榨，民怨鼎沸，民变蜂起。就在他第三次巡幸江都之后，中原大乱，他淹留不归，被哗变将士所杀（后葬于扬州雷塘）。李渊则从太原起事，推翻了隋的统治后扫荡群雄，建立了唐朝。

后人有感于隋朝这段往事，多有吟咏之诗。李商隐有以《隋宫》为题的七律、七绝各一首。七律这样写道：

> 紫泉宫殿锁烟霞，欲取芜城作帝家。
> 玉玺不缘归日角，锦帆应是到天涯。
> 于今腐草无萤火，终古垂杨有暮鸦。
> 地下若逢陈后主，岂宜重问后庭花。

紫泉宫是隋炀帝在长安的宫殿。李商隐说，长安巍峨的紫泉宫空闲在一片烟霞的笼罩之下，（炀帝）还想把千里之外的扬州（南朝鲍照登广陵故城，即扬州，作过《芜城赋》）建成更为豪华的帝都。如果不是皇帝的玉玺归了李渊，隋炀帝的锦帆或许会游到天涯。这里的"日角"，即"日角龙庭"，指的是额骨饱满如日具有"帝王之相"的人，代指李渊。这句诗不是诗人的夸大其词。对隋炀帝来说，苑囿亭殿越多，反而越不能满足他的欲望，遍布神州的宫苑，到后来竟然没有中意之处，又计划在浙江等地再建新宫，因为隋亡而未能完成。《贞观政要》记李世民的亲见："往昔初平京师，宫中美女珍玩，无院不满。炀帝意犹不足，征求无已。"所以如果隋不覆灭，难保炀帝不会再有什么荒唐的行为。在隋末，天下已经大乱的时候，隋炀帝还在洛阳的景华宫征求萤火数斛，晚上出去游山时放出，光照岩谷（在扬州也有放萤之事，扬州旧城至今还有放萤苑）。李商隐说，如今隋宫已经成为荒芜的废墟，连腐草也化不出萤火虫了（古人认为草腐烂后可以化为萤火虫），长久以来，隋堤上杨柳依旧，只是落满了日暮的归鸦。诗写到这里，亡国的悲凉已经表现得淋漓尽致了，但李商隐再深一层，发出一问：如果隋炀帝在地下遇见陈叔宝（陈后主）的话，难道还会再赏《玉树后庭花》？据说炀帝在江都曾梦见陈叔宝，陈叔宝让宠妃张丽华为他歌舞一曲《玉树后庭花》——因陈后主以荒淫奢侈而亡国，故人们把《玉树后庭花》视为亡国之音。因有前事，这里说"重问"。尾联对这个不以前车之覆为鉴的亡国之君，进行了鞭辟入里的讽刺，使此诗呈现出比一般咏史叹古的诗更高的高度和厚度。

他的七绝：

> 乘兴南游不戒严，九重谁省谏书函。
> 春风举国裁宫锦，半作障泥半作帆。

诗说炀帝南游兴致很高，一路甚至都不戒严，九重深宫里，谁还会省察理会大臣上书的谏函？春忙时节让全国人都裁制华贵的宫锦，却一半用来做挡泥土的马鞯（即障泥，垫在马鞍下面，垂于两旁以挡蔽泥土），一半用作行船的风帆。诗人取材典型，构思独特，短短四句，就活画出了一个不理朝政、不顾民生、奢侈昏庸的国君形象，也暗喻了隋朝覆亡的必然结果。

唐代诗人李益也有两首关于隋的诗。一首《隋宫燕》，诗云：

> 燕语如伤旧国春，宫花欲落旋成尘。

> 自从一闭风光后，几度飞来不见人。

这是李益在贞元十六年（800）客游扬州时，看到当年炀帝行宫遗迹前呢喃的春燕，触发了灵感之作。春燕一般情况下都会寻找旧巢，如今这目睹过隋宫繁华的燕子又飞了回来，它们的呢喃之声似乎在感伤旧朝逝去的春天，寂寞开放的宫花也无人问津，凋落后旋即变成泥尘。自从这宫门关闭后便风光不再，燕子一连几个春天回来都见不到故人。这首诗别出心裁，构思巧妙，借春燕归旧巢这件事，以拟人化的手法，抒发了诗人深沉的吊古伤今之情。

另一首是《汴河曲》：

> 汴水东流无限春，隋家宫阙已成尘。
> 行人莫上长堤望，风起杨花愁杀人。

这也是诗人看到汴河周边景色而引发的感叹。诗人首先把汴河无边的春色和隋朝颓败荒废的宫殿进行了对比，春色映衬下的废墟，让人不禁感慨。但面对这么美的景色，诗人反而劝人们不要上长堤（即隋堤）去眺望，因为那杨柳的飞絮（杨花又暗含炀帝杨广），会让人觉得前朝的豪华像杨花一样随风飘散，从而引发繁华易逝、世事沧桑的愁思和感伤。

当然，作为晚唐诗人，李益和李商隐一样，不仅仅是吊古，同时也隐含着对国事的深切担忧，讽喻当朝以前人为鉴，不要重蹈历史的覆辙。

隋炀帝大规模地开凿运河，使国力衰敝，人民怨愤。因此，晚唐诗人胡曾在七绝《汴水》中，把开通运河和隋的灭亡直接挂钩。诗云：

> 千里长河一旦开，亡隋波浪九天来。
> 锦帆未落干戈起，惆怅龙舟更不回。

意思是千里运河开通的那一刻，灭隋的波浪也就同时从九天滚滚而来。炀帝巡游的锦帆还没有落下，反隋的干戈已经四起，想再坐龙舟回长安洛阳已经没有可能了。有人说胡曾这首诗存在偏颇，以为运河不是导致隋亡的直接原因。这就是把写诗和写史混淆了。诗人在这里是撷取一个素材，通过合理的艺术夸张，揭露了隋炀帝的荒淫和暴虐，而并非实指。就如章碣的"竹帛烟销帝业虚""坑灰未冷山东乱"一样，秦的灭亡也不仅仅是因为焚书，而且陈胜吴广揭竿而起时焚书坑未必没有冷却。章碣可以这样写，胡曾为何不行？

当然，大运河的开通，在客观上极大地便利了南北的交通，给后世的民生经济带来了很大的利益，唐代即已受益于此。唐宪宗时期的宰相李吉甫指出："自扬、益、湘南至交、广、闽中等州，公家运漕，私行商旅，舳舻相继。隋氏作之虽劳，后代实受其利焉。"晚唐诗人皮日休也在《汴河铭》中说："隋之疏淇、汴，凿太行，在隋之民不胜其害也，在唐之民不胜其利也。今自九河外复有淇、汴，北通涿郡之渔商，南运江都之转输，其为利也博哉！"后来，他更有《汴河怀古》一诗：

尽道隋亡为此河，至今千里赖通波。
若无水殿龙舟事，共禹论功不较多。

在这首诗里，他有点反胡曾的说法，说人们都认为隋朝是因为这条河而亡的，但现在南北交通还要依赖它。假如隋炀帝没有打造水殿龙舟游幸江南这些只为满足一己私欲的事，那开凿运河利于水路交通和农田灌溉的功绩比起大禹来也差不了多少。皮日休独辟蹊径，既批评了隋炀帝的骄奢暴淫，又肯定了这条河对国计民生的积极作用，立意新奇，议论精辟，为咏古诗中的佳作。

注：①②③④摘自陈致平《中华通史·隋唐五代史》。

（原载《罗湖文艺》2020年第3期）

关联阅读

杨柳枝词九首（其六）

（唐）刘禹锡

炀帝行宫汴水滨，数株残柳不胜春。
晚来风起花如雪，飞入宫墙不见人。

经炀帝行宫

（唐）刘沧

此地曾经翠辇过，浮云流水竟如何。
香销南国美人尽，怨入东风芳草多。
残柳宫前空露叶，夕阳川上浩烟波。
行人遥起广陵思，古渡月明闻棹歌。

炀帝陵

（唐）罗隐

入郭登桥出郭船，红楼日日柳年年。
君王忍把平陈业，只博雷塘数亩田。

隋堤柳

（唐）李山甫

曾傍龙舟拂翠华，至今凝恨倚天涯。
但经春色还秋色，不觉杨家是李家。
背日古阴从北朽，逐波疏影向南斜。
年年只有晴风便，遥为雷塘送雪花。

春草宫

（唐）刘长卿

君王不可见，芳草旧宫春。

犹带罗裙色，青青向楚人。

汴河

（唐）罗邺

炀帝开河鬼亦悲，生民不独力空疲！

至今呜咽东流水，似向清平怨昔时。

维扬怀古

（明）曾棨

广陵城里昔繁华，炀帝行宫接紫霞。

玉树歌残犹有曲，锦帆归去已无家。

楼台处处迷芳草，风雨年年怨落花。

最是多情汴堤柳，春来依旧带栖鸦。

懊恼屏王早罢兵

清代著名诗人袁枚有一首《澶渊》,全诗如下:

路出澶河水最清,当年照影见亲征。
满朝白面三迁议,一角黄旗万岁声。
金币无多民已困,燕云不取祸终生。
行人立马秋风里,懊恼屏王早罢兵。

这首咏史诗说的是宋朝的一件大事。

宋的开国皇帝是有雄才大略的宋太祖赵匡胤。接下来的是其弟太宗赵匡义,也算善治。到了第三个皇帝宋真宗赵恒,与之前的皇帝相比就相形见绌了。而《澶渊》写的,就是宋真宗手里的事。

自有宋一代,国家在政治和军事上,一直面临北方强邻压境。因为政治制度和立国之策上的一些弊端,造成国家在军事上的孱弱,使三百多年的宋朝,始终国力不振。宋初,太宗用十五年时间统一全国,只留北方一个北汉未能收复,只因为北汉附庸于辽(后国号契丹)。宋太祖曾兴兵讨伐,但为辽人所败。此后便再未用兵,从而留下了北汉这个宋与辽的缓冲之地。但这种边境的平衡被宋太宗打破,他在即位第四年举兵灭了北汉。其后欲乘胜收复幽燕，却被辽人打败于高梁河，是为"高梁河之役"。从此辽人频年南侵，北方从此战事不绝。

这样到了宋真宗即位第七年，契丹已日益强盛，萧太后和辽圣宗母子率兵号称二十万，大举南下，进攻宝州（今河北清苑）、定州（今河北定州市）等地。宋朝一面抵御，一面派使者曹利用赴契丹议和。到十月间，契丹已长驱直入抵达澶州（今河南濮阳），迫临北宋都城，告警边书一日五至，朝廷震动。这时，身为宰相的寇准和毕士安劝真宗御驾亲征，以鼓舞士气，振奋人心。但真宗一时踌躇难决，犹豫间召集群臣问计。知枢密院的陈尧叟因是阆中人，于是劝真宗驾幸成都；而参政知事王钦若是临江人，则劝真宗驾幸金陵。真宗又回过头来和寇准商议，寇准愤然道："为陛下划此策者，其罪当斩！陛下神武，将士和协，若大驾亲征，人心振奋，敌人必然却走。不然也当坚守抵抗，另出奇兵抄袭其后路。我逸敌劳，定操胜算，否则一旦抛弃宗庙，南幸楚蜀，人心必然崩溃，敌人乘虚深入，天下将不可收拾。"无疑，这番很有见地的话打动了真宗，于是决定驾幸澶州，督师御敌。

看到皇帝驾临前敌，宋军士气大振。

而有的大臣却认为前方危险，劝真宗回銮。在这关键时刻，寇准道："陛下惟可进尺，不可退寸，河北诸军日夜望銮舆至，士气当百倍。若回辇数步，则万众瓦解。"殿前都指挥使高琼，也极力支持寇准的主张，这才坚定了真宗的信心。澶州在河的南面和北面各有两城，真宗先到南城。时契丹兵正在进攻北城，因寇准和高琼的固请，真宗再由南城渡河进幸北城。北城将士望见御盖亲临，踊跃欢呼，声闻数十里。这时契丹数千骑兵迫近城下，真宗诏兵迎击，将士无不奋勇，果然大败敌骑，斩获过半。契丹大将萧挞览亦被真宗的驾前排阵使李继隆伏弩杀死，契丹士气大沮。萧太后用兵谨慎，见宋帝亲征，又折失一员大将，知道难以取胜，便遣使者随宋使曹利用来宋营，要求议和，并趁机向宋索取关南之地。其实此时，宋朝完全可以乘胜利之机，一鼓作气，收复幽燕。但真宗心怀怯惧，不敢恋战，准备接受和议，他说："归地无名，若欲财货不妨给与，如汉主之赐匈奴故事。"寇准谏言说不能如此，应趁此迫使契丹称臣，归还幽燕之地，"如此可保百年无事，否则数十年后，敌人必然再来"。但真宗不听寇准之言，却说："数十年后自有折御之者，我不忍生灵涂炭，当促成和议。"于是令曹利用赴契丹议岁币。临行唯恐和议不成，还嘱咐曹说："必不得已，虽百万亦可！"寇准闻言，私下告诫曹："虽有敕旨，汝所许过三十万，即斩汝首。" 本来对方是侵略，宋又取得了当前的胜利，完全可以向对方提条件，如寇准所主张的那样。但这个"孱王"却一味地只想屈服。曹利用到了契丹营中，和萧太后谈判，萧太后又遣其大将军姚柬之，持国书来商议，往返交涉之后，和议达成：一、宋岁输契丹银十万两，绢二十万匹；二、宋辽约为兄弟之国，辽主遵宋主为兄，而宋主遵萧太后为叔母；等等。

这就是历史上著名的"澶渊之盟"，也是宋朝屈辱外交之始。盟约成立后，宋辽各自撤兵。从此宋对契丹，年年纳币，这种和平的状况维持了一百二十多年。后辽亡于金，金、宋最终还是以幽燕之地引起战争，导致"靖康之耻"，这已是后话了。

袁枚在路过澶渊时,看到清澈见底的澶河水,联想到当年澶渊的那场战争,于是饱蘸情感,写下了这首著名的咏史诗。诗的颔联对目光短浅的白面书生王钦若、陈尧叟之流在大敌当前时惊恐万状、主张南逃的丑态进行了生动的描写和辛辣的讽刺,并与皇帝御驾亲征鼓舞广大将士的情形进行了对比。颈联的议论十分精当,深刻指出不乘获胜之机收复燕云十六州,反而接受屈辱的议和条件,年年纳币输绢,不但弄得民生困顿,而且贻害无穷的事实。尾联抚今追昔,发出感慨,"孱王"和"懊恼"二词痛切地表达了对宋真宗的蔑视与愤慨。

(原载《深圳特区报》2018年1月25日)

关联阅读

这个被袁枚讥讽为"孱王"的宋真宗,他的继位和寇准有点关系。

真宗原名赵元侃,是宋太宗赵匡义的第三个儿子,初封为襄王。太宗的长子元佐原为储君,但因身患狂疾被废,致使储位久悬。太宗曾就立储之事询于时为左谏议大夫的寇准。寇准的回答很有意思:"唯陛下择所以副天下望者!"谁来继承皇位是皇家的家事,旁人置喙一般会引起猜忌,但皇上问及又不能不说,所以寇准说了一句很有原则性的似乎是接班人标准的话。太宗听了低头沉思良久,干脆又直接问道:"襄王可乎?"寇准说:"知子莫若父!"寇的这番答复也拿捏得很有分寸,因为天意从来高难问,问襄王行不行,谁知他到底是想立襄王还是不想立襄王呢?故寇这样回答也是说:可乎还是不可,你自己最清楚!但也就是在这次垂询之后,襄王被封为寿王,任开封尹,后又立为皇太子,并改名为恒。

因为澶渊之事寇准否定了王钦若鼓动真宗南逃的建议,为王钦若所忌恨。澶渊之盟后,寇准认为自己有功,颇为骄矜,为同僚所忌。一日罢朝,王钦若见真宗目送寇准退朝，就问真宗道："陛下敬重寇准，以其有社稷之功邪？"真宗答："然！"王说："澶渊之盟，陛下不以为耻，而谓寇准有功何？"真宗听了一愣。王又说："城下之盟，《春秋》耻之，澶渊之举，陛下以万乘之贵，而为城下之盟，何耻如之！"又进一步说："陛下知博乎？博者输钱欲尽，乃罄所有，谓之孤注。陛下，寇准之孤注也！"真宗是个没有主见和判断能力的人，听了这番言说，不禁悚然，遂恶寇准，不久寇准便被罢相。之后真宗朝的近二十年中，王钦若和寇准一会儿你上我下，一会儿我上你下，反反复复，如同儿戏，相互倾轧，党争不断。于是乎北宋的政治在开国不久，便未困于外，先困于内，昏昏沉沉，浑浑噩噩，由懈弛而转向了败坏的道路。（据陈致平语）

当时自怕中原复

南宋的历史，时间上虽然以靖康之难、徽钦二帝被掳、康王赵构（宋高宗）在应天府即位（建炎元年，1127）为始，但实际上应以四年后的绍兴元年（1131）作为南宋政局的开端。这是因为金人经过几年的入侵和追逐，后方空虚，而向北撤退，战事暂息，金宋以淮水为界，高宗这才留驻越州，升越州为绍兴府，改元绍兴，自此开始了南宋小朝廷的经营。

虽然宋高宗惧怕金人，内心偏于求和，任用主和派秦桧为相，但是因为国土遽丧，全国军民于心不甘，朝野上下，恢复中原的呼声和努力从未停息。到绍兴十年（1140），南宋在平息了数处内乱之后，已可一意对外。就在此时，金兀术又大举南侵。但金人的这次用兵并不顺利，先是被宋名将刘锜大败于顺昌（今安徽阜阳）。这一仗，兀术所部精锐损失了十之七八，遭遇到与宋作战以来从未有过的失败。高宗又命岳飞驰援刘锜。岳飞部署王贵、牛皋等分头前进，锋芒所向，捷报频传。岳飞自率所部长驱北进，收复了河南许多州县，中原大震。高宗特授岳飞为少保、河南北诸路招讨使。后岳飞与兀术在郾城会战，岳飞令子岳云先率骑兵冲击敌阵，诫之曰："不胜先斩汝！"岳云部与金兵鏖战数十回合，打得敌人尸横遍野。兀术调来他的劲军拐子马一万五千骑，岳飞令步卒使麻札刀冲入敌阵，不许仰视，只斫马足。那拐子马是三马连环，一马斫倒，三马就都不能行动。拐子马失利，金兀术大败，叹道："自海上起兵，皆以此马获胜，而今已矣！"这就是历史上有名的"郾城之捷"。此时岳飞的部将梁兴到达河北，连败金人，光复了怀卫两州，断了金人的归路。此时，南宋人心振奋，士气高涨，金军中的一些汉将也纷纷率部反正，兀术调令地方军队，竟不能行。金人顿时处于劣势，兀术恐慌，撤兵退守汴京，并将金银珠宝运往北方，准备放弃中原。岳飞遂进兵朱仙镇，距北宋旧京汴京仅四十五里，与金兀术对垒。

胜利在望，甚至可以说胜券在握。以岳家军的勇猛善战，岳飞直捣黄龙府（金军事重镇和政治经济中心，徽、钦二帝曾囚禁于此）、与诸公痛饮的宏图指日可待。就在此时，他却收到高宗的班师诏令。岳飞奏称："金人锐气沮丧，尽弃辎重，疾走渡河，豪杰向风，士卒用命，时不再来，机难轻失！"岳飞不知，尽管军事上一路凯歌高奏，但朝廷对"战"的态度却并不积极，而在后方极力与金人谋和。宰相秦桧见岳飞不服从，就先将张浚和杨沂中所部调回，然后奏称岳飞孤军不可久留。于是高宗急令岳飞班师，一日之间连奉十二道金牌。岳飞不禁愤然泣下，说："十年之力，废于一旦。"无奈班师。岳飞北进，中原父老挽车牵牛，箪食壶浆以迎王师；现在要走，百姓则遮马拦道，哭声震野。岳飞只好出示诏书说："我奉旨不得擅留。"

岳飞班师以后，受到奸相秦桧的构陷。据说，当时兀术有密函致于秦桧，说："汝朝夕欲和，岳飞方图河北，必杀飞，始可和。"秦桧便以"莫须有"的罪名，将岳飞害死于大理寺监狱的风波亭。岳飞的儿子岳云和部将张宪都被杀死。岳飞一死，和议迅速完成。这是一个完全不平等的屈辱的和议，内容包括宋对金称臣奉表，宋岁贡金银二十五万两，绢二十五万匹，等等。

这是一段颇为诡异反常的历史。为什么要杀岳飞？是他打了败仗罪该当诛吗？显然不是！是狡兔死走狗烹鸟兽尽良弓藏吗？也不是。大敌当前，国家正需要像岳飞这样既有精忠报国之志、又有治军打仗本领的将帅。是岳飞拥兵自大、有不臣之心吗？更不是。是岳飞的存在会破坏国家和议的大战略，对国家不利吗？看看岳飞死后签订的屈辱和议条款，也只能是否定的答案。而且，从当时的军事态势看（除前边所说胜利外，岳飞班师之后，金兀术乘势反攻，刘锜与金兵会战于拓皋，宋牺牲九百人，打死金兵数以万计；在陕西，吴璘也在刘家湾大败金人，金兵降者就有万人。因为议和，朝廷不许追击，皆命令他们班师或撤兵，战果没能扩大。因此说宋不止岳飞一支劲旅可以胜敌，如果朝廷态度坚决方针坚定，事非不可为），正可以乘胜前进，收复失地，恢复中原，这是十多年来宋人梦寐所求，大得人心。但朝廷却在此当口，罢兵求和，以胜利之师，反签屈辱和约，所以后世人们，对这一段历史议论纷纷。有人说秦桧是一个内奸，为保金国而杀岳飞；有人说秦桧与岳飞有嫌隙，不顾国家安危，利用手中的权力挟私报复。但仔细想想，这么大的岳飞，功名赫赫，曾深得宋高宗倚重，在之前平内乱时，高宗还特手书"精忠岳飞"四字制旗赐给岳飞，并不断加官晋爵，三十二岁即成为节度使（如此年少建节者宋仅岳飞一人），现在要杀岳飞，如没有高宗的首肯至少是默许，以秦桧一人之力，恐难做到。那么，如果是高宗的授意，他为什么要把一个忠心耿耿、一心要为他恢复江山、功勋卓显的人灭掉？这不是自撤屏藩、自毁长城吗？这不是要冷所有恢复中原的志士的心吗？这其中到底有什么隐秘？

辛稼轩曾有诗云："观书老眼明如镜，论事惊人胆满躯。"我们不论其他，且看看诗人对这段历史的看法。明"吴中四才子"之一的文徵明，有一首《满江红·题宋思陵与岳武穆手敕墨本》，犀利深刻。词曰：

> 拂拭残碑，敕飞字，依稀堪读。慨当初，倚飞何重，后来何酷！岂是功成身合死，可怜事去言难赎。最无辜，堪恨更堪悲，风波狱。　　岂不念，封疆蹙？岂不念，徽钦辱？念徽钦既返，此身何属？千载休谈南渡错，当时自怕中原复。笑区区、一桧亦何能，逢其欲。

文徵明在三四百年后，偶然看到了新出土的一块石碑，依稀读出的碑文，竟然就是宋高宗敕书岳飞的"精忠岳飞"四个字。文徵明一时感慨万千,填下这首词。上阕,他接连质问,当初为何那么倚重岳飞,后来又那么残酷!难道是功成就该身死?然后他慨叹:可惜事情已经发生了,现在话说得再多也难以挽回。最没有道理的,就是风波亭的冤狱!而下阕,则深入剖析了岳飞遇害的原因。他说,疆土日蹙、二帝受辱,高宗也不可能无动于衷。但如果迎回徽钦二帝,自己的皇帝宝座就保不住了。所以后人再不要说什么南渡的错了,当时高宗就怕恢复中原迎回二帝。而区区的一个秦桧,只不过迎合了高宗极端自私的个人欲望而已。这首词揭露了高宗就是为了一己私利而不顾国家前途、杀害岳飞的罪魁祸首,可谓入木三分,一下子点到了问题的要害。我们上面所有的一切疑问,到此皆豁然开朗。

　　清人也有这方面的诗。郑燮的《绍兴》云:"丞相纷纷诏敕多,绍兴天子只酣歌。金人欲送徽钦返,其奈中原不要何!"袁枚在谒岳飞墓后写的绝句:"灵旗风卷阵云凉,万里长城一夜霜。天意小朝廷已定,那容公作郭汾阳。"皆与文徵明的词异曲同工,都尖锐指出偏安一隅才是宋高宗最想要的结果。郭汾阳,即唐代名将郭子仪,平定安史之乱时,在河北击败史思明,功居第一。袁枚说得明白,昏庸怯懦的宋高宗哪有恢复河山的宏图大志,一心只想苟安于江南,怎么能容你像郭子仪那样击败贼寇、建功立业、成为中兴名将呢!

(原载《西安晚报》2021年2月26日)

关联阅读

徽钦二帝被掳去北国后,徽宗病死,钦宗在金国度过了近二十年的俘虏生活。二十年间,金宋往来不断,宋高宗从来没有对金人提起过迎还钦宗之事。反而是钦宗曾密嘱赴金的宋使,要他传语高宗,许他回国,只要在蜀中划出一城安顿他,他就满足了。但使臣深知高宗的心理,回朝后根本不敢向高宗提起钦宗的这一愿望。

清代女诗人毛秀惠说:"宋高宗苟安,父仇不报,《戊午谠议序》极言之,闺闱中亦见及此。"她在《钱塘怀古》一诗中写道:"京洛烟尘弃不收,西湖台阁作金瓯。流连秋色还春色,歌咏杭州胜汴州。自愿苟安增岁帛,谁抒孤愤报仇雠?栖霞岭畔将军墓,只有南枝记旧邱。"此诗批评南宋政权置胡骑烟尘中的中原故土于不顾,甘把西湖(泛指江南一隅)作为国土,歌舞升平,醉生梦死。朝廷为求苟安自愿向金国增加币帛,还有谁想着报仇雪耻呢!清代时的岳飞墓可能比较冷清,所以她愤慨地说,只有栖霞岭畔岳飞墓前的树枝,可能还惦记着故乡的田园!

金字牌
(明)李东阳

金字牌,从天来。将军恸哭班师回,士气郁怒声如雷。声如雷,震三陲,幽蓟已覆无江淮。仇虏和,壮士死,天下事,安有此。国之亡,嗟晚矣!

吊岳王墓
(明)高启

大树无枝向北风,千年遗恨泣英雄。
班师诏已来三殿,射房书犹说两宫。
每忆上方谁请剑,空嗟高庙自藏弓。
栖霞岭上今回首,不见诸陵白露中。

好似周家七岁儿

曾经有人说过一句很精辟的话：历史有惊人的相似之处。还有一句同样意思的话：太阳底下无新事。翻看中国历史，真的发现有很多为此论作注脚的例子。

中国的历史一直在一个"历史周期率"中循环，就是由乱到治，再由治到乱。历朝历代，都是开国励精图治，中期享乐腐败，后期坠入乱世，然后改朝换代，从头再来一次。所伴随的当然是生产力的巨大破坏和老百姓的深重灾难。而朝代的更替也有其相似之处，就是北强南弱，北方崛起的势力消灭南方的政权。这一点，我曾听深圳大学老校长章必功教授谈过：秦从西北横扫神州，北方匈奴灭掉西晋，隋也是以北朝统一南朝，到宋，金人南下灭了北宋，蒙古人的铁蹄踏过长江，南宋灭亡，后来又有满族人从东北入关，秋风扫落叶一般干掉了明朝……这是大方面的相似。在具体的时代进程中，还有一些这里与那里、当下与以前的相似之处，像秦与隋，都是平定乱世，完成统一，但国祚短促，成为下一个盛世的铺垫（秦后的汉，隋后的唐）；都是开国皇帝雄才大略，但二世残暴无道；都是二世篡夺帝位，逼死兄长（胡亥逼死扶苏，杨广逼死杨勇）；都是第二代就灭亡。再如，两晋时西晋的亡国、东晋的偏安江左和宋代北宋的亡国、南宋的偏安江南，也颇为相似。更有南北朝时期刘宋取代东晋，萧齐取代刘宋，萧梁取代萧齐，南陈取代萧梁，以至于隋篡周，朝代更替时的做法，几乎都是按一个脚本上演，已经不是相似，而是如出一辙！至于帝王的作为，相似的地方则更多。比如，打江山时，信任和依赖带兵的将帅，等江山稳固，则开始疏远、猜忌，甚至屠杀功臣，汉如此，隋如此，宋、明无不如此，只是程度不同而已；再如创业之时，英气勃发、精明强干，等到守成之际，则被宦官群小包围，昏庸失道，前后相比，判若两人；再比如上升阶段，能够虚心纳谏，倾听不同意见，等到要走下坡路了，便开始刚愎自用，只听谄陷之言……林林总总，不一而足。

这些相似之处，是规律还是偶然？大概也不好一概而论。但它确实很发人深思。元代诗人刘因有一首《书事》：

> 卧榻而今又属谁？江南回首见旌旗。
> 路人遥指降王道，好似周家七岁儿。

说的就是前朝宋代的往事。赵匡胤称帝前在后周任殿前都点检，领宋州归德军节度使（所以后来国号称为宋），率兵抵抗契丹。这时，英武有为的周世宗柴荣不幸病逝，抛下寡妇孤儿——符皇后和七岁的后周恭帝柴宗训。赵匡胤率军到了陈桥驿，将士发动兵变，他黄袍加身，返回京师，逼恭帝退位，从而建立了大宋。赵匡胤继周世宗之余烈，扫荡宇内。当南唐后主李煜听说赵匡胤要发兵南唐，便遣学士徐铉向宋主求情，说李煜对宋以小事大，如子之事父,没有过失,宋出师无名。宋太祖颇不耐烦,按剑怒道:"不须多言,江南主亦有何罪?但天下一家,卧榻之侧岂容他人鼾睡耶?"遂发兵灭了南唐。三百一十七年后,宋也走到了孤儿寡妇的境地——谢太后和七岁的宋恭帝赵㬎。这时,元朝已经兵近临安,谢太后遣人与蒙古人议和,愿称臣于元,乞存境土。但蒙古统帅伯颜不允,说:"汝国得天下于小儿,亦失于小儿,天道如此,尚何多言!"继续向临安城推进,至皋亭山时,太后大为惊慌,只好献上传国玉玺,纳表请降。这真是历史的极大讽刺,也应了那句老话:以其人之道还治其人之身。因此刘因说,卧榻——宋朝的社稷江山今天属于谁了?回头已经能够看见蒙古人的旌旗。然后,他把自己的发现,通过诗中虚构的路人之口说出:路边的人远远指着纳降的小皇帝说,看他多像后周的那个逊位的小儿。这惊人相似的一幕——都是孤儿寡妇,小皇帝都是七岁,连帝号也相同(都叫恭帝),南唐求宋给一个全身之地宋不允,宋求蒙古给一块容身之处蒙古亦不许,在短短的四句诗中,刘因把它一一点破,进行了无情的嘲讽!

(原载《罗湖文艺》2020年第3期,后载《西安晚报》2021年1月29日)

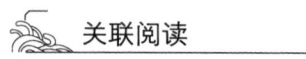

关联阅读

醉歌十首

(宋)汪元亮

其一

吕将军在守襄阳,十载襄阳铁脊梁。
望断援兵无信息,声声骂杀贾平章。

其二

援兵不遣事堪哀,食肉权臣大不才。

见说襄樊投拜了，千军万马过江来。

其四

六宫宫女泪涟涟，事主谁知不尽年。
太后传宣许降国，伯颜丞相到帘前。

其五

乱点连声杀六更，荧荧庭燎待天明。
侍臣已写归降表，臣妾佥名谢道清。

其十

伯颜丞相吕将军，收了江南不杀人。
昨日太皇请茶饭，满朝朱紫尽降臣。

湖州歌九十八首（其十）

（宋）汪元量

太湖风卷浪头高，锦柂摇摇坐不牢。
靠着篷窗垂两目，船头船尾烂弓刀。

畏向苍苔读旧碑

清顺治年间，与屈大均、梁佩兰并称"岭南三大家"的陈恭尹来到新会的崖门山，拜谒建在这里的三忠祠，并写了一首著名的七律《崖门谒三忠祠》：

> 山木萧萧风更吹，两崖波浪至今悲。
> 一声望帝啼荒殿，十载愁人拜古祠。
> 海水有门分上下，江山无地限华夷。
> 停舟我亦艰难日，畏向苍苔读旧碑。

这是一首咏史诗，说的是宋末的事。宋建国三百多年，一直在北方强邻的压迫之下。有辽之时，受辽压制，金灭辽后，受金压制，蒙古兴起，强弱愈加悬殊，就更面临亡国的命运。果然，蒙古在西征结束以后，就腾出手来，大举伐宋。而宋又君主蒙昧，奸臣当道，国事更加不堪。终于，元军兵临临安城下，因皇上年幼，执政的太后一再纳表请降，元军方表示接受，但要宋朝执政大臣亲来元营决议。当时，看到降元已不可避免的宰相陈宜中和先期与文天祥一起前来勤王的张世杰已经避出临安，太后临时拜文天祥为右丞相兼枢密使，偕同另外几位大臣赴元营议降。文天祥见了元军统帅，情辞慷慨，被元军扣留。后来，他在被押送北去路过镇江时，机智逃脱，辗转到了福州。

到福州后，文天祥和陈宜中等，于1276年在福州拥立益王赵昰为帝，就是端宗，并以陈宜中为丞相，文天祥为枢密使，张世杰为枢密副使，陆秀夫为直学士。宋人此时居于福建一隅，北西南三面皆为元军占领。尽管文天祥、张世杰等积极招募勤王之兵，意图恢复，亦皆失败，元兵继续南下，攻陷福州。陈宜中、陆秀夫等保护帝昰南逃，亡命海上；文天祥和张世杰各率领一支孤军，在福建的山岭地带与元军苦斗，虽有胜利，但最终战败。后文天祥在五岭坡兵败被俘。元军诱降，文天祥严正回绝，只求一死，便被软禁起来。张世杰和陆秀夫等保护端宗乘海舟走中山南海一带。时值十二月间，隆冬严寒，海上又遇到飓风，端宗惊悸成疾。而元军又从后面追来，他们便再逃到碙州（吴川南海中一岛屿），赵昰病死。这时群臣都想散去，陆秀夫出来劝阻。于是再奉立赵昰之弟赵昺继位，陆秀夫和张世杰共同秉政。六月迁到新会的崖山。张世杰看到这里地势险峻，可以扼守，便派人入山伐木，造行宫与军屋千余间，准备做长期抗战。第二年元将张弘范来攻，张世杰结大舶千余作一字阵拼死抵抗。张弘范于是逼令文天祥写信招降张世杰，文天祥说："我自己救不了父母，还叫人背叛父母吗！"张弘范强迫再三，文天祥便写下了《过零丁洋》诗。张弘范一看，便不再相强。这时元军又将陆军从广州调来攻崖山，崖山腹背受敌，难以支持，1279年二月，张世杰被张弘范击溃，突围中遇台风舟覆溺死。陆秀夫见大事无望，便背着小皇帝赵昺，投海而死。后来，人们在陆秀夫背着少帝投海处建了三忠祠，纪念这三位民族英雄。

但是，陈恭尹此时前来拜谒三忠祠，并不是闲来无事，随意游玩，写诗发发思古之幽情，而是别有深意。这不得不说说他所处的时代和他个人的经历遭际。

距宋亡国三百六十五年之后，一段相近的历史重新出现在中国大地上。清兵入关以后，一部分孤臣孽子拥奉着明室的后裔在江南继续奋斗，"反清复"，这就是历史上所谓的南明。先是福王朱由崧继位于南京，是为弘光帝。顺治二年（1645）清兵南下，攻陷了扬州和南京，史可法殉难，弘光帝被俘。因为扬州抵抗最强，所以清兵在扬州的屠杀也最惨，史称"扬州十日"。后来，明室遗臣郑鸿逵等拥奉唐王朱聿键称帝于福州，改元隆武。顺治三年（1646），清兵又攻下福州，隆武帝被俘，后绝食而死。继之又有丁

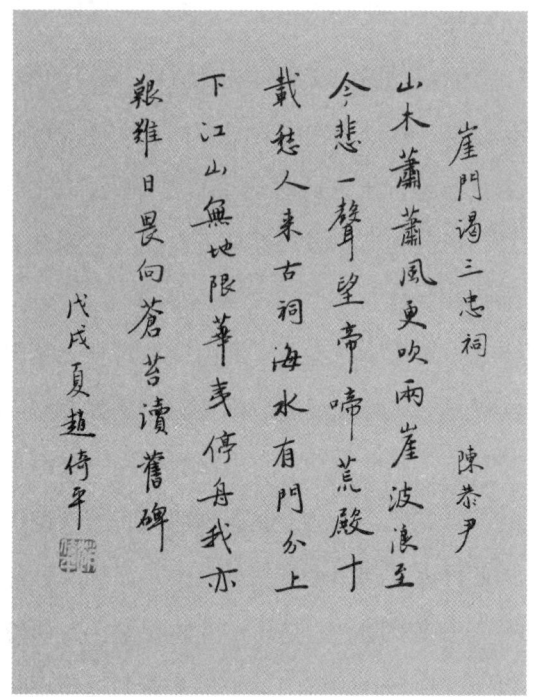

魁楚等奉立桂王朱由榔于肇庆，改元永历。顺治七年（1650），清兵又攻下肇庆，永历帝逃往梧州，以后辗转亡命，最后由云南逃入缅甸。顺治十八年（1661），在清的威慑下，缅人不得已执送永历帝于清，旋被杀害。明的残局至此基本荡清。

　　陈恭尹就生活在这个江山变易的时代。他是广东顺德人，十三岁那一年正逢明亡，他的父亲陈邦彦是南明抗清民族英雄，早年设馆讲学，为南粤硕儒名师。明亡之际，国难当头，年逾四十的陈邦彦结束讲学，投身抗清斗争。1647年起兵攻广州，兵败入清远，城破被俘，宁死不屈，后被处以磔刑。陈恭尹为家中长子，他的家人或死于抗清，或被杀害，只他幸存。1648年，他上表永历帝，陈述其父抗清殉难情状，得授世袭锦衣卫佥事。后清兵攻陷肇庆，永历帝奔云贵，窜缅甸，陈恭尹遂与永历王朝失去联系。其后，他为报国仇家恨而往返于福建、浙江、江苏等地，联络抗清的各地义军。1658年，赴云贵一带寻投永历帝，未遇，便又返回。就是这次回来，他专门

来到崖门拜谒三忠祠，并赋此诗。

崖门是珠江出海口之一，两山之脉向南延伸入海，如门束住水口，故谓崖门。诗人来到这里，听着萧萧的风声，想着风雨飘摇的国势，感慨当年南宋灭亡的一幕，在几百年后的今天，又被南明重演。国恨家仇，使他悲恸万分，所以翻涌的波浪，在他看来也是那么悲凉。祠庙荒无人迹，可见人们久已不来祭拜了，一声望帝鸟的哀啼，也让他感到十分惊心。从诗人向永历帝上表到如今，正好十个年头。十年里，诗人时时刻刻都是一个愁人——为破败的故国忧愁的人。俗称"有门分上下"，看到崖门作为交界处正好分开了西江淡水与南海咸水，诗人由衷地叹息，万里江山如今却没有一个划分华夏和蛮夷的界线！最后他说，自己虽然结束了亡命生涯回到广东，但今后的生活仍充满了艰难，没能像三位忠烈那样舍身明志，以身殉国，内心非常愧疚不安，因此鼓不起勇气向长满苍苔的旧碑去诵读记述英雄事迹的碑文。

这是一首借古讽今的诗，看似吊古，实乃伤今。感情真挚痛切，语调浑厚有力，低昂盘郁，一唱三叹，无限苍凉凄楚之情溢于言表，具有强烈的艺术感染力。尤其是诗的颈联，即景成对，对比极为明显，表现了对异族统治者的极大愤慨，是诗中的警句，受到后世的广泛称誉。赵翼说："此等雄骏句，虽李、杜、苏、陆，穷尽力气，一生不过数联，而独漉（陈恭尹的号）切定其地，不可移咏他处，尤难得。"张维屏说："七律到此地步，所谓代无数人，人无数篇者也。"

（原载《深圳特区报》2018年7月12日）

瓜豆之喻，椎心泣血

在中国诗史上，有两首用瓜、豆比喻骨肉的诗，诗人所遇到的情景也颇为相似，其中一首诗非常出名，另一首则近乎寂寂无闻。

第一首就是曹植著名的《七步诗》：

> 煮豆持作羹，漉豉以为汁。
> 萁在釜下然，豆在釜中泣。
> 本是同根生，相煎何太急！

纵观中国历史，在皇室内部，围绕皇位的争斗，常常是腥风血雨，异常残酷。父赐子死、子弑君父、兄弟相残、母儿反目的事情屡见不鲜，甚至成为常态。三国时期的魏国也是这样。曹植在曹操的几个儿子中，是才华最出众的一个，他从小聪慧，十多岁就"诵读诗论及辞赋数十万言"。谢灵运曾说："天下才有一石，曹子建独占八斗，我得一斗，天下共分一斗。"建安十五年（210）冬天，曹操在邺城建成铜雀台，命儿子们登台作赋，十九岁的曹植"援笔立成"，而且写得斐然可观，很得曹操的宠爱。而曹植很早也立下建立功业的雄心壮志，曹操也一度认为曹植是兄弟间"最可定大事"者，几次打算定他为太子，来继承自己的事业。但是，后来因为哥哥曹丕一方面在继承问题上有优于曹植的地位；另一方面比曹植更有心计，善弄权术，走宫廷路线，又有一帮人给他出主意造舆论；而曹植则"任性而行，不自雕励，饮酒不节"，做了几件让曹操失望的事情，渐渐失去了曹操的信任。于是，曹操最终立曹丕为太子。在曹操死后，曹丕继任为丞相，后自立为皇帝。但因为有前面所说的那些事件，曹植一直深受曹丕猜忌。等曹丕当了皇帝后，便对曹植进行一系列的迫害，先是杀死一直拥护曹植的丁仪兄弟，接着把曹植赶往封地，置于监国使者的严密监视之下，后又借故不断迁徙其封地，并贬削他的爵位。传说有一次，曹丕刁难曹植，命他在七步之内作出一首诗来，如果做不到，就"行大法（杀头）"。谁知曹植才华横溢，没走几步，便吟出了上面那首诗，所以诗名就叫《七步诗》。这首诗比喻生动，语言浅显，寓意也十分明了：煮熟豆子做羹汤，过滤煮熟发酵过的豆子制作调味的汁。豆茎（秸秆）在锅下燃烧，豆子在锅里抽泣，豆茎豆子都是同根而生，煎熬为什么这么狠急？此诗虽然是在极短的时间里急就而成，但诗人取譬巧妙，通过萁豆相煎，暗喻兄弟本为手足、不应同根相残，平实通俗的语言背后，是椎心泣血的悲愤。后来民间流传的，还有一个版本，仅有四句，即"煮豆燃豆萁，豆在釜中泣。本是同根生，相煎何太急！"这大概是在流传的过程中，人们对原诗进行了简化和浓缩而形成的口语版。

另一首诗是唐代李贤的《黄台瓜辞》：

种瓜黄台下，瓜熟子离离。
一摘使瓜好，再摘令瓜稀。
三摘尚云可，四摘抱蔓归。

李贤是唐高宗李治与武则天的儿子。他也和曹植一样，自幼聪敏，"初唐四杰"之一王勃曾为其侍读。他熟读经史、诗赋，聪颖贤良，深得高宗李治喜爱。但其母后武则天是一个权欲极强又心黑手辣的人，在她的唆使下，高宗最先立的太子李忠被废黜，后又被诬叛逆而被赐死；李忠死后，高宗又立他与武则天的长子李弘为太子，李弘仁德敬谨，深孚众望，口碑很好，但有一次却在随帝后出行洛阳时蹊跷猝死。后世对此有两种说法：一说太子因久病而死，一说为武则天鸩杀。鸩杀说的根据是，李治多病，曾有禅位太子之意，太子就此成为武氏掌权的阻碍，所以被武则天害死。李弘死后，李贤继立。在当太子期间，他处理政务公允清明，为高宗李治和朝廷上下所赞扬，但却为母后所猜忌，从而与武则天关系紧张。据《资治通鉴》载："太子贤闻宫中窃议，以贤为天后姊韩国夫人（武后的姐姐）所生，内自疑惧。明崇俨以厌胜之术（一种巫术）为天后所信，常密称：'太子不堪承继，英王（李显）貌类太宗。'又言：'相王（李旦）相最贵。'天后尝命北门学士撰《少阳正范》及《孝子传》以赐太子，又数作书诮让之，太子愈不自安。"就这样，李贤渐失母爱。虽为母子，李贤深知母亲为人之阴险毒辣，在母亲的政治野心面前，所谓母子之情，薄如云烟，因此他终日恐惧不安。《新唐书·承天皇帝倓传》载："贤日忧惕，每侍上，不敢有言，乃作乐章，使工歌之，欲以感悟上及后。其言曰：'种瓜黄台下，瓜熟子离离。一摘使瓜好，再摘令瓜稀，三摘尚云可，四摘抱蔓归。'"李贤不知是否受到曹植的启发，但这首歌辞与曹植的《七步诗》真是异曲同工，一个用豆与豆萁来比喻兄弟手足，一个用瓜和瓜蔓来比喻母子骨肉，言外之意都在于劝喻，希望读到诗的人能有所感悟，有所警醒，从而良心发现，回心转意。《黄台瓜辞》比《七步诗》更为浅显易懂，李贤把兄弟比作黄台下已经成熟的瓜，为他们一个一个被摘掉而伤感不已，并告诫摘瓜的人（武则天），不能再摘，再摘就只剩下瓜蔓了。然这首诗在意境与华彩上，毕竟比曹诗略逊一筹，也缺少那个传奇般的故事作流传的翅膀，所以闻者盖寡。有趣的是，这首诗也有一个不同的版本，容我转录如下："种瓜黄台下，瓜熟子离离。一摘使瓜少，再摘令瓜稀。三摘尚自可，摘绝抱蔓归。"

但这两首诗带来的结局却不很相同。据说曹丕听完曹植即兴口占的诗后，"深有惭色"，加上母亲卞氏的压力，遂打消了杀害胞弟的念头，虽然后来的防范和迫害仍有，但曹植毕竟保住了一条性命。而李贤虽然写了《黄台瓜辞》，但武则天根本不为所动。仪凤四年（679），那个善于巫术的明崇俨被人杀害，凶手很久不能捉拿归案，武则天便怀疑是太子所为。调露二年（680年），她指使人揭发太子，在太子东宫的马房搜出铠甲数百具，据此诬言太子谋反。高宗因为喜爱李贤，欲宽恕他。武则天却说："贤怀逆，大义灭亲，不可赦。"就这样，李贤被废为庶人，幽禁于长安，收缴的铠甲在天津桥焚毁，以昭告天下。数年之后，他又被逐出长安，流放到偏僻的巴州。高宗驾崩后，武后临朝，不久即派左金吾卫将军丘神勣前往巴州搜查李贤的住宅，以防谋反。丘到巴州后逼令李贤自杀，贤死时年仅二十九岁。直到武则天死后的神龙元年（705），唐中宗李显复辟，追赠李贤为司徒，遣使者从巴州迎回李贤灵柩，以亲王身份陪葬乾陵。景云二年（711），唐睿宗李旦追加李贤皇太子身份，谥号"章怀"，所以他的墓又叫章怀太子墓。

陕西是我的家乡，乾陵是陕西最重要的旅游胜地之一，章怀太子墓于1971年被考古部门发掘，后对外开放。我曾数次陪同朋友从墓道下到墓室参观，瞻仰这样一个身世悲惨的皇太子的安寝之地——但如今这样，也谈不上安寝了！

关联阅读

关于曹植的《七步诗》，郭沫若先生虽说其"脍炙人口，且成了一个有名的典实"，但"疑信难决"。他说："（七步）诗不见本集，有人疑是傅会（附会）。""过细考察起来，恐怕傅会的成分要占多数。多因后人同情曹植而不满意曹丕，故造为这种小说。其实曹丕如果要杀曹植，何必以逼他做诗为借口？子建才捷，他又不是不知道。而且果真要杀他的话，诗做成了依然可以杀，何至于仅仅受了点讽刺而便'深惭'？所以这诗的真实性实在比较少。然而就因为有了这首诗，曹植却维系了千载的同情，而曹丕也就膺受了千载的厌弃。这真是所谓'身后是非谁管得'了。"

郭老爱作翻案文章,他进一步说:"借煮豆为喻,使人人能够了解,是这首诗所以普遍化了的原因。但站在豆的一方面说,固然可以感觉到其的煎迫未免过火;如果站在萁的一方面说,不又是富于牺牲精神的吗?我因而做了一首《反七步诗》以为本文煞尾:煮豆燃豆萁,豆熟萁已灰。熟者席上珍,灰作田中肥。不为同根生,缘何甘自毁?"

(见郭沫若《论曹植》,1943年7月7日)

失题

(三国)曹植

双鹤俱远游,相失东海傍。
雄飞窜北朔,雌惊赴南湘。
弃我交颈欢,离别各异方。
不惜万里道,但恐天网张。

不从金舆惟寿王

李商隐有两首七绝,主要是写寿王。且看其一——《龙池》:

> 龙池赐酒敞云屏,羯鼓声高众乐停。
> 夜半宴归宫漏永,薛王沉醉寿王醒。

这首诗表现的是李隆基在长安的兴庆宫(在兴庆里他的旧邸的基础上兴建的行宫)里的龙池与诸王和后妃游宴及宴罢的情形。首句说在龙池畔设宴赐酒,云母屏风敞开,歌舞喧闹,当羯鼓(唐玄宗特别喜爱的一种乐器)的声音高亢急促起来时,其他的乐器都停了声。半夜以后宴罢归来,薛王因酒酣已经沉醉不醒,而寿王却听着宫中铜壶滴漏的声音,绵长不断、点点滴滴,像敲在自己的心上,怎么也睡不着。

其二是《骊山有感》:

> 骊岫飞泉泛暖香,九龙呵护玉莲房。
> 平明每幸长生殿,不从金舆惟寿王。

这首诗表现的是唐玄宗在华清宫温泉洗浴时的情形。骊山飞溅的温泉浮泛着暖暖的香气,唐明皇的御汤浴殿——九龙殿的九条雕龙呵护着浴池中央喷出汤泉的玉莲蓬。每当天色微明,玄宗幸临长生殿的时候,不愿意跟从皇帝辇驾的只有寿王。

这个寿王，是指唐代的寿王李瑁，唐玄宗李隆基的第十八个儿子。他为什么参加了父皇举办的家宴回来却睡不着觉？而且不愿跟从父皇去华清宫的寝殿长生殿呢？

这自然与他的父亲有关系，同时还与另一个人有关系，这个人就是父皇的爱妃杨玉环。

说到唐明皇李隆基和杨玉环的爱情故事，千百年来，人们一直津津乐道，或赞美，或

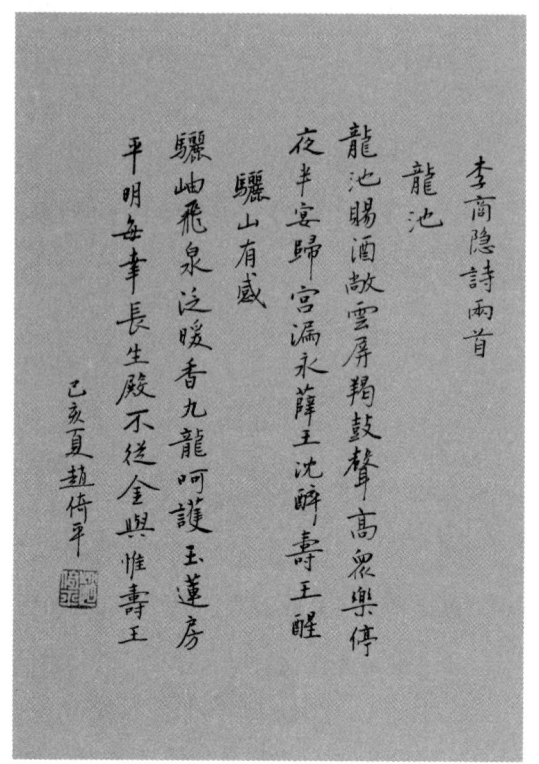

惋惜。尤其是白居易的《长恨歌》，更为这段故事插上了翅膀，使其广为传诵，诗中的"在天愿为比翼鸟，在地愿为连理枝""天长地久有时尽，此恨绵绵无绝期"更成为千古名句！但白居易诗中的"杨家有女初长成，养在深闺人未识。天生丽质难自弃，一朝选在君王侧"句，似乎是说杨玉环因为美丽，直接从家里的深闺被选入宫中，得到皇帝的恩宠。实际上，这却是有意隐瞒了一段事实。

唐玄宗李隆基是唐朝在位时间最长的一位皇帝。他的一生应该分为两个阶段，前期文韬武略，清除武氏余党、平息韦后乱政、灭绝太平公主势力、虚心纳谏、励精图治，开创了政治昌明、民阜物丰、社会安定的"开元盛世"，将大唐推向极盛；后期却年老怠逸，贪图享乐，疏于朝政，任用权奸，最终导致"安史之乱"，使大唐由盛而衰。在私生活方面，李隆基先宠爱元献杨皇后，后宠爱武惠妃。尤其是这个武惠妃，为玄宗生了第十八个儿

子李瑁，后被封为寿王。在李瑁姐姐咸宜公主和卫尉卿杨洄的婚礼上，李瑁遇到了杨玉环，为她的美貌所动，在母亲的帮助下，父皇恩准，册封杨玉环为寿王妃。婚后，两人先是住在洛阳，不久后回到长安，居住在十六王宅里的寿王府。那时他们都青春年少，一个俊朗，一个美丽，想必是极甜蜜恩爱的。

这中间又发生了一些事情。武惠妃是武则天的孙侄女，她既继承了武氏的美貌，大概也继承了武氏的心计。为了让儿子李瑁上位，她暗中结托权相李林甫，勾结女婿杨洄，设计说宫中有盗贼，召太子李瑛、鄂王李瑶和光王李琚入宫缉盗，因为披甲入宫，武惠妃便构陷说太子等人入宫谋反。唐玄宗盛怒之下将三个儿子废为庶人，后又赐死于城东驿（又据说根本原因是太子等三人诅恨惠妃，又因他们与前宰相张九龄走得太近而引起玄宗的猜忌）。但武惠妃大概因为太子等被冤杀而受到巨大的心理压力，不久也一病不起，四十岁即去世。

武惠妃的去世，产生了两个结果，一是使寿王失去了宫中强大的倚靠。这样一来，再加上他的身份和资历略欠以及他与李林甫关系密切也让皇上忌惮，最终皇子李亨（即唐肃宗）被选为太子；二是使玄宗又失去了一个最亲爱的女人。玄宗虽然后宫佳丽如云，却再没有一个可意的人能够取代武惠妃的位置，于是终日郁郁寡欢。三年后，他令高力士暗中寻访佳人，高力士回来报告说寿王的妃子非常貌美（还有一说是一次杨玉环跟随寿王去华清池，恰好李隆基也在华清池洗浴，于是李隆基看上了杨）。但这是自己的儿媳妇，怎么办？他一定是想起了前朝的故事：武则天本来是唐太宗李世民的才人，却为太子李治所喜欢，李世民死后，李治先是让武才人到感业寺出家，后留发还俗成了自己的皇后。于是援例处理，以为太后守孝的名义，令杨玉环到道观出家，赐号太真，一年后，纳入宫中。这时，李瑁和杨玉环已经共同生活了五年。至于寿王此时是如何感受，史书不见记载，我们只能凭正常人的想法去猜测。但父亲是至高无上的皇帝，李瑁即使有一百个不愿意，一千个不开心,也不敢有任何表示,因为忤逆就是死罪,前边已经有了几个皇兄的先例。我们只是知道,因为武惠妃当年生了几个孩子都没有成活,生下李瑁后,就送给伯父宁王李宪抚养,是为养父。在父皇夺妻的第二年,宁王病逝,李瑁要求为养父守孝以报乳养之恩,玄宗许之。在三年孤寂的守孝生活结束不久,由玄宗做主,给他另成了一门亲,把韦昭训的女儿册立为寿王妃。而随即,玄宗就把杨玉环册封为贵妃。他们以后的故事,大家都耳熟能详了。至于寿王以后的人生,则相对平静,与韦氏生有五个儿子,五十五岁去世。

所以,杨贵妃并非是从"深闺"而"一朝选在君王侧"的。

而这也就是寿王睡不着觉而且不愿跟从父皇去华清宫长生殿的原因。

由于李商隐的这两首诗从一个侧面尖锐地揭露了唐王朝皇室这桩荒唐不伦的故事,故后人评价"其词微而意显","不涉讥刺而讥刺之意溢于言表","微而显,婉而峻",得"风人之旨也"。

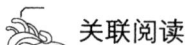

关联阅读

马嵬坡

(明)朱瞻元

六龙回辔此重过,遗恨秋坟掩袜罗。

南内萧萧风雨夜,凄凉应比寿王多。

此璧不献又如何？

和氏璧的故事，在中国家喻户晓，它的文本出自先秦《韩非子·和氏》。故事说的是楚国有一个叫卞和的人，在荆山里得到一块璞玉，便捧着它去献给楚厉王，厉王叫一个玉工去鉴定，玉工却说这只不过是一块石头。厉王认为卞和诓骗国君，为以儆效尤，砍下他的左脚。不久厉王死了，武王即位，卞和又捧着这块璞玉去见武王，武王又让玉工鉴定，玉工还说是一块石头，武王也认为卞和诓骗他，又砍下了他的右脚。武王死后，文王即位，卞和听说了，抱着璞玉在楚山下痛哭，哭了三天三夜，眼泪哭干了又泣血而哭。事情传到宫里，文王听了觉得奇怪，派人去问卞和为什么哭。去的人看到他的双脚都被砍掉，就对他说："天下被砍掉双脚的人多得很，为什么只有你哭得这样伤心？"卞和说："我并不是悲伤我被砍去了双脚，而是哭宝玉竟被当成了石头，忠贞的人被当成了欺君之徒。这才是真正令我悲伤的原因！"文王听说了这句话，就令玉工把璞剖开，果然是一块稀世之玉。文王为了表彰卞和的忠诚和执着，就命名这块玉为和氏璧。

这段文字，究竟记录的是一段历史还是只是一则寓言，都不好说。在《韩非子》的文本之外，还有一些民间传说，比如说石匠卞和出去干活，经常看到有凤凰落在一块岩石之上，鸣叫三声飞走。他想起古人说的"凤凰不落无宝之地"，便认定这石头是一块宝玉，于是就拿着去呈献。至今安徽怀远县荆山还有抱璞岩、抱玉岩以及卞和洞等遗迹。

总之，再到后来，传说这块玉又到了赵国。到赵国的原因，有两种说法：一说楚国向赵国求婚，把玉送给赵国；一说赵国太监缪贤偶然以五百金购得，赵惠文王闻知，将璧据为己有。而历史确有记载的，则是秦国得知此璧后，秦昭王"遗赵王书，愿以十五城请易璧"——要用十五座城来换，这就有了蔺相如完璧归赵的故事。之后，这块玉璧终于还是到了秦国手里，时间至少是在秦王政十年（前237）。证据是李斯在当年上《谏逐客书》中曾提道："今陛下致昆山之玉，有随、和之宝。""随"即"随侯之珠"，"和"即"和氏之璧"。又传说秦始皇统一天下之后，命宰相李斯篆书"受命于天，既寿永昌"八字，形同龙凤鸟之状，由咸阳玉工王孙寿将和氏璧雕琢为皇帝玺，代代相传，因此称为"传国玺"。秦亡，玺被子婴献于刘邦。后王莽篡汉，向孝元太后索要玉玺，太后闻言怒摔此玺，竟被崩坏一角，后以黄金镶补。王莽败后，玉玺到了刘盆子手上，后刘盆子奉玉玺降于刘秀。东汉末年，在汉少帝手中，玉玺丢失。十八路诸侯讨董卓时，却被长沙太守孙坚偶然得到。孙坚死后，袁术得此玺，袁术死，玉玺又到了曹操手中。晋统一三国，玺归司马炎所有。西晋经历八王之乱和永嘉之祸后灭亡，晋室南渡是为东晋，后东晋被刘宋所灭，进入了南北朝时期。这期间三百多年，传

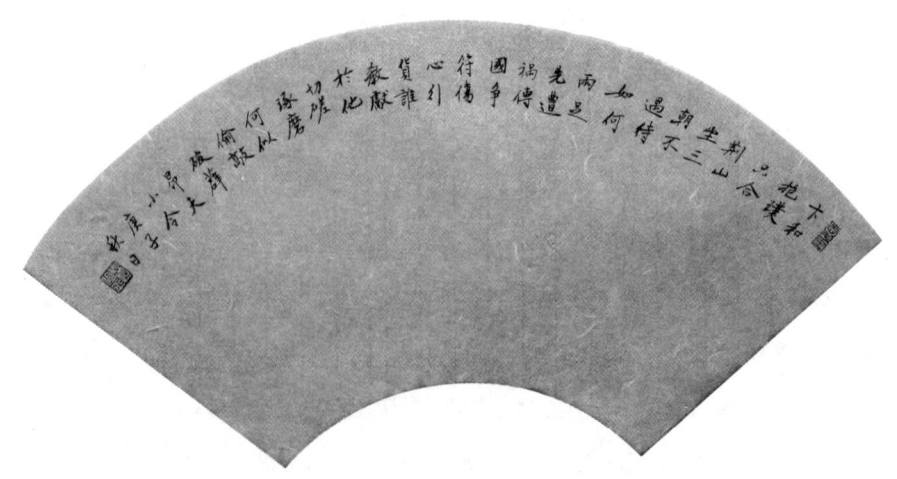

国玉玺在各割据军阀手中转来转去。直到隋统一中国，隋文帝从陈后主处得到传国玺。正如《三国演义》第六回上说的："玉玺得来无用处，反因此宝动刀兵。"隋末，隋炀帝携玺南下扬州，在江都被弑，玺又归宇文化及。宇文化及兵败后，萧后带着皇孙政道携传国玺逃到漠北突厥。贞观四年（630），因唐对突厥的战争，萧后又与皇孙政道返回中原，传国玺归于李唐。唐天祐四年（907），梁王朱全忠废唐哀帝，夺了传国玺，建立了后梁。十六年后，后梁被李存勖所灭，李建立后唐，传国玺转归后唐。又过了十三年，石敬瑭引契丹军陷洛阳，后唐废帝李从珂在宫中自焚，传国玉玺至此下落不明，成为千古疑案。加上唐之后五代十国的混乱局面，传国玺彻底消失。这传国玺长得到底是个什么模样？什么颜色？就谁也说不清楚了。

这就是和氏璧（后成为传国玺）的始终。

历代诗人对此本事，或由此而引发写出许多诗歌。但多是从同情、赞扬卞和，抱怨统治者不能慧眼识才，担忧缺少知音不被赏识难以施展怀抱的角度来抒发心思。以唐朝诗人为例。贾岛《古意》："眼中两行泪，曾吊三献玉。"王昌龄《为张僓赠阁使臣》："哀哀献玉人，楚国同悲辛。泣尽继以血，何由辨其真。" 白居易《效陶潜体诗十六首》："三献寝不报，迟迟空手回。"刘长卿 《落第赠杨侍御兼拜员外仍充安大夫判官赴范阳》："泣连三献玉，疮惧再伤弓。"许浑《长安岁暮》："东归万里惭张翰，西上四年羞卞和。" 陈子昂《观荆玉篇》："勿信玉工言，徒悲荆国人。"孟郊《古兴》："痛玉不痛身，抱璞求所归。"戴叔伦《孤石》："贞坚自有分，不乱和氏璧。"李白的《古风之三十六》和《鞠歌行》："抱玉入楚国，见疑古所闻。良宝终见弃，徒劳三献君。""玉不自言如桃李，鱼目笑之卞和耻。楚国青蝇何太多，连城白璧遭谗毁。荆山长号泣血人，忠臣死为刖足鬼。"杜甫《舟中出江陵南浦奉寄郑少尹》："滥窃商歌听，时忧卞泣诛。"元稹《谕宝二首》："圭璧无卞和，甘与顽石列。"刘商《殷秀才求诗》："连城犹隐石，唯有卞和知。"李涉《送颜觉赴举》："居然一片荆山玉，可怕无人是卞和。"吕温《古兴》："越欧百炼时，楚卞三泣地。二宝无人识，千齿皆弃置。"李频《下第后屏居书怀寄张侍御》："刖足岂一生，良工隔千里。"姚鹄《随州献李侍御二首》："再刖未甘何处说，但垂双泪出咸秦。"张说《岳州别姚司马绍之制许归侍》："和玉悲无已，长沙宦不成。"张子容《璧池望秋月》："似璧悲三献，疑珠怯再投。"曹邺《下第寄知己》："所痛无罪者，明时屡遭刖。" 李峤《玉》："徒为卞和识，不遇楚王珍。"罗隐《寄洪正师》："价轻犹有二，足刖已过三。"李咸用《送人》："荆山有玉犹在璞，未遇良工虚掷鹊。"上述之诗，皆基本同调。

但也有坚信"是金子总会发光的"。如孟郊的《送孟寂赴举》："况当圣明主，岂乏证玉臣。"李咸用的《赠来鹏》："既同和氏璧，终有玉人知。"而杜牧在《梁秀才以早春旅次大梁将归郊扉言怀兼别示亦蒙见赠凡二十韵走笔依韵》中却发出另一种感慨："但寻陶令集，休献楚王珍。"意思是要学陶渊明那样归隐自然，而不是货与帝王家。

关于和氏璧的作品中较为独特的，应该是李商隐的《任弘农尉献州刺史乞假还京》和元代散曲家、回纥人薛昂夫的《朝天曲·卞和》。李诗是：

> 黄昏封印点刑徒，愧负荆山入座隅。
> 却羡卞和双刖足，一生无复没阶趋。

诗说黄昏散衙时照例封印并清点在押的囚徒，当值的我一入座，荆山雄伟的影子便映在了我的座位边，不禁想起那受诬之玉，心中暗暗惭愧负疚（因为自己得不到重用，在这里充当一个下等的官吏）。这时真羡慕卞和被砍掉了双足，不用一生为拜迎长官而在阶前卑屈地小步快走。李商隐一生不得重用，又刚被贬到这里做一个县尉，屈居下僚，并且还因为在任上想为百姓做点事情而得罪了上司，感愤不平之气充塞胸中，所以由荆山而想到卞和，认为没有双足也好过这样庸碌屈辱的生活，所以干脆辞职（乞假）。李商隐的诗也是借他人之酒杯浇自己的块垒。而薛昂夫的《朝天曲·卞和》则是完完全全在说卞和：

卞和,抱璞,只合荆山坐。三朝不遇待如何,两足先遭祸。

传国争符,伤身行货,谁教献与他!切磋,琢磨,何似偷敲破。

此曲意思是卞和就应该抱着璞玉坐在山里,而不是拿去奉献给君王。但是你却去了,而且去了三次,前两次不被待见,还被砍去了双足,这又何必呢!后来为争这传国玉玺,发生过多少争斗,这真是一个伤人身命的货物,谁教你把玉献给他呢?玉匠们切磋琢磨,把它制成稀世之宝,引起野心家的觊觎和抢夺,还真不如当初偷偷把它敲破。

这首小令立意新警,用语骇俗,一反以前诗人的传统思维,言之成理,颇有见地。在大量与和氏璧相关的诗词中,这首小令无疑最有新意,呈现出异样的光彩。

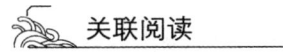

关联阅读

荆山

(唐)胡曾

抱玉岩前桂叶稠,碧溪寒水至今流。

空山落日猿声叫,疑是荆人哭未休。

感古十首(其一)

(宋)胡仲弓

卞氏璧难售,渊明琴本瘖。

自衒亦可丑,三献机转深。

无弦避俚耳,举世谁知音。

所以古达士,万事何容心。

勿学卞氏璧,请事渊明琴。

埋骨在青山，题名在青史

很早就看过明代文学家、明末复社领袖张溥的《五人墓碑记》，极富感染力的文字，使我对苏州五义士激于大义、蹈死不顾的英雄气概极为钦佩，心生感慨。2014年我去苏州，专程拜谒了五人墓，绕墓一圈，再读一遍所镌碑文，徘徊流连了许久。

张溥的碑记以激昂的语言，记述了当时的事实，看过的人就知其大概。这是明代中后期熹宗天启六年（1626）的事。熹宗一朝，宦官魏忠贤极受皇帝朱由校宠信，升任司礼监秉笔太监等职后，专擅朝政，广植党羽，构陷罪名，打击异己，迫害东林党人。他把持了东厂和锦衣卫后，实行特务统治，冤狱遍及全国。凡有睚眦之怨或偶然冒犯魏忠贤者，皆难免一死，甚或破家、株连。他假传圣旨，为所欲为，权倾朝野，荼毒海内。后来又被皇帝晋封上公，炙手可热，甚至被称为"九千九百岁"，全国为他广建生祠。

苏州吴县有一个周顺昌，是万历四十一年（1613）进士，熹宗时，曾任福州推官、吏部主事、文选员外郎等。他为官清正廉洁，为人刚方贞介，疾恶如仇。天启六年前，他因不满朝政，早已乞假居家。因有德于乡邑，深受当地人推重。此前，给事中魏大中因弹劾阉党被构陷入狱。当魏大中被捕解京途经苏州时，周顺昌不惧株连，挽留魏住了三日，并将孙女许配给魏大中的孙子，还在席间大骂魏忠贤，由此触怒了魏党。魏忠贤便唆使人诬告周顺昌贪污,然后派东厂缇骑赴苏州逮捕周。在捉拿周顺昌这一天,东林党人筹集钱财为他做路费,送他启程。而此时民众亦被激怒,数万人聚集城内,涌入官衙,"咸执香为周吏部请命",一时哭声震天。这时,旗尉手按剑柄上前呵斥:"谁在那里哭?"又厉声骂道:"东厂逮人,鼠辈敢尔!"并把镣铐往地上一扔。当地民众早就对他们恨之入骨,镣铐触地发出的声音,激起了群众更大的愤怒,有人说:"始吾以为天子命,乃东厂魏太监耶!"于是蜂拥而上,势如山崩。"旗尉东西窜,众纵横殴击,立毙一人,余负重伤踰垣走。"那个逮捕周顺昌的主使、以大中丞职衔做应天巡抚的毛一鹭则躲在厕所里才得以逃脱。便又急忙调集军队前来弹压,并趁黑夜把周顺昌带走。后来,朝廷以"倡乱"的罪名严加追究此事,颜佩韦、杨念如、马杰、沈扬、周文元五人为保护大家,挺身投案,被阉党处死并把头颅挂在城头上示众。这五个人,真是义士。他们只是普通的市民百姓,并没有受过诗书的教诲,但他们激昂于大义,临刑之时,"意气扬扬,呼中丞(毛一鹭)之名而詈之,谈笑以死。断头置城上,颜色不少变"。后来,有当地的贤德士绅拿出五十两银子,买回他们的头颅,用木匣盛装起来。翌年,即天启七年(1627)秋八月,熹宗驾崩,信王朱由检即位,这就是崇祯皇帝。不久,魏忠贤被贬,后投缳而死,魏党被逐。吴县人请示当局同意,就清理了被废弃的魏忠贤的生祠,把五人埋在了那里,他们的头与身子也合在了一起。"且立石于其墓之门,以旌其所为"——墓门和墓门后石碑上各题有"五人之墓""义风千秋"几个苍劲的大字。这,仅在他们慷慨就义十一个月之后。

五人英勇献身的壮举,受到了后世诗人的赞扬和讴歌。

明代五人的同乡林云凤,有一首《五人墓》诗,诗曰:

> 五人埋骨处,客过每停舟。
>
> 姓氏闻高阙,精灵傍虎丘。

103

> 宦官应敛迹，缇骑尚含愁。
>
> 若不锋端死，空成侠少游。

这首诗说，在埋葬五义士的山塘河大堤旁，过往的客人每每停船上岸凭吊。（张溥在《五人墓碑记》中也说："而五人亦得以加其土封，列其姓名于大堤之上，凡四方之士无不有过而拜且泣者，斯固百世之遇也。"）义士的姓名传于朝廷，英灵和灵秀的虎丘相依傍。因为他们反抗的精神，宦官也为之收敛劣迹，缇骑也心怀畏惧。若不是为正义而死于奸党的刀锋，他们也不过空自成为一般的游侠少年，并不会名垂千古。此诗写出了他们死难的意义和人们对他们的纪念。尤其是尾联，与张溥碑记中写的"不然，令五人者保其首领，以老于户牖之下，则尽其天年，人皆得以隶使之，安能屈豪杰之流，扼腕墓道，发其志士之悲哉"的意思完全相同。

清代学者桑调元更是高度评价了五义士。他的《五人墓》写道：

> 吴下无斯墓，要离冢亦孤。
>
> 义声嘘侠烈，悲吊有屠沽。
>
> 阘冗朝廷党，峥嵘里巷夫。
>
> 田横岛中士，足敌五人无？

诗的首联提到春秋时刺杀庆忌的侠士要离，说苏州如果没有这个五人墓，要离冢就显得太过孤单了。把五人和要离相比，说他们的义举都为苏州增加了光辉。颔联说他们忠义侠烈的名声受到了人们的唏嘘赞叹，连屠夫和卖酒的人都为之悲悼凭吊。颈联用对比的手法来写。张溥在《五人墓碑记》中说："大阉之乱，缙绅而能不易其志者，四海之大，有几人欤？"确实，当时朝中士大夫凡正直忠诚之士皆被魏忠贤及其党羽排挤贬谪或下狱杀害，所余者大多贪鄙龌龊，毫无廉耻，一见魏阉得势，即投靠、依附于魏，成为其"五虎""五彪""十狗""十孩儿""四十孙"等等。所以诗人用"阘冗"，即卑鄙一词来说"朝廷党"。而"峥嵘里巷夫"即"生于编伍之间"的颜佩韦等五人,虽然是"里巷凡夫",却峥嵘高大,两种强烈、鲜明的对比,更显示了受圣人之教的官宦的卑鄙和出身微贱的五人的高尚。尾联又以耻于臣汉的田横五百壮士来相衬五人,提出了一个问题,即田横和他部下自杀而死的价值,能不能与为伸张正义、反抗暴政而捐躯的五人相比?诗人没有直接回答,而是把它留给了读者去考量、去思索。

清代诗人陆次云,也有一首《五人墓》。这是一首五绝,很短:

> 五人五匹夫,五人五君子。
> 埋骨在青山,题名在青史。

这首诗看起来平淡无奇,但细嚼之下,却于平淡简洁之中,显现长味。第一句,因为五人出身平民,普普通通,又"素不闻诗书之训",所以从身份地位上说,"五人五匹夫"而已;但他们富于正义感,面对奸党特务,不畏强暴,奋起反抗,在被捕临刑时,又坚强不屈、正义凛然,大骂阉党,慷慨赴死,从精神品质上说,又是"五人五君子"。"埋骨在青山,题名在青史"

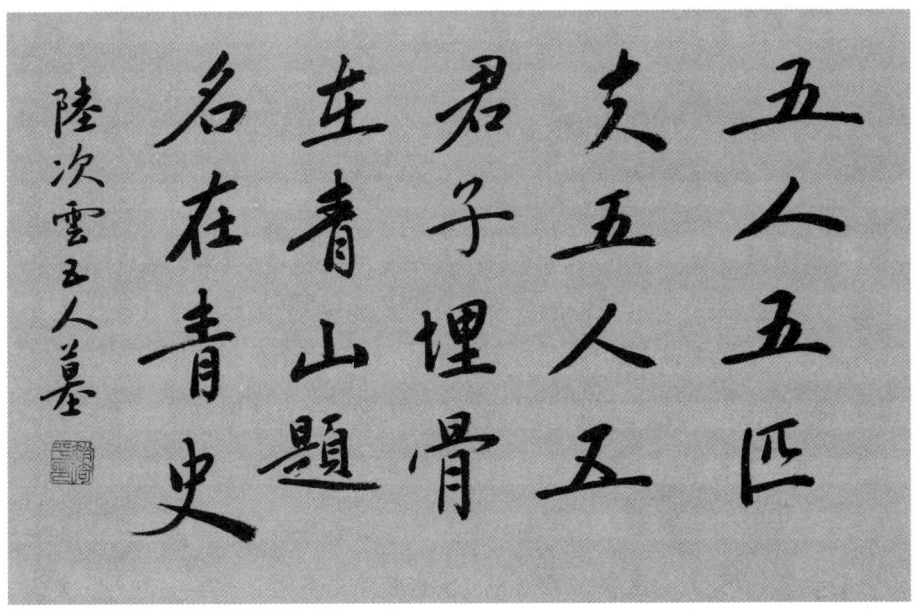

说他们忠骨埋于青山，英名将永垂青史，十分精当、准确地表现了五人崇高精神的久远影响和历史对他们的充分肯定。

现代学人钟叔河先生很推崇五人乡人李福《五人墓歌》中的后五句。且抄全诗如下："嗟尔五人市儿舆隶尔，何所知尔独好义。自昔缇骑来，匈匈逮吏部。万人鸣冤五人怒。五人奋臂呼，万人并力赴，击死缇骑走一鹭。人生快意亦自足，延颈怡然就显戮。今日英魂同聚处，曩时普惠生祠屋。虎丘塘，七里长。花市丛中三尺土，五人名姓千秋香。"当然，这也是歌颂五人义举笔墨酣畅的好诗。

（原载《西安晚报》2021年4月2日）

关联阅读

五人墓

（清）王士禛

流连虎阜游，宛转山塘路。

石门映回波，英灵此中聚。

满坛松桂阴，落日青枫树。

生傍伍胥潮，死近要离墓。

千秋忠介坟，鬼雄誓相赴。

酹酒拂苍碑，寒鸦自来去。

五人墓

（清）蒋士铨

断首犹能作鬼雄，精灵白日走悲风。

要离碧血专诸骨，义士相望恨略同。

盼乌头马角终相救

古代的科举,是朝廷为了网罗天下精英而设计的一项人才选拔制度。所以,统治者一直用严刑峻法来保证它的公正不被侵害,也在客观上保障了下层百姓通过努力学习改变自身境遇的通道。尽管如此,依然有见钱眼开、作奸犯科的官员,清代的丁酉科场案就是一例。

顺治十四年(1657)乃丁酉年,是年八月,江南乡试在江宁举行,主持考试的正考官为翰林院侍讲方猷,副考官为翰林院检讨钱开宗。放榜以后,取中举人一百二十名。虽得中的多是饱学士子,但也有不少是通过贿赂考官而取得的,所以一时引得物议沸腾:有的考官被考生们怒骂羞辱,两位主考大人在放榜结束返回时,被大批士子追着船骂,还向船上投掷砖头瓦块。一些落榜士子聚集在贡院门前,议论纷纷,有人在贡院门上贴上这样的诗:"孔方主试合钱神(暗指主、副考官方猷和钱开宗),题目先分富与贫(这句从科举试题取《论语》中'贫而无谄'一词而来),金陵自古称金穴,白下(南京地名)于今中白丁。"还有一人将"贡院"两个大字的"贡"字中间加了一个"四"字,改成了"賣"(卖);"院"字用纸贴去"阝"变成"完",于是"贡院"变成了"賣完"。有大臣向顺治帝奏参江南主考官方猷弊窦多端,以联宗的缘故,取少詹事方拱乾之子方章钺为举人;御史上官鉉又奏参江南同考官龚勋涉嫌作弊。顺治帝见奏,龙颜大怒,立即传旨:

"方猷等经朕面谕，尚敢如此，殊属可恶。方猷、钱开宗并同考试官，俱着革职。"并令刑部将主考、同考以及中举人方章钺等迅速押解来京，严刑审讯。同时下令考中的举子第二年三月到北京复试，顺治亲自在中南海瀛台主持。后来，刑部查实考官暗通关节、收受贿赂的罪行。复试之后有十四人被黜落，主考官方猷、钱开宗着即正法，妻子、家产籍没入官。叶楚槐等同考官十七人，除已死之卢铸鼎外，全部处绞刑。方章钺等八名被控告有"关节"的新举人，各责四十板，家产籍没入官，父母、兄弟、妻子流徙宁古塔。至此，丁酉科考案尘埃落定。

在被取消举人资格、流放宁古塔的人中，有一个著名的人物，他就是吴江（今苏州）的吴兆骞。吴兆骞字汉槎，在兄弟中排行最小，所以又叫季子，他从小颖异不凡，九岁即能作《胆赋》，十岁写《京都赋》，文章"惊才绝艳"，少年即负才名，参加乡试前，就与华亭彭师度、宜兴陈维崧并称"江左三凤凰"。他并非浪得虚名，而是有真才实学，所以在这次科考中中举，并无作弊。但是，他恰恰碰到了这次科举案，而以前共同结的诗社慎交社中，又有同人因嫉妒趁机诬陷他。在北京复试时，他也不争气。由于这次皇帝亲试，戒备森严，举人们都身带刑具，由两个军士站立两旁监视，"武士林立，持刀挟两旁，兆骞战栗未能终卷"——也就是说，他被这场面吓住了，战战兢兢，以致发挥失常，竟没能答完卷子——考试结果失真，显示其才学不足。于是落了一个责杖并流放宁古塔的下场。

宁古塔，在今黑龙江省宁安市，是清朝前期流放重犯的地方之一。流放到那里的曾有郑成功之父郑芝龙，大文豪金圣叹的家属，思想家吕留良的家属，安徽方拱乾、方孝标家族，江南名士扬越、杨宾父子，佛学家函可，官员兼文人张缙彦，等等。叫宁古塔这个地名，并非当地有座什么塔，而是相传过去有兄弟六个曾在这里居住。满语的"六"念宁古（ninggu），"个"念塔（ta），所以宁古塔就是"六个"的意思。当年的宁古塔，虽为宁古塔将军治所和驻地，但人烟稀少（城内外仅三百多户人家），冰天雪地，闭塞落后，自然环境和生活条件都十分恶劣，一年四季几乎没有什么好天气。且看吴兆骞给母亲信中的描绘："宁古寒苦，天下所无，自春初到四月中旬，日夜大风，如雷鸣电激，咫尺皆迷。五月至七月阴雨接连。八月中旬，即下大雪。九月初，河水尽冻。雪才到地，即成坚冰，虽白日照灼，竟不消化。一望千里，皆茫茫白雪。"凡流徙于此的人几乎都难以生还。而清朝的大案又多以此作为终点，以致犯案者无不闻宁古塔之名而色变。吴兆骞于顺治十六年（1659）闰三月从北京被遣送，艰难行进了差不多六个月时间，于七月抵达宁古塔戍所，其时他二十九岁。据说，他临行时，京中好友顾贞观、徐乾学、吴伟业等人都来为他送行。吴伟业作长诗《悲歌赠吴季子》，顾贞观尤为朋友蒙受的不白之冤感到哀痛，立下了"必归季子"的誓言。吴的父母兄弟本来也是流放宁古塔的，好在后来遇到顺治驾崩康熙登基大赦天下而得幸免。

　　宁古塔虽然自然条件很差，但令人欣慰的是当地满族人民风淳朴，属地官吏及百姓十分敬重这些读书人，对他们高看一眼。关治平先生在《流人吴兆骞与〈秋笳集〉》一文中写道：流人到宁古塔各旗，都分给住房、耕牛和土地。流人可以不当差，不纳粮，生活困难时，还能得到救济。流人虽是刑余之人，但尚且自由。从大将军到副都统、协领、佐领大都与他们交结为友好，而不是对已被打翻在地的他们，再踏上一只脚。文人们还可经常相聚，饮酒赋诗，寻幽探胜。他们还在这里结了个七子诗会，成为黑龙江首个诗社。吴兆骞出身官宦之家，文弱书生，不会耕作，又无生存之道，初到之时意气消沉。后来，他利用自己的所学开馆授徒，生活渐有改善。他的文才也被官员和难友所看重。他教的第一个学生是宁古塔第一个流人陈嘉猷的长子陈光召，他也是吴兆骞最钟爱的弟子。之后，宁古塔将军巴海专门聘吴兆骞为书记兼家庭教师，教授他两个儿子额生、尹生读书。副都统萨布素也与吴兆骞交厚。康熙二年（1663）吴兆骞的妻子葛采真也来到宁古塔，与他相伴十余年，生下二女一子。从风和日丽的江南来到冰雪严寒的北国，反差之大,有时让他觉得这简直是一场噩梦。他写道:"自从身逐乌龙戍,不识春风二十年。""敢望余生还故国,独怜多难累衰亲。"吴兆骞无时不想回到桃红柳绿、莺歌燕舞的故土,但皇帝定的铁案,岂能轻易变动,所以他只得咬牙坚持,苦熬这漫长得似乎没有尽头的流放生活。

但在北京,有一个人始终没有忘记自己的承诺,这个人就是他的挚友顾贞观。顾贞观,字华峰,号梁汾,江苏无锡人,明末东林党人顾宪成的四世孙。顾贞观也是文名卓著,与陈维崧、朱彝尊并称明末清初"词家三绝",同时又与纳兰性德、曹贞吉共称"京华三绝"。他于康熙五年(1666)中举人,曾官内阁中书,又迁秘书院典籍。康熙十年(1671),因受同僚排挤,落职归里。再过五年,经国子监祭酒徐元文推荐,四十岁的他入内阁大学士纳兰明珠府中当塾师,其时二十二岁的明珠之子纳兰性德(字容若)与他一见如故,意气相投,成为莫逆之交。十几年来,顾贞观虽一直没有放弃过营救吴兆骞的努力,但自己仕途蹭蹬,也找不到有力的人。他曾奔求于过去与吴兆骞有过交往而今身居要职的一些大臣,希望他们顾念旧情,能为营救吴兆骞出一臂之力,但都没有结果。他曾请求纳兰性德在其父明珠面前为吴说情,设法营救,但性德与吴素无交往,一时没有允诺。丙辰(1676)冬日,他寄居在千佛寺,又接到吴兆骞的信,信中再诉戍边的苦况:"塞外苦寒,四时冰雪,鸣镝呼风,哀笳带血,一身飘寄,双鬓渐星。妇复多病,一男两女,藜藿不充。回念老母,茕然在堂,迢递关河,归省无日……"这些话让顾贞观凄伤不已,泪流满面。北京冰雪中的冬日已经是寒冷难耐了,由此想到好友怕再也经不起塞外风雪的摧残,救友生还刻不容缓,于是以词代书,填了两首《金缕曲》:

季子平安否?便归来,平生万事,哪堪回首?行路悠悠谁慰藉?母老家贫子幼。记不起、从前杯酒。魑魅搏人应见惯,总输他、覆雨翻云手!冰与雪,周旋久! 泪痕莫滴牛衣透,数天涯、依然骨肉、几家能够？比似红颜多命薄，更不如今还有。只绝塞、苦寒难受。廿载包胥承一诺，盼乌头马角终相救。置此札，君怀袖。

我亦飘零久。十年来，深恩负尽，死生师友。宿昔齐名非忝窃，试看杜陵消瘦。曾不减、夜郎僝僽。薄命长辞知己别，问人生、到此凄凉否？千万恨，为君剖。 兄生辛未我丁丑，共些时，冰霜摧折、早衰蒲柳。词赋从今须少作，留取心魂相守。但愿得、河清人寿。归日急翻行戍稿，把空名、料理传身后。言不尽，观顿首。

这是二首感情深挚、词句恳切、发自肺腑、慷慨激昂的词，因以词代札，所以开首和落款，都用书信的套语，内容也像朋友谈话，明白浅显，但情真意切，动人心魄。词从问好开头，然后顺势写来——季子近来平安吗？即便你

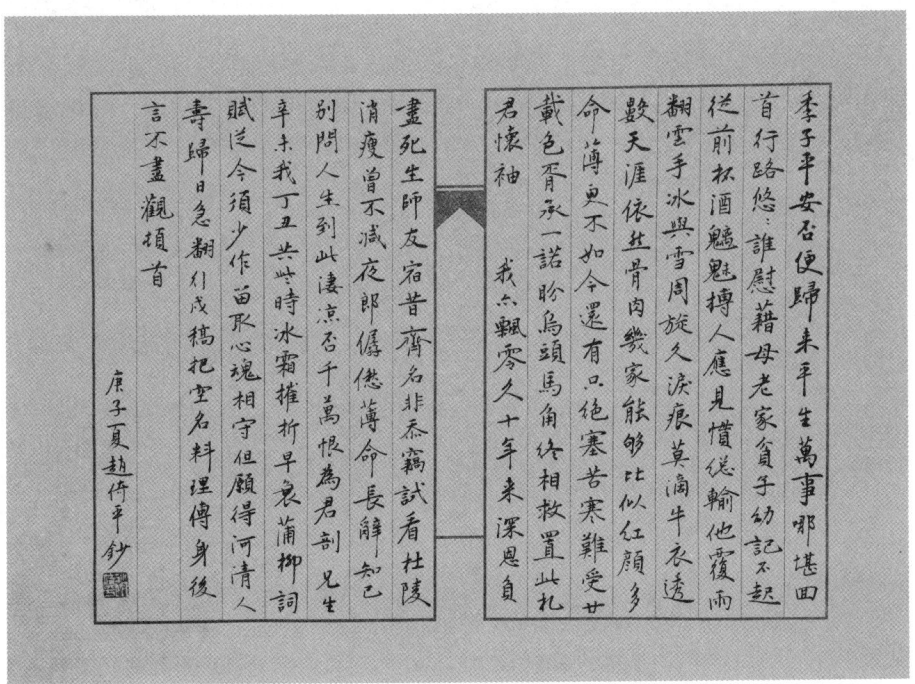

回来，平生经历过的屈辱、苦难，以及逝去的青春、消散的朋友，怎堪回头去想？远行在外的你，长路悠悠，谁来慰藉？况母亲衰老、家境贫寒、子女年幼。现在已记不起从前杯酒言欢的时候。魑魅般的小人陷害人应当司空见惯，正直人总是输给他覆雨翻云之手。寒冷的冰雪，我们已与之周旋了很久很久。下阕说，劝你不要让泪水把粗衣滴透（听了我的话，你会悲伤，但你不要过于悲伤），请数一数远在天涯戍边的人，像你这样骨肉团聚（有出塞相伴的爱妻，生于塞外的儿女）的，能有几家？那些年轻时早早死去的薄命的人，更是不如你如今还活在世上。只是在那遥远的边塞，冰天雪地苦寒难当。二十年了，我要像申包胥一样践行承诺，像燕太子丹那样即使等到乌鸦白头马生角（典用太子丹质于秦，求归，秦王曰：乌头白、马生角，乃许尔。太子丹长叹，而乌鸦白头，马亦生角），也一定要把你营救（虽难而誓为之）。我今天写此以词代书的信札，请你看完把它收藏袖中。

第二首词接着第一首，继续说没有说完的话。先写自己的状况际遇，后又对吴兆骞安慰叮嘱，感人至深：我也在异乡漂泊很久了，自中举十年来，我（没能营救你于绝地）辜负了你这位生死之交的深恩厚望。从前你我齐名并非虚凑（确实名副其实），现在我憔悴得就像清苦消瘦的杜甫，而你徙流所经受的愁苦不下于李白流放夜郎的孱僁。如今我的夫人去世、你这样的知己又远别一方，试问人生到了这步田地，凄凉不凄凉？我将这内心的千万种怨恨，向你剖白。词写到这里，词人又宕开一笔，说你生于辛未（1631）我生于丁丑（1637），这些年里，都经受了冰霜严寒的摧残，两人都像早衰的蒲柳。从今天起，你要少（伤神）作些词赋，珍视身体守护心魂保养精神。但愿黄河变清人长寿。你归来的日子要快点翻出整理戍边的诗稿，虽是空名，也将其传给后世。情长纸短言不尽意，顾贞观在这里顿首。

对这两首词，清代评论家陈廷焯说："二词纯以性情结撰而成，悲之深、慰之至，丁宁告戒，无一字不从肺腑流出，可以泣鬼神矣！""二词只如家常说话，而痛快淋漓，宛转反覆，两人心迹，一一如见。此千秋绝调也。"谢章铤说:"浓挚交情,艰难身世,苍茫离思,愈转愈深,一字一泪。"纳兰性德读到这两首词,深受感动,泣下数行,对顾贞观说:"河梁生别之诗,山阳死友之传,得此而三!此事三千六百日中,弟当以身任之,不俟兄再嘱也。"河梁生别是说苏武和李陵分别之时李陵作"携手上河梁,游子暮何之"之句,山阳死友说的是范巨卿和张元伯生死之约的故事。纳兰性德认为顾贞观的《金缕曲》可以和这两者并称而为之三,并承诺以十年为期,营救吴兆骞。顾贞观觉得十年太长,对纳兰说:"人寿几何?请以五载为期。"纳兰性德后来还和了首《金缕曲》送给顾贞观,其中有"绝塞生还吴季子,算眼前、此外皆闲事。知我者,梁汾耳!"之句。性德便去恳求父亲明珠帮助,幸得明珠应诺。据说在一次宴席上,明珠斟满一大杯酒对顾贞观说:只要你喝完这一大杯酒,我就帮你救吴汉槎。顾贞观素不甚喝酒,但听得明珠此言,便一饮而尽。明珠笑着说:我是和你开玩笑,你不喝掉这杯酒,难道我就不救吴汉槎了吗?后经纳兰明珠运筹斡旋,朋友们凑齐白银两千两,以吴兆骞的名义认修内务府工程的形式赎罪,使吴终于在康熙二十年(1681)被放还关内。此时吴兆骞五十一岁,在宁古塔生活了二十三年。去时还是一个英姿青年,回来已是年过半百的衰颜老汉了。

第二年吴兆骞回江南省母,但已经不适应家乡的气候,加上戍边的折磨,不久大病数月,后回北京医治。明珠还聘他为家庭教师课小儿读书。可惜他回来只有三年,于五十四岁客死京城。他在宁古塔创作了一百多篇边塞诗,"寄羁臣之幽愤,写逐客之漂踪"(《方与三其旋堂诗集序》)及描写边塞的自然景象、风土人情,后收入《秋笳集》,他也有边塞诗人之誉。

据说,后来他和顾贞观之间,因为一些小事产生了矛盾,闹得有些不愉快。但顾贞观并未做过多的辩解。明珠知道后,让人把吴兆骞带到自己的书房,吴兆骞看到屋内白壁上书"顾梁汾为松陵才子吴汉槎屈膝处"几个大字,知道顾贞观为他的生还竭尽了心力,不禁十分愧疚,号啕大哭。

这是一段感人至深的友谊佳话，顾贞观对穷途朋友至诚的情和词，当年感动了纳兰容若，三百多年来又感动了无数人。袁枚在《随园诗话》中再三慨叹顾贞观乃"良朋爱友"，清代词人谭献说其行为"增朋友之重"。是啊，朋友确实是一个伟大的称号，为朋友抛家财、弃千金、两肋插刀、舍生忘死的事，在中国的历史上可谓多矣。谁能交一个像顾贞观这样守然诺、重情义的朋友，此生足矣！

 关联阅读

悲歌赠吴季子

（清）吴伟业

人生千里与万里，黯然销魂别而已。

君独何为至于此？

山非山兮水非水，生非生兮死非死！

十三学经并学史，生在江南长纨绮。

词赋翩翩众莫比，白璧青蝇见排抵。

一朝束缚去，上书难自理，

绝塞千山断行李。

送吏泪不止，流人复何倚！

彼尚愁不归，我行定已矣。

八月龙沙雪花起，橐驼垂腰马没耳。

白骨皑皑经战垒，黑河无船渡者几！

前忧猛虎后苍兕，土穴偷生若蝼蚁。

大鱼如山不见尾，张鬐为风沫为雨。

日月倒行入海底，白昼相逢半人鬼。

噫嘻乎悲哉！

生男聪明慎莫喜，仓颉夜哭良有以。
受患只从读书始。君不见，吴季子！

夜行
（清）吴兆骞

惊沙莽莽飒风飚，赤烧连天夜气遥。
雪岭三更人尚猎，冰河四月冻初消。
客同属国思传雁，地是阴山学射雕。
忽忆吴趋歌吹地，杨花楼阁玉骢骄。

帐夜
（清）吴兆骞

穹帐连山落月斜，梦回孤客尚天涯。
雁飞白草年年雪，人老黄榆夜夜笳。
驿路几通南国使，风云不断北庭沙。
春衣少妇空相寄，五月边城未着花。

三杯两盏淡酒，怎敌他晚来风急

在南北宋转折的那个时期，中国文学史上，出现了一位才华绝代的伟大女词人，她就是李清照。

李清照在青年时期，与丈夫赵明诚的婚姻幸福美满。他们门当户对，都出身于士大夫家庭，双方的父亲同朝为官。她的父亲李格非，时任礼部员外郎，而赵明诚的父亲赵挺之，任吏部侍郎。后来虽然因朝廷内的党争倾轧，各有升降，家庭际遇亦随之改变，但李清照与赵明诚却是两情相悦。那时的朝廷，因为徽宗的反复无常而风云莫测，一会儿贬斥元祐党人，任用蔡京，恢复"新法"；一会儿又起用元祐党人，罢免蔡京，尽除"新法"……这样翻烧饼的结果就是：势同水火的两派官员，或你或我，前一刻还是朝中重臣，后一刻成为下野庶民，甚至罹为阶下之囚。李、赵两家也未能幸免，都经过几番起落沉浮。赵挺之离世后，赵明诚醒悟当今皇帝不是一个有道君王，尔虞我诈的官场更是乌烟瘴气，便与妻子商量，决心离开汴梁这个是非之地，回归故里。这一去，他们便在齐鲁大地的青州生活了二十年。

二十年间，他们先在青州故居"归来堂"过了很长一段神仙般的隐逸生活，之后赵明诚到莱州和淄州当知州，李清照亦随往。赵明诚很早就醉心于金石之学。在当时，仕宦之家都讲究收藏字画、古物、碑刻，而赵挺之又是其中的佼佼者，因此赵明诚有家学渊源。他十七八岁还在太学攻读时，便开始了自家的收藏，他有自己独特的识见与眼力，广征博取，孜孜以求。到了青州，不必为政局的变幻而劳神，也没有俗务来打扰，赵明诚更是心无旁骛地进行搜寻，整理，考证，同时进行《金石录》的编纂。终于，积二十多年之功，皇皇三十卷《金石录》终于大功告成，其著录所藏金石拓片达2000种，上起上古三代，下至隋唐五代，内自京师，外达僻地绝域，无论钟鼎彝器的铭文款识，还是碑铭墓志等石刻文字，以及名人墨宝、残章断画，包罗万象，卷帙浩繁，几乎很少遗阙，更可贵的是其考订精核，独具卓识。李清照则在这二十年间，除协助丈夫完成《金石录》外，潜心于词的创作，词的造诣更加炉火纯青，并且写成了专论文章《词论》，提出词"别是一家"之说。

这个时期，李清照的词多为游玩、饮酒、惜花之作，表现了其生活的悠闲与风雅，风格清新明朗，缠绵悱恻，意境优美，俊逸隽永。如《如梦令》：

常记溪亭日暮，沉醉不知归路，兴尽晚回舟，误入藕花深处。争渡，争渡，惊起一滩鸥鹭。

这是李清照写他们游历济南历城大明湖时的一个侧面。词先说自己陶醉在这美景中（一说饮宴而醉），乐而忘返，游览到傍晚，兴尽而归，在宽阔的湖面上，奋力划船，因为争渡，也许想抄近路，结果误入荷花深处，鸥鹭到了晚上，已要入眠，也被莽撞的她惊起。词精炼生动，有声有色，活泼浪漫。

再看另一首《如梦令》：

昨夜雨疏风骤，浓睡不消残酒。试问卷帘人，却道海棠依旧。知否，知否？应是绿肥红瘦。

词写自己酒醒之后，想起昨晚雨疏风骤，浓睡也没能消得了残酒，起床后丫鬟卷起帘子，她担心风雨摧残了花朵，便问卷帘的丫鬟，但丫鬟说海棠依旧。她不以为然，因为暮春时节，经受了昨夜的风雨后，应该是叶茂而花稀，所以予以纠正说应是绿肥红瘦。这段对话把深闺少妇内心深处惜春伤春的情怀，小丫鬟天真无邪的神态，刻画得栩栩如生，如在眼前。词义含蓄，无一"愁"字，但深重的愁思却渗透字里行间。特别是用"肥""瘦"二字摹写风雨之后花叶的外形和意态，极富形象美。

《醉花阴》是李清照的名作，历来为人称道：

薄雾浓云愁永昼，瑞脑销金兽。佳节又重阳，玉枕纱厨，半夜凉初透。　东篱把酒黄昏后，有暗香盈袖。莫道不销魂，帘卷西风，人比黄花瘦。

这首词上阕写重阳时节，一天都是浓云密布，金兽炉中烧的瑞脑（一种香料）香烟袅袅，词从白天写到深夜。玉枕、纱帐半夜都凉透了，词人的心里也是凄凉的滋味。你看她重阳也不登高，也不出门，闷在家里，不时看香炉中的香料烧去了多少，有点度日如年（愁永昼）的感觉。为什么这样？因为今天是重阳，"每逢佳节倍思亲"，刻画了深闺思妇在节日独对空帏、怅然若失的精神状态。下阕写她黄昏时把酒赏菊，本想借酒消愁，可是一阵菊花的暗香袭来，词人顿生清冷之感，"莫道不销魂"，她忍不住感叹一句。这时，西风吹着帘子，看着那在西风中瑟瑟开放的菊花，词人想，自己一定比这菊花还伶仃。这首词，笔调跌宕有致，波澜曲折，一句"人比黄花瘦"，写尽了孤独和相思之苦。

然而，这种世外桃源般的宁静生活终于被战乱打破。靖康元年（1126）十一月，金兵大举南下，侵犯中原，形势紧迫。他们预感到，青州故里恐怕也难免兵燹之灾。翌年三月，明诚南下金陵奔母丧时，顺便载走古器书画十五车，存放在江南。四月，京城汴梁失守，徽、钦二帝被掳，是为"靖康之耻"。八月，明诚奉诏知建康府，匆匆到江南上任。清照虽仍留在青州，但已在做逃难的准备。谁知到了十一月，金兵未到，驻军却突然哗变，李清照只好携带一批精品，仓皇离开青州，绕东海，溯淮水，经楚州，入运河，在瓜洲南渡长江，抵达镇江，孤身一人在旅邸中度过了春节。刚刚喘了一口气，突然又有张遇的军队攻陷镇江，纵兵大掠，她几乎死于乱军之中。经过千辛万苦，才辗转来到建康。在丈夫身边，她的心情才渐渐平静下来。这时方知，就在她离开不久，青州即被金兵攻陷，归来堂里来不及运走的十几间屋子的文物，全都化为灰烬。

冬末春初时，建康下了一场大雪，李清照按照以往习惯，顶笠披蓑，登上建康城头，看着满目山河，则更加感伤时事。过去踏雪赏梅，总是会有词的，但今天她意绪萧索，她词中所说：踏雪没心情，就颓然回家。后来，她以这五字作为结句，填了一阕《临江仙》：

> 庭院深深深几许，云窗雾阁常扃。柳梢梅萼渐分明，春归秣陵树，人老建康城。　　感月吟风多少事，如今老去无成。谁怜憔悴更凋零，试灯无意思，踏雪没心情。

词作上阕写春归大地，词人闭门幽居，自怜飘零。首二句，三个"深"字，很好地表现了庭院的幽深，又以疑问的语气，加重了"深"的程度。云雾缭绕的门窗"常扃"，表明词人自我幽闭阁中，不愿步出门外，甚至不愿看见外面景况。貌写闺情，实蕴国恨。第三句写的就是词人看到的景物，柳梢吐绿，梅萼泛青。然而这一片早春风光，让她感到的是："春归秣陵树，人老建康城。"这两句所蕴含的痛楚是相当深沉的。下阕进而追忆往昔，对比眼前，无限感喟。到这里，词人情绪极为激动，不禁呼出"谁怜憔悴更凋零"。山河破碎，无人收拾，词人流落江南，瘦损憔悴。一个"更"字，道出了词人的心境日渐一日地悲凄。试灯是宋人元宵节前的一件盛事。而踏雪，有记载说"易安每值天大雪，即顶笠披蓑，循城远览以寻诗"，可见以前她对这两件事都很感兴趣。可如今，却认为"无意思""没心情"，进一步表露了词人对一切都感到心灰意冷。南渡以后，李清照的词风，变得深沉低回、沉郁悲凉。

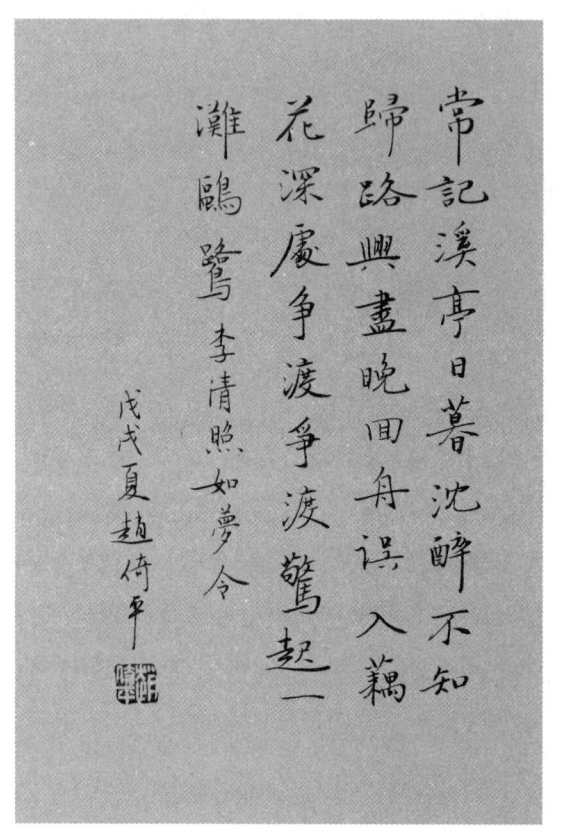

但他们亦未能"人老建康城",不久,明诚接到诏令移知湖州。就在此时,建康城内发生叛乱,明诚因处置不当,又迅被免职。此时,明诚想到了在洪州任兵部侍郎的妹婿,便欲到洪州,找一个安身之地,在赣水之畔继续自己的诗酒金石生涯。他们从建康登舟,带着十几船收藏向江西进发。谁知船到池阳,忽接朝廷复授明诚湖州知府的诏令,明诚只好先独自去复命上任,李清照则暂留池阳,等候消息。分别前,李清照问丈夫:"如传闻城中缓急,奈何?"明诚此时精神如虎,目光灿灿,大声回应说:"从众。必不得已,先弃辎重,次衣被,次书册卷轴,次古器,独所谓宗器者,可自负抱,与身俱存亡,勿忘之!"说完,翻身上马,疾驰而去。谁知一个多月后,李清照收到一封加急书报,原来赵明诚性子急,在三伏天急于赶路,过于奔走劳累,尚未到湖州任上,就在建康病倒了。清照急忙买舟东下,一昼夜三百里,等她赶到建康,明诚已经病入膏肓,奄奄一息。不久,赵明诚便撒手人寰。葬完丈夫,李清照心如死灰,大病一场,仅存喘息。但想到丈夫的未竟之志,她顽强地活了下来,并托人把池阳的文玩古物运来建康。但此时形势日蹙,她思来想去,找来一位稳妥的故吏,托他把两万卷典籍和两千卷碑刻本,送去洪州丈夫的妹婿处代为保管,而自己则带着身边最后一批书画拓片、金石铜器,在金兵的追逐下，一路追赶朝廷（朝廷正在金人的追逐下一路逃窜）。而她托人运往洪州的金石碑刻和书册古籍，后来也随着金兵的攻掠，散为云烟，荡然无存……

　　李清照晚年的生活是孤苦的，也是动荡不定的。绍兴四年（1134），金人又发兵南下，李清照从杭州到金华避难。第二年暮春三月的一天，金华的名胜双溪正值落英缤纷，碧波荡漾，大家都去划船游玩。词人听说后，突然也想去游玩一下，但随即又打消了这个念头，感慨万千中，她含着清泪，填了这样一首《武陵春》：

　　　　风住尘香花已尽，日晚倦梳头。物是人非事事休，欲语泪先流。　　闻说双溪春尚好，也拟泛轻舟。只恐双溪舴艋舟，载不动许多愁。

词抒写了词人深重的忧愁。开头两句说百花凋谢，委身尘土，春事已尽，自己也意兴萧索，神情倦怠，连头也懒得梳。"物是人非事事休"，反映了个人的遭际和国运的变迁。所谓"物是人非"，不是一个小变化、个别变化、轻微变化，而是带有根本性的、重大的、剧烈的、广泛而深刻的变化。无数的事情，无尽的痛苦，都在其中，词人的生活在这段时间也出现了巨大的落差，给心灵上留下了难以磨灭的创伤。所以，正想说，眼泪却先流了下来。"欲语泪先流"，说明词人饮下的人生苦酒，都化作了满腔辛酸的眼泪。这时听说双溪景色秀丽，一时也激起了出游的兴致，但顷刻间又被那深沉的愁绪湮没了。"闻说""也拟""只恐"三个词，传神地表现了词人此刻的内心活动。最后，词人拈取了一个小小的"舴艋舟"来，意思是舟太小，而愁太重，怕它载不动那么多愁。李清照在炼字、炼句、炼意方面有极高的水平。一个比喻，使她内心深处不能明言、难以表达的抽象的愁绪，顿时变成可以捉摸的形象，变成了一种重量，从而淋漓尽致地表现了出来，给人心灵以强烈的震撼。

在暮年一个秋日的黄昏，李清照写下了她的千古绝唱《声声慢》：

寻寻觅觅，冷冷清清，凄凄惨惨戚戚。乍暖还寒时候，最难将息。三杯两盏淡酒，怎敌他、晚来风急？雁过也，正伤心，却是旧时相识。　满地黄花堆积，憔悴损，如今有谁堪摘？守着窗儿，独自怎生得黑！梧桐更兼细雨，到黄昏、点点滴滴。这次第，怎一个愁字了得！

李清照以惊人的艺术手法，用寥寥九十七个字，概括了她南渡以后的生活状况和精神面貌。词一开头，她就在凄风苦雨的黄昏，到处寻觅。寻觅什么？也许是过去陪她度过的旧物，也许是一起生活过的亲人，也许是那些欢乐的时光，但这一切都消逝了。寻觅的结果是冷冷清清的环境，凄凄惨惨的气氛。但忽暖忽寒的气候，一会儿热，一会儿冷（一会儿太阳出来，暖一阵，一会儿秋风吹来，又冷了）的天气，很难让人安心调养休息，只好像往日一样，以酒消愁。但淡酒抵不住猛烈的寒风。这时长空大雁飞过，这些从北国飞来的大雁是旧相识啊，而北方的国土已被皇帝弃了，正在金人铁蹄的蹂躏之下，这更引起她无限的伤心。下半阕感情更加深化。她在窗前看到，遭受风吹雨打的菊花，堆积一地，憔悴的花没有一朵可摘，所以心情更加忧伤，而时间也显得格外漫长，孤孤单单一个人，坐在窗前，什么时候才能熬到天黑？她听着这打在梧桐叶上的细雨，点点滴滴，一声一声，就像打在她充满忧思的心上。这时，她精神上的痛苦已经达到了无以复加的程度。"这次第"——是宋代人的口语，就是这般光景、这种情况的意思——哪是一个"愁"字能包括得了的呢？也就是说，现在的心情，岂止是一个"愁"字！词人用反诘来结束词篇，更加强调了这个"愁"字，也起到了画龙点睛的作用。

这首词，确实有不少奇字奇句，警笔妙语，如开首前三句的十四个叠字，用得非常巧妙，像大珠小珠落玉盘，但又非常朴实自然，并非刻意求工。这主要是作者把自己不幸的遭遇和苦难的经历，和着血泪写成。词贵情真，词贵意切，词贵语新。这种压抑在词人心中的痛楚之情，刻骨之恨，借助词人炉火纯青的艺术技巧，倾注笔端，自然就十分感人了。后人评说这首词多以"创意出奇""造语奇隽""以易为险，以故为新"而论，也有说"颇带伧气"，或说是"贵妇人的哀鸣"，或说小女子见景生情的小情调，等等，要么是就词论词，要么是皮毛之见。要真正理解李清照后期的词作，就要看到作者从桃花源般宁静的生活坠入兵荒马乱岁月的无奈，看到作者在短短几年中国破家亡夫死的悲惨遭际所带来的绝望。不了解这些背景，就很难体会李清照词中所深含的凄苦与悲哀。

（原载《深圳特区报》2018年3月29日）

关联阅读

李清照的如梦令"昨夜雨疏风骤"，吴小如先生在《说李清照〈如梦令〉词二首》中另有一解："此词乃作者以清新淡雅之笔写秾丽艳冶之情，词中所写悉为闺房昵语，所谓有甚于画眉者是也，所谓绝对不许第三人介入。头两句固是写实，却兼隐比兴。金圣叹批《水浒》，每提醒读者切不可被著书人瞒过；吾意读者读易安居士此词，亦切勿被她瞒过才好。及至第二天清晨，这位少妇还倦卧未起，便开口问正在卷帘的丈夫，外面的春光怎么样了？答语是海棠依旧盛开，并未被风雨摧损。这里表面上是用韩偓《懒起》诗末四句'昨夜三更雨，今朝（一本作"临明"）一阵寒，海棠花在否，侧卧卷帘看'的语意，实则惜花之意正是怜人之心。"

谁将汉女嫁胡儿，风沙无情貌如玉

和亲，也叫作和戎、和番，管彦波先生给它下了一个定义："是指中原王朝统治者与周边少数民族或者各少数民族首领之间出于各种各样的目的而达成的一种政治联姻。它作为历朝民族总政策的一个组成部分和一种民族关系的表现形态，贯穿于中国古代历史的发展过程中，对历史发展有着或隐或显的影响。"①这个定义具有高度的概括性。

在中国历史上，和亲可以追溯到春秋战国时期。据史书记载，晋自建国，一直在戎狄的环伺之下，战事时有发生。到晋悼公时，晋国强大起来，周围诸侯宾服，这时，北戎无终子（无终国）的执政嘉父派人到晋国，请求与晋国讲和。悼公认为戎狄贪婪无信，不讲礼仪，不但不想讲和，还想趁机讨伐他们。但晋国的国卿魏绛却说不可，他分析了当时的局势，认为和戎对晋来说有五利，从而说服了晋悼公，悼公便让魏绛和诸戎去签订和盟。这为晋国创造了一段和平的时期。当然，这只是宽泛意义上的和戎。和后来的和亲较为相似的，是在周襄王时期。周襄王要攻打郑国，怕自己势单力薄，便娶戎狄女为王后，然后联合戎狄一起起兵伐郑。

真正政治意义上联姻式的和亲始于汉代。甫一开国，在高祖刘邦手里，即有和亲之举。当时的情况是：连年的楚汉相争，社会经济受到严重破坏，国库空虚，士卒厌战，但北方的匈奴却日益强大，不断南下抢掠骚扰。在这种背景之下，刘邦采用了娄敬与匈奴和亲的主张，把公主下嫁给匈奴的冒顿单于为阏氏（匈奴的王后），并每年送去颇为丰厚的絮、缯、酒、食等，双方约为兄弟，并开放两国（族）的贸易。这是公元前200年的事情。以后，汉惠帝、吕后、汉文帝、景帝、武帝和元帝都采取过和亲政策。和亲的对象不止于匈奴，还有乌孙国和鄯善国。至于远嫁的公主和宫女有多少，已不可考，据史料记载，至少有十六位。其中最有名的，就是出塞的昭君。

昭君本来也应该是众多和亲美女中的"普通一兵"，但因为一个传说，使昭君的和亲，具有了传奇色彩。昭君乃湖北秭归人，貌美姿异，汉元帝时被选入宫。但元帝后宫充实，顾不过来，为了省事，就让画工画像，按图召幸。好些宫女都贿赂画师毛延寿，让美化自己以冀得宠，而独昭君自恃美貌，不去行贿。于是毛画师便把她丑化，故数年不得见御。待到南匈奴呼韩邪单于来长安自请为婿，元帝就把昭君赐给了他。但等到单于临辞大会，昭君出场，元帝才发现"昭君丰容靓饰，光明汉宫，顾景裴回，竦动左右"，她不但貌美，而且善于应对，举止娴雅，应为后宫第一。元帝大惊，颇有悔意，但因已答应了匈奴，不好失信，只好忍痛割爱。元帝事后追究责任，把毛延寿等几个画师杀了头。昭君到匈奴两年后，呼韩邪单于去世，按照匈奴的规矩，昭君必须改嫁呼韩邪单于第一位阏氏所生的长子。这在汉人看来，是不可思议的事情，昭君自然难以接受，便上书汉成帝，请求返回故土。但成帝却令她遵从胡俗，昭君无法，只得再嫁。昭君在匈奴与前后夫共生育一子二女，死后厚葬于今呼和浩特市南的平原上。远远望去，其墓黛色溟蒙，后人称之为"青冢"，即所谓"边地多白草，昭君冢独青"。

纵观中国的和亲史，自汉以降直到清代，几乎每个朝代都有次数不等、缘由各异的和亲，连赫赫大唐亦不能免，有唐一代，就有16宗和亲的事件。唐太宗把自己的妹妹衡阳公主嫁到突厥，把弘化公主嫁给吐谷浑可汗，使太宗朝与突厥、吐谷浑之间建立了友好关系。文成公主下嫁吐蕃的松赞干布，更成为汉藏友好的标志性事件，在历史书上占有不可动摇的一页。还有唐中宗时代金城公主和亲吐蕃，唐代宗时的崇徽公主嫁回纥可汗等，都在和亲史上留下了痕迹。据说，和亲在清代达到了顶峰，大概有几千人嫁到了外藩蒙古，但都没留下什么佳话。

这些和亲的公主或宫女，不论什么原因、以什么形式去国远嫁，在后世诗人那里，都成为吟咏的对象。千百年来，诗人或是在遗迹前凭吊，或是在脑海中想象，或是被史籍所感激，或是受现实的触动，写出了许许多多低回悱恻的诗篇。那么，诗人们眼中的和亲是怎么样的呢？

公元766年，唐代宗时期，杜甫客居夔州时，写了一组《咏怀古迹》，其中第三首写的就是王昭君，诗云：

> 群山万壑赴荆门，生长明妃尚有村。
> 一去紫台连朔漠，独留青冢向黄昏。
> 画图省识春风面，环珮空归月夜魂。
> 千载琵琶作胡语，分明怨恨曲中论。

杜甫应该是站在白帝城的高处，遥望迤逦的千山万壑，感觉都像是奔向荆门，奔向了昭君（晋避司马昭讳，改称昭君为明妃）出生的那个至今还在的村庄。紧接着，说她离开汉宫（紫台，汉宫名）就到了塞外的万里沙漠，今天只留下荒郊的一个青冢对着日落黄昏。好一个昏庸的君王，靠画图来略识美人的面孔，环佩叮当应该是昭君乘着夜色归来的灵魂。千年来琵琶声都是异域的胡调胡音，那诉说的分明就是昭君无穷的怨恨。杜诗说得很明确，昭君出塞，是怀着一腔愁怨的。在汉时，不得御幸，是一怨也；不得已远嫁异族，二怨也；老单于死，求归不得而被迫再嫁其长子，三怨也；至死也不能再回故土，四怨也。当然，可能还有一层怨，就是"琵琶马上无穷恨，最恨当年误入宫"（元·吴师道《昭君出塞图》）。可见对个人来说，这是不幸的，而不是后来有些人从"大义"出发，认为为了江山社稷而牺牲小我是多么光荣豪迈的事业。

　　对于昭君在匈奴的生活，诗人也多有吟咏。白居易诗："满面胡沙满鬓风，眉销残黛脸销红。愁苦辛勤憔悴尽，如今却似画图中。"意思是说她满面载着塞外的沙尘和风霜，眉上描的青黛已经销残，脸色也失去了红润，心情的愁苦和身体的辛劳使她很是憔悴，如今真有点像毛延寿画中的那个样子了。而唐代诗人郭震认为远嫁边塞的昭君比画里更不如了："自嫁单于国，长衔汉掖悲。容颜日憔悴，有甚画图时。"唐代诗人杨凌《明妃怨》诗写道："汉国明妃去不还，马驮弦管向阴山。匣中纵有菱花镜，羞对单于照旧颜。"储光羲《明妃曲》言："日暮惊沙乱雪飞，傍人相劝易罗衣。强来前帐看歌舞，共待单于夜猎归。"这两首诗一说她羞于也懒于照镜，一说她强打精神去看歌舞，都是活得并不开心的表现。诗人甚至极而言之，说家回不了，但是哪怕能够看到中原的尘土，也是一种慰藉："厌践冰霜域，嗟为边塞人。思从漠南猎，一见汉家尘。"（郭震《王昭君》）更兼当单于死后，她生出借此机会复返中原的希望，白居易这样写："汉使却回凭寄语，黄金何日赎蛾眉？君王若问妾颜色，莫道不如宫里时！"这是多么迫切却又婉转的愿望和心情，但最后也被皇帝一纸"从胡俗"的敕令断绝。因此，昭君的怨恨是一个活生生的女人的常情。诗人以常理之心度之，这么写，应该是艺术地再现了历史的真实。

平心而论，生活在文明程度相对较高、较为开化的礼仪之邦，且又是皇室一员的汉族姑娘，要她为了政治（而不是爱情）的目的，远离故土，与父母姐弟生离死别，嫁给落后封闭且又是异族的男子为妻，是不可能没有哀怨的。在昭君之前嫁给乌孙国王猎骄靡的公主刘细君，也与昭君命运相同。猎骄靡年事渐高，想让孙子娶刘细君，细君不肯从命，上书汉天子，得到的回答却是："从其国俗，吾欲与乌孙共灭胡。"细君无奈，只得再嫁，至死不曾归汉。相传其曾作《悲愁歌》："吾家嫁我兮天一方，远托异国兮乌孙王。穹庐为室兮毡为墙，以肉为食兮酪为浆。居常土思兮心内伤，愿为黄鹄兮归故乡。"可见其如何郁郁寡欢，所以在乌孙国只生活了五年而亡。她死后，又有公主刘解忧再去充当她的角色。

汉如此，唐亦然。唐代和亲的众多女子中，有代表性的除文成公主外，还有唐代宗时代的崇徽公主。崇徽公主是唐代著名将领仆固怀恩的女儿，此前她已有两个姐姐和亲回纥，其中一位姐姐嫁给了登里可汗移地健，768年姐姐病死，移地健指名又要仆固怀恩的女儿做妻子，于是唐代宗封仆固怀恩的幼女为崇徽公主，许嫁登里可汗。769年，崇徽公主从长安出发，一路向北，传说途经汾州（山西）灵石之时，以手托岩石，竟然留下一纤巧的掌痕于石壁之上。古人说此"岂怨愤之气，盘结于中不得发，遇金石而开者耶？"大约一百年后，唐咸通年间的诗人李山甫作《阴地关崇徽公主手迹》：

一拓纤痕更不收，翠微苍藓几经秋。
谁陈帝子和番策，我是男儿为国羞。
寒雨洗来香已尽，澹烟笼著恨长留。
可怜汾水知人意，旁与吞声未忍休。

这大概是诗人在阴地关看到崇徽手痕，有感而作。诗说手掌一按下去纤细的指痕便永远不会掉，岩石上青翠的苔藓已经过了多少个春秋。谁给帝王出的和番的主意？我作为男儿为国家感到害羞。几经寒雨的洗刷，手痕留下的余香已经没有了，但怨恨在淡淡烟雾的笼罩下却和手痕一样长留。遗憾的是只有这滚滚的汾水能够领会人意，百年来在翠崖旁呜咽着不忍收声。后人曾镌李山甫的这首诗于石上，称手痕碑。宋欧阳修亦有《唐崇徽公主手痕和韩内翰》一诗：

故乡飞鸟尚啁啾，何况悲笳出塞愁。
青冢埋魂知不返，翠崖遗迹为谁留？
玉颜自古为身累，肉食何人与国谋。
行路至今空叹息，岩花涧草自春秋。

欧阳修在诗中感慨道：飞鸟也会依恋故乡啁啾不已，更何况公主在悲愁的胡笳声中出塞万里。知道这一去便如昭君一样青冢埋魂不能再回来，那么在苍翠的岩石上为谁留下了手痕？自古以来，美丽的容颜反而让自己受到牵累，高官厚禄者有几个为国家殚精竭虑？行人路过这里也只能徒然叹息，岩上涧畔的野花野草依然春天生长，秋天凋敝。李山甫和欧阳修的诗，都体现了公主远适异域的凄怨，也深深地表达了诗人对崇徽公主的同情。

然而在另一面，一些诗人却认为这些女子大可不必那么心生怨恨。唐代诗人王睿的《解昭君怨》这样说："莫怨工人丑画身，莫嫌明主遣和亲。当时若不嫁胡虏，只是宫中一舞人。"诗意浅显，不必诠释。而王安石的二首《明妃曲》更是这样写：

  明妃初出汉宫时，泪湿春风鬓脚垂。
  低徊顾影无颜色，尚得君王不自持。
  归来却怪丹青手，入眼平生几曾有。
  意态由来画不成，当时枉杀毛延寿。
  一去心知更不归，可怜着尽汉宫衣。
  寄声欲问塞南事，只有年年鸿雁飞。
  家人万里传消息，好在毡城莫相忆！
  君不见咫尺长门闭阿娇，人生失意无南北。

  明妃初嫁与胡儿，毡车百辆皆胡姬。
  含情欲语独无处，传与琵琶心自知。
  黄金杆拨春风手，弹看飞鸿劝胡酒。
  汉宫侍女暗垂泪，沙上行人却回首。
  汉恩自浅胡自深，人生乐在相知心。
  可怜青冢已芜没，尚有哀弦留至今。

王安石的诗别出心裁，因而新意迭出。第一首中他也描写了昭君的哀怨，表达了对昭君的同情，但一句"意态由来画不成，当时枉杀毛延寿"是典型的为毛延寿开脱的翻案文章。而"家人万里传消息，好在毡城莫相忆。君不见咫尺长门闭阿娇，人生失意无南北"一句，似以家人的口气来安慰昭君：在皇帝身边的宫女嫔妃，有几个可以得到皇帝的恩宠？即使侥幸得到，也难免像阿娇那样失宠而被打入冷宫，人生失意可是不分南方和北方。与王睿诗异曲同工。第二首写昭君出嫁时胡人以隆重的礼节迎接她，昭君满腔情思无处可说（对胡人，语言不通，不能说；对同去的"汉宫侍女"又不便说），只能诉诸琵琶。她弹着琵琶向胡人劝酒，看着鸿雁向家乡的方向飞，琵琶奏出的音调使侍女暗暗垂泪，沙漠上的行人也频频回首。王安石在这里着重强调"汉恩自浅胡自深，人生乐在相知心"。汉皇不要她，自然是"恩浅"，胡人厚待她，也就是"恩深"，而人生的快乐在于心与心相知。关于"胡恩深"，储光羲有诗也说："胡王知妾不胜悲，乐府皆传汉国辞。朝来马上箜篌引，稍似宫中闲夜时。"若如此的话，单于对昭君也还算是贴心。王荆公诗语石破天惊，卓然不同于前人，曾引起广泛议论。虽如此，末了，说青冢虽已芜没，哀弦却至今还在流传，仍然回到了凄恻哀怨的基调上来。

　　王安石的诗一出，同时代诗人梅尧臣、欧阳修纷纷唱和。欧阳修的和诗有二首，在第一首中感叹"谁将汉女嫁胡儿，风沙无情貌如玉"！而第二首却另有见解，诗云："汉宫有佳人，天子初未识。一朝随汉使，远嫁单于国。绝色天下无，一失难再得。虽能杀画工，于事竟何益？耳目所及尚如此，万里安能制夷狄！汉计诚已拙，女色难自夸。明妃去时泪，洒向枝上花。狂风日暮起，飘泊落谁家？红颜胜人多薄命，莫怨春风当自嗟。"（《明妃曲和王介甫作·其二》）既指斥汉朝皇帝的昏庸无能，又说自恃美色，反而不幸，只应自叹命运，而不必怨天尤人。

　　对于和亲，很多诗人并不以为然。除了欧阳修的"玉颜自古为身累，肉食何人与国谋"和李山甫的"谁陈帝子和番策，我是男儿为国羞"是痛斥和亲之举外，李山甫还有一首《代崇徽公主意》："金钗坠地鬓堆云，自别朝阳帝岂闻。遣妾一身安社稷，不知何处用将军？"唐代诗人胡曾《汉宫》："明妃远嫁泣西风，玉箸双垂出汉宫。何事将军封万户，却令红粉为和戎。"武后年间的左史东方虬亦有《王昭君》三首，其一："汉道方全盛，朝廷足武臣。何须薄命妾，辛苦事和亲。"李、胡、东方三诗同调。戎昱的《咏史·和番》："汉家青史上，计拙是和亲。社稷依明主，安危托妇人。岂能将玉貌，便拟静胡尘。地下千年骨，谁为辅佐臣！"明确地说在汉代的历史上，拙劣的计策就是和亲。江山社稷要依靠贤明的君主，岂能把国家的安危托付给妇人？和亲女子的美貌，难道就能止息了胡人侵扰的干戈？那埋在地下千年已成为枯骨的臣子，有谁真正是辅佐圣主的社稷栋梁呢？此诗激昂痛切，有理有据，有很强的说服力。据说唐宪宗朝，北狄频频寇边，宪宗召集大臣商议对策，许多大臣主张和戎，纷说和戎有五利而无千金之费。宪宗这时说："比闻有一卿能为诗，而姓氏稍僻，是谁？"大臣们说是不是包子虚或者冷朝阳，皇帝说不是。然后念了首《上湖南崔中丞》（戎昱的诗），"侍臣对曰：'此是戎昱诗也。'……上悦曰：'朕又记得《咏史》一篇，此人若在，便与朗州刺史。武陵桃源，足称诗人之兴咏。'"然后便把戎昱这首《咏史》念了一遍，并笑着说："魏绛之功，何其懦也。"皇帝此言的倾向性十分明确，大臣公卿，便不敢再说和戎之事了。

但和亲毕竟在客观上也取得了笼络异族、安定疆域的作用，比如昭君的和亲，使大汉与匈奴五十年边境安宁，所以也有赞颂和亲的。如唐代张仲素的《王昭君》："仙娥今下嫁，骄子自同和。剑戟归田尽，牛羊绕塞多。"宋代刘子翚的《明妃出塞》："羞貌丹青斗丽颜，为君一笑静天山。西京自有麒麟阁，画向功臣卫霍间。"大有美人一嫁，铸剑为锄，万事大吉，应名列功臣之慨。清代许多诗人，更是异口同声地歌颂和亲，如"琵琶声里沙场静，却胜文姬返玉关"（叶调元《昭君台》），"从此玉关无夜警，将军高枕听琵琶"（许秉铨《题明妃画册》），还有不恰当地抬高昭君的，如"和亲人去洗甲兵，巾帼当为一时重"（徐志鼎《明妃村》），"琵琶一曲干戈靖，论道边功是美人"（郭润玉《明妃》），"他年重画麒麟阁，应让蛾眉第一功"（葛秀英《题明妃出塞图》），这些诗句，既未跳出前人窠臼，又完全不合当时实际，也无视昭君被迫远嫁的不幸遭遇。

注：①见管彦波《中国古代和亲的类型、特点及其历史作用》，载《历史教学》2015年第4期。

(原载《罗湖文艺》2019年第5期)

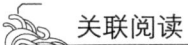 关联阅读

王昭君

（唐）李白

汉家秦地月，流影照明妃。

一上玉关道，天涯去不归。

汉月还从东海出，明妃西嫁无来日。

燕支长寒雪作花，蛾眉憔悴没胡沙。

生乏黄金枉图画，死留青冢使人嗟。

王昭君

（唐）卢照邻

合殿恩中绝，交河使渐稀。

肝肠随玉辇，形影向金徽。

汉宫草应绿，胡庭沙正飞。

愿逐三秋雁，年年一度归。

王昭君三首（其三）

（唐）郭震

闻有南河信，传言杀画师。

始知君念重，更肯惜蛾眉。

惆怅诗十二首（其十二）

（唐）王焕

梦里分明入汉宫，觉来灯背锦屏空。

紫台月落关山晓，肠断君恩信画工。

咏史诗·青冢

（唐）胡曾

玉貌元期汉帝招，谁知西嫁怨天骄。

至今青冢愁云起，疑是佳人恨未销。

昭君怨

（唐）张祜

万里边城远，千山行路难。

举头唯见日，何处是长安？

汉庭无大议，戎虏几先和？

莫羡倾城色，昭君恨最多。

明妃曲和王介甫作二首（其一）

（宋）欧阳修

胡人以鞍马为家，射猎为俗。

泉甘草美无常处，鸟惊兽骇争驰逐。

谁将汉女嫁胡儿，风沙无情貌如玉。

身行不遇中国人，马上自作思归曲。

推手为琵却手琶，胡人共听亦咨嗟。

玉颜流落死天涯，琵琶却传来汉家。

汉宫争按新声谱，遗恨已深声更苦。

纤纤女手生洞房，学得琵琶不下堂。
不识黄云出塞路，岂知此声能断肠？

和介甫明妃曲
（宋）梅尧臣

明妃命薄汉计拙，凭仗丹青死误人。
一别汉宫空掩泪，便随胡马向胡尘。
马上山川难记忆，明明夜月如相识。
月下琵琶旋制声，手弹心苦谁知得。
辞家只欲奉君王，岂意蛾眉入虎狼。
男儿返覆尚不保，女子轻微何可望。
青冢犹存塞路远，长安不见旧陵荒。

王昭君二首（其二）
（清）刘献廷

汉主曾闻杀画师，画师何足定妍媸。
宫中多少如花女，不嫁单于君不知。

古人曾以女子作苟安的城堡，美其名以自欺曰"和亲"。

——鲁迅《灯下漫笔》

谁为美人鸣不平

造物主创造了男人和女人，注定要让他们相互爱慕。但似乎男人更动物性一些，更贪图女人的美貌。如果是平头老百姓，爱一个美女，除了以一个爱慕者的身份追求外，也没更多的办法。但如果是皇帝则不同，他天下第一，有地位，有权力，有资源，要得到中意的美女，比老百姓容易得多。所以古代帝王占有美女，就如囊中探物一般，唾手可得。

但古代的帝王尤其是继任的、末世的，又昏庸的多，还又偏爱美色，结果往往弄得或亡国，或身死，或既亡国又身死。于是乎，"红颜祸水"之论几千年汹汹不绝，而且历史也似乎不断地为持此论者提供依据。试看，夏桀（夏朝最后一代天子）的宠妃、号称"千古第一狐狸精"的妹喜，桀有了她之后，纵情声色，不理朝政，很快被商灭掉。而商的最后一任天子纣王重蹈覆辙，常和妃子妲己在鹿台通宵达旦饮酒作乐，恣意享乐，国家则政治腐败，为周所灭。而西周的最后一任天子周幽王亦是如此，他为得褒姒一笑而烽火戏诸侯，最后同样惹得国破身亡。之后，又有春秋的西施、西汉的赵飞燕、三国的貂蝉、北齐的冯小怜、南陈的张丽华、唐代的杨玉环……

其实，仔细想想，说亡国缘于这些女人，大多是污蔑不实之词，她们是为帝王的昏庸背了黑锅。看看这些帝王的作为吧：夏桀，不修内政，骄奢淫逸，"筑倾宫，饰瑶台，作琼室，立玉门"，从各地搜寻美女，藏于后宫，日夜饮酒作乐，重用投其所好的小人，排挤进忠言的贤臣；纣王，造酒池肉林，用炮烙之刑，听谗言，囚贤人，害忠良；周幽王，在位期间不理朝政，任用虢石父这样的败类，竟然把点烽火这样的国家大事当作儿戏。诸如此类，完全是秉政者昏庸无道，岂是一个妹喜、妲己和褒姒这样的女人唆使或蛊惑的！以此类推，后来那些被污名化的女人也大致如此。美色何辜？耽溺于美色不是美色的问题，而是帝王的问题，他们大权在握，胡作非为，荒淫无度，亡国败政了，却要一个身边的女人来负责，岂不让人笑掉大牙！

  对此，鲁迅先生也是有一番见解的。他在一百多年前就尖锐地指出："所以历史上亡国败家的原因，每每归咎女子。糊糊涂涂代担全体的罪恶，已经三千多年了。"（《我之节烈观》）在《阿金》这篇文章中，他还说："我一向不相信昭君出塞会安汉，木兰从军就可以保隋；也不信妲己亡殷，西施沼吴，杨妃乱唐的那些古老话。我以为在男权社会里，女人是绝不会有这种大力量的，兴亡的责任，都应该男的负。但向来的男性的作者，大抵将败亡的大罪，推在女性身上，这真是一钱不值的没有出息的男人。"虽然阿金这样一个娘姨的出现一时动摇了他的这个信念。

  在历史上，历朝历代都有诗人咏及这类题材，持红颜祸水论者大有人在。如李白的"勾践征绝艳，扬蛾入吴关。提携馆娃宫，杳渺讵可攀。一破夫差国，千秋竟不还"（《西施》），晚唐诗人郑遨的"素面已云妖，更着花钿饰。脸横一寸波，浸破吴王国"（《咏西施》），

家国兴亡自有时，吴人何苦怨西施。西施若解倾吴国，越国亡来又是谁。
罗隐诗倚平书

同为晚唐诗人鱼玄机的"一双笑靥才回面,十万精兵尽倒戈"(《浣纱庙》),北宋诗人郑獬"十重越甲夜成围,宴罢君王醉不知。若论破吴第一功,黄金只合铸西施"(《嘲范蠡》)。这些诗固然是在赞西施,但反过来,就必然又是红颜祸水论的证据。然而也有眼光犀利独特的,跳出了这种窠臼。唐末诗人罗隐的《西施》就是这样一首:

> 家国兴亡自有时,吴人何苦怨西施。
> 西施若解倾吴国,越国亡来又是谁?

诗人的这个诘问简直是太厉害了!你说吴国灭亡是由于西施,那么越国灭亡又是由于哪位美女呢?既为西施辩诬,也让人们信服他的判断——国家兴亡自有时,这个时,就是时势,包括非常复杂的内部和外部原因。同样是唐朝诗人的崔道融,写过一首《西施滩》,说得更直接。诗云:

> 宰嚭亡吴国,西施陷恶名。
> 浣沙春水急,似有不平声。

宋代的王安石,对此也有诗:"谋臣本自系安危,贱妾何能作祸基。但愿君王诛宰嚭,不愁宫里有西施。"这首诗和崔道融的诗,都指出亡国的责任应该由担任要职、却又营私舞弊、谮害忠良的宰嚭来负,而不是西施!但他们也只说对了一部分。唐人陆龟蒙的《吴宫怀古》,则直指问题的根源:

> 香径长洲尽棘丛,奢云艳雨只悲风。
> 吴王事事须亡国,未必西施胜六宫。

这就不但指出了吴王才是亡国的祸首,还同时为西施做了辩白。

除了为西施打抱不平外,历史上很多诗人对另一位有名的美人杨贵妃也寄予深深的同情。公元880年黄巢攻陷长安,唐僖宗沿着当年玄宗西逃的老

路,跑到成都。后来李克用击败黄巢,僖宗又像玄宗一样"幸蜀"归来,同样途经马嵬坡。诗人罗隐有感而发,写下了《帝幸蜀》:

马嵬山色翠依依,又见銮舆幸蜀归。
泉下阿蛮应有语,这回休更怨杨妃。

诗说马嵬的景色还是那么迷人,唐朝的天子又一次从成都逃难回来。已在地下的玄宗(唐玄宗李隆基的小名叫阿蛮)应该有话说了:这回可不应该又怨杨妃了吧!同样是晚唐的诗人韦庄也依此事写了《立春日作》:

九重天子去蒙尘,御柳无情依旧春。
今日不关妃妾事,始知辜负马嵬人。

唐末诗人徐夤在《开元即事》中亦表达了同样的意思:"未必蛾眉能破国,千秋休恨马嵬坡。"后世吟咏马嵬惊变的诗甚多,大都比较一致地为杨玉环抱屈喊冤。如宋代杜佺的"世间绝色何代无,玉环之死真无辜"(《题马嵬山下粉》),清赵长龄的"不信曲江信禄山,渔阳鼙鼓震秦关。祸端自是君王启,倾国何须怨玉环"(《马嵬诗碑》),等等。

而清代大才子袁枚的诗,更是别具新意。他认为这些悲剧是因为美人所生的时代不好和遇人不淑。他说:"才子合从三楚谪,美人愁向六朝生。"(《抵金陵》)他认为美人如果生在六朝那样混乱的时代,命运一般好不到哪

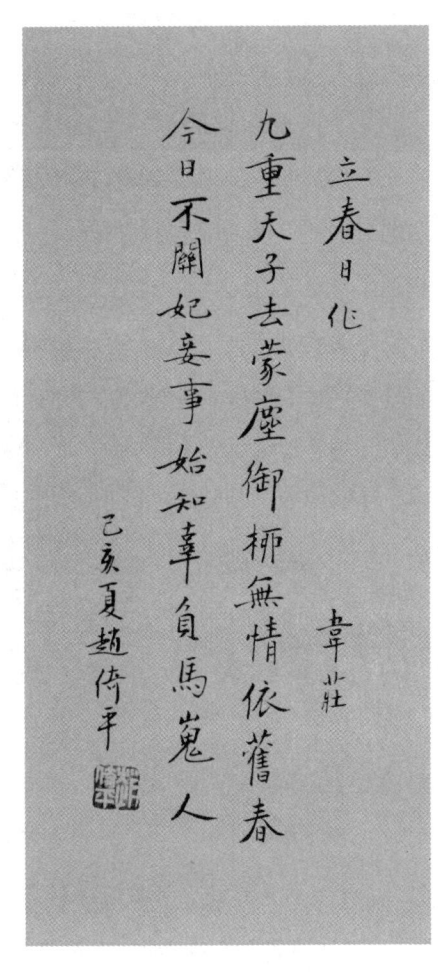

139

里去，而假如遇到贤君（可惜六朝也少有贤君），结局就会大为不同。他也写马嵬，却是这样说的："一样邯郸同走马，慎夫人遇汉文君。"意思是汉文帝虽也宠爱慎夫人，但他贤能，善听臣下谏议，不废政事，故能天下治平，而慎夫人亦得善终。他在另一首诗《张丽华》中，表达了同样的意思："结绮楼边花怨春，青溪栅上月伤神。可怜褒妲逢君子，都是周南传里人。"张丽华，乃南朝陈最荒淫奢侈的后主陈叔宝的贵妃，因美貌为陈后主所宠，住在极度奢华的结绮楼上。后隋军攻克建康，陈后主携张丽华躲入井中，为隋军俘获，杨广命将张丽华斩于青溪中桥。"周南"，即《诗经》的十五国风之一。"传"为解释《诗经》的文字，像《毛诗训诂传》，又称《毛传》。《周南》开首几篇，《毛传》认为都是赞美贤淑的后妃的诗。因此袁枚借褒姒、妲己说，如果张丽华碰到有才德的国君，也会成为像《周南》里吟诵的贤淑的后妃。

当然，面对一个朝政败坏时期又被恣意恩宠的女人，诗人们有时也持矛盾的态度。一方面为美人叫屈，一方面又认为美人还是有乱政祸国的问题。崔道融咏西施就这样，他在另一首诗中又是这样写的："苎萝山下如花女，占得姑苏台上春。一笑不能忘敌国，五湖何处有功臣？"认为西施还是起了破坏吴国的作用。而罗隐也一样，他在《马嵬坡》诗中又如此说："佛屋前头野草春，贵妃轻骨此为尘。从来绝色知难得，不破中原未是人。"即说导致国家祸乱的，不是这样的人是谁呢！这就显示出首鼠两端。当然，也不排除他们对一个问题在不同时期的认识方面的差异。

（原载《秦岭》2019年冬之卷，后载《西安晚报》2021年6月18日）

附记：

这种"可怜褒妲逢君子，都是周南传里人"的情况，大概不独中国有。1931年，二十岁的克拉拉·贝塔西遇到了四十九岁的墨索里尼。墨索里尼为法西斯党魁，当时在意大利如日中天，在他疯狂的追求下，美丽的克拉拉难以抵抗，很快就成为他的情妇。1945年,法西斯全面崩溃,克拉拉在跟着墨索里尼从意大作利北部逃跑时,被意大利抵抗运动的游击队俘虏,很快就被枪决。当时克拉拉才三十三岁。她的尸体后来被运到米兰罗雷托广场和墨索里尼等一起示众。所以说,克拉拉也是遇人不淑,恰如妲己遇到商纣王、褒姒遇到周幽王、张丽华遇到陈后主一样。

 关联阅读

驾蜀回
(唐)罗邺

上皇西幸却归秦,花木依然满禁春。
唯有贵妃歌舞地,月明空殿锁香尘。

马嵬驿
(唐)高骈

玉颜虽掩马嵬尘,冤气和烟锁渭津。
蝉鬓不随銮驾去,至今空感往来人。

华清宫
(唐)李商隐

华清恩幸古无伦,犹恐蛾眉不胜人。
未免被他褒女笑,只教天子暂蒙尘。

过马嵬
(唐)李益

汉将如云不直言,寇来翻罪绮罗恩。
托君休洗莲花血,留记千年妾泪痕。

伤心岂独息夫人

在中国古代，有许多烈女子，她们对违背自己意愿的事，宁死不屈，至死不从，让人赞叹。

但死生亦大矣！对于舍生的人，死有时候看起来不算什么。他们或为正义，或为信念，或为理想，视死如归，杀身成仁，得其所哉，所谓"乾坤特重我头轻"是也。当然也有因厌世而轻生的，世界在他们眼里已经一片灰暗，生无可恋，但求一死，死亡对于他们来说，似乎也很容易。但对于珍惜生命的人，蹈死又是何等艰难的一件事情！常言道蝼蚁尚且惜性命。有人曾说，我活着都不怕，还怕死吗？可见在说话者眼里，活着比死去更为艰难。尽管如此，他也宁愿活着，甚至于匍匐尘埃，苟且偷生。对于这样的人，我们是不是也可以给予一定的理解，宽而容之呢？

在中国春秋时期，息侯有位夫人叫息妫，容颜绝代，是春秋四大美女之一。楚文王早已对她垂涎三尺，竟然发动战争，兴兵灭息，夺人之爱，把息妫纳入自己的后宫。听起来，这简直就是中国古代的特洛伊战争了。息妫自到楚国，虽然为楚文王生了两个儿子，但终日不语，一直不肯与楚文王说话。楚文王再三追问，她说："我一个妇人先后服侍两个丈夫，即使不能死，又有什么话好说呢？"（"楚子问之，对曰：吾一妇人，而事二夫，纵弗能死，其又奚言？"《左传·鲁庄公十四年》）

后人称息妫为息夫人,因她目如秋水,脸似桃花,又被称为"桃花夫人"(另一说是因为她出生那天桃花盛开),死后葬地建有桃花夫人庙。唐会昌年间杜牧任黄州刺史时,到此游览,写下一首《题桃花夫人庙》:

> 细腰宫里露桃新,脉脉无言度几春。
> 至竟息亡缘底事,可怜金谷坠楼人。

诗说,楚宫(用楚王好细腰之典)里息夫人(以桃花暗喻)新鲜艳丽,默默无语度过了许多春天。这两句诗,一说楚王的荒淫,一说息夫人的故国故君之思及失身且无法言说的悲痛,充满了同情。但第三句却突然发问:到底息国的灭亡是因为什么事?然后引出另一个女子——"金谷坠楼人"来,说可惜在金谷园跳楼抗争的绿珠了!西晋富豪石崇住在金谷园中,生活豪侈,有很多妻妾歌妓,但他非常宠爱小妾绿珠。绿珠因为美艳和善歌舞而闻名,当时的权臣孙秀便向石崇索要绿珠,石崇当然不给。孙秀很生气,于是矫诏抓捕石崇。石崇被捕时,对绿珠说:"我是为你而得罪孙秀的啊!"绿珠听了,含着泪说:"我现在就为你而死(以死来报答你)。"说罢便跳楼而死。杜牧引用此典,就是为了比较,用绿珠来反衬息夫人,表达了自己更钦敬反抗的绿珠,而对息夫人的微词自然隐含其中了。

王维也有一首《息夫人》的诗:

> 莫以今时宠,难忘旧日恩。
> 看花满眼泪,不共楚王言。

诗似乎截取了息夫人生活的一个片段,说不要以为今天有你的宠幸,就会忘掉从前丈夫与我的恩爱。看着似锦的繁花满含泪水,不理会身边的楚王,不与他说话。王维这首诗是有其本事的。据唐人孟棨《本事诗》:唐玄宗的哥哥"宁王宪贵盛,宠妓数十人,皆绝艺上色。宅左有卖饼者妻,纤白明晰,王一见注目,厚遗其夫取之,宠惜逾等。环岁,因问之:'汝复忆饼否？'默然不对。王召饼师，使见之。其妻注视，双泪垂颊，若不胜情。时王座客十余人，皆当时文士，无不凄异。王命赋诗，王右丞维诗先成……"即此《息夫人》诗。后"王乃归饼师，使终其志"。可见，王维的诗，既写息夫人，又写眼前事，托古讽今，结合得非常巧妙，以致宁王李宪也受到感动，把女子归还给了饼师。

清康熙年间诗人邓汉仪有次路过息夫人庙，也题诗一首："楚宫慵扫眉黛新，只自无言对暮春。千古艰难惟一死，伤心岂独息夫人！"这首诗步杜牧诗韵，但表达了不同于杜牧的见解。女人是最爱美的，息夫人在楚宫却慵懒地无心梳妆打扮，看着暮春时满地落花，默默无言，表现了息夫人内心深深的忧伤。下来两句说，自古以来死亡是人最难过的一关，多少人（包括男子汉）在生死关头选择妥协，忍辱偷生，内心又痛苦不已，岂止息夫人一个人呢！表达了对息夫人的宽容和同情。

（原载《秦岭》2019年冬之卷，后载《西安晚报》2021年8月13日）

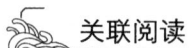

关联阅读

金谷园

（唐）杜牧

繁华事散逐香尘，流水无情草自春。

日暮东风怨啼鸟，落花犹似堕楼人。

息夫人庙

（唐）罗隐

百雉摧残连野青，庙门犹见昔朝廷。

一生虽抱楚王恨，千载终为息地灵。

虫网翠环终缥缈,风吹宝瑟助微冥。

玉颜浑似羞来客,依旧无言照画屏。

咏史诗·金谷园
(唐)胡曾

一自佳人坠玉楼,繁华东逐洛河流。

唯余金谷园中树,残日蝉声送客愁。

若是等到所待人，易水本可另作歌

荆轲刺秦王的故事，已为大家所熟知。他在易水河畔唱出的那支慷慨悲壮的《易水歌》：

> 风萧萧兮易水寒，
>
> 壮士一去兮不复还。

虽只短短两句，却流传千古，永垂诗史。

但仔细读太史公的《刺客列传》荆轲一节，发现事情本来可以向另外一个方向发展。

在去秦国的时机选择上，荆轲是有自己的考虑的。这个时机就是等他的一个朋友到来，好一起出发，去共同完成这个任务。"荆轲有所待，欲与俱；其人居远未来"，但这个人住得比较远，还没有到来。这个朋友是个什么样的人，《史记》未作一字交代，我们无从知晓，但想必也应是一个侠士（后世有人推断荆轲等的人可能是盖聂，或鲁勾践，或高渐离，甚至有说张良的，皆无根据之猜测）。"而为治行。顷之，未发"——荆轲因为为他准备行装，耽搁了一会儿，没有出发。太子丹就不高兴了。"太子迟之，疑其改悔，乃复请曰：'日已尽矣，荆卿岂有意哉？丹请得先遣秦舞阳。'"太子丹嫌他拖延，怀疑他是不是反悔了，就又过来催促他说：太阳都快落山了,你还有动身的意思吗?要不就让秦舞阳先走。太子丹这样一说,激怒了荆轲,他呵斥道:你怎么用这样的口气支使我呢?去了却不能回来复命,那才是浑小子!而且携一匕首进入吉凶难测的强秦,我之所以留了一会儿,是在等我约的人,与他一起去。现在既然太子嫌拖延,我愿意马上就走!(何太子之遣?往而不返者,竖子也!且提一匕首入不测之强秦,仆所以留者,待吾客与俱。今太子迟之,请辞决矣!)荆轲就是在这种情况下上路的。

显然,这并不是按照荆轲原来所设想的计划行动的。去秦国的行动步骤,荆轲已经想好了,这在他见樊於期时已经讲明。但孤掌难鸣,打虎还得亲兄弟,因此荆轲在等待一个得力的助手。但在这个人还没有到来的时候,在太子丹不信任的质难下,荆轲出于一时激愤,行动匆匆开始,胜算的把握就打了折扣。俗话说得好:良好的开端是成功的一半。这开端就不好,成功则难期。正是在这种情况下,荆轲唱出了《易水歌》。当然,我的意思是,假如是与他所待之人一起去执行任务,荆轲会不会唱出另外一首《易水歌》呢?

事实证明,太子丹给他配备的人确实不行——"至陛,秦舞阳色变振恐",致令秦"群臣怪之"。还是荆轲镇静,回头讪笑秦舞阳以缓解气氛,并向众臣解释说:"北蕃蛮夷之鄙人,未尝见天子,故振慑。"才掩饰了过去。

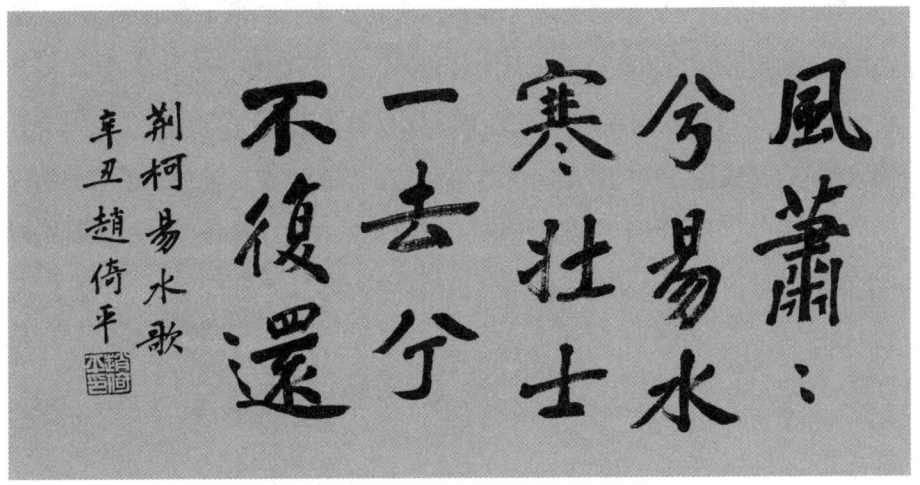

上面这个看法，也不只是我有。明代诗人朱邦宪在他的《荆轲》诗中，就说过相同意思的话："不知秦王环柱时，舞阳在前何所为？当时太子不早遣，待客俱来应未知。"

当然，历史不可假设，不能说那个人来了，就一定能成功地将秦王枭首，然后中国的历史就是另外一种什么什么样的格局等等。但总结这个事件，除了人员配备上的问题，让事情功亏一篑的地方，还有一点如荆轲临死前所说："事所以不成者，以欲生劫之，必得约契以报太子也。"他原来设想的并不是立即杀死秦王，而是想学太子丹起先跟他说的"若曹沫之于齐桓公"——劫持秦王，让他答应退还侵占的诸侯的土地。若不答应，再杀之。但这样一来，反而失去了刺杀秦王的最佳时机。这就是柳宗元《咏荆轲》诗中评论的"秦皇本诈力，事与桓公殊。奈何效曹子，实谓勇且愚"和明代诗人高启同题诗中说的"临机失始图，利锋竟虚投"。清代诗人尹礼也为他没有当机立断杀掉秦王而叹道："图穷即断秦王首，千载应传好丈夫。"

再有一点就是，早年与荆轲有点过节的剑侠鲁勾践后来评价："惜哉其不讲于刺剑之术也！"即说荆轲剑术不精。鲁似对当年认错荆轲（即不知他是这样一个英雄）、没有把剑术传授与他而颇有悔意。陶渊明在《咏荆轲》中也叹惋："惜哉剑术疏，奇功遂不成。"

虽无功且亦无返，但不影响荆轲成为千古英雄。"虽无曹沫平齐事，亦有雷轰四海声。"（清陈子鸿《易水怀古》）这是确定无疑的。

至于太子丹用荆轲谋刺秦王之举，宋代的苏洵在他的名篇《六国论》中认为这只是孤注一掷的冒险行为，并不是正确的办法，且加速了国家的灭亡："至丹，以荆卿为计，始速祸焉。"高启也在诗中评价说："燕丹一何愚，区区祖遗谋。""胡为任轻易，自趣亡灭忧"，这则另当别论了。

（原载《西安晚报》2021年7月30日）

关联阅读

咏史八首（其六）
（晋）左思

荆轲饮燕市，酒酣气益震。
哀歌和渐离，谓若傍无人。
虽无壮士节，与世亦殊伦。
高眄邈四海，豪右何足陈！
贵者虽自贵，视之若尘埃。
贱者虽自贱，重之若千钧。

于易水送人
（唐）骆宾王

此地别燕丹，壮士发冲冠。
昔时人已没，今日水犹寒。

易水怀古
（唐）贾岛

荆卿重虚死，节烈书前史。
我叹方寸心，谁论一时事。
至今易水桥，凉风兮萧萧。
易水流得尽，荆卿名不消。

易水
（唐）胡曾

一旦秦皇马角生，燕丹归北送荆卿。
行人欲识无穷恨，听取东流易水声。

和陶咏荆轲

（宋）苏轼

秦如马后牛，吕氏非复嬴。天欲厚其毒，假手李客卿。
功成志自满，积恶如陵京。灭身会有时，徐观可安行。
沙丘一狼狈，笑落冠与缨。太子不少忍，顾非万人英。
魏韩裂智伯，肘足本无声。胡为弃成谋，托国此狂生。
荆轲不足说，田子老可惊。燕赵多奇士，惜哉亦虚名。
杀父囚其母，此岂容天庭。亡秦只三户，况我数十城。
渐离虽不伤，陛戟加周营。至今天下人，憨燕欲其成。
废书一太息，可见千古情。

过荆轲冢四绝句（其一）

（宋）晁说之

过华踰河势北倾，何人来此葬荆卿。
千金匕首安知在，易水寒来尚有情。

渡易水

（明）陈子龙

并刀昨夜匣中鸣，燕赵悲歌最不平。
易水潺湲云草碧，可怜无处送荆卿！

荆卿里

（清）袁枚

水边歌罢酒千行，生戴吾头入虎狼。
力尽自堪酬太子，魂归何忍见田光？
英雄祖饯当年泪，过客衣冠此日霜。
匕首无灵公莫恨，乱山终古刺咸阳。

尚有绨袍赠,犹作布衣看

《史记·范雎蔡泽列传》中,司马迁以生动的笔墨,记载了战国政治家范雎的事迹。范雎是魏国人,字叔。他曾周游诸侯列国,寻求实现自己政治抱负的机会,但没有成功,于是回到魏国,想跟着魏王干事。但因家贫,没有活动资金,就先在魏国的中大夫须贾手下做事。一次,须贾出使齐国,范雎也跟着去了。这次出使虽然在齐国待了几个月,却没有取得什么成果。这期间,齐襄王听说范雎有口才,就送给他十斤黄金和牛肉、美酒。范雎一再推辞不敢接受。须贾知道后大怒,认为范雎私下把魏国的秘密泄露给了齐国,所以才得到馈赠,就命他只收下酒肉,退还了黄金。回国以后,他怨恨范雎,就把此事告诉了宰相魏齐。魏齐便让手下对范雎动刑,打得他肋折齿断。范雎假装死去,魏齐就让人用席子把他卷起来,扔到厕所里,还让喝醉的宾客在他身上撒尿,污辱他,并以此立威,警戒他人。范雎趁没人时,在席子中对看守他的人说:你放了我,我以后一定重重谢你。看守有意放他,就请示魏齐说,把席子里的死人扔掉算了。魏齐当时喝得大醉,就顺口答应了。范雎就此得以逃脱。等魏齐酒醒后,后悔扔掉了范雎的尸体,又派人到处搜寻。魏国人郑安平听说,就带着范雎一起逃走,把他藏起来,范雎也改了个名字叫张禄。

这个时候,秦昭王派大臣王稽出使魏国。郑安平就扮成一个差役,借服侍的机会得以接近王稽。王稽想为秦国招揽人才，就问他：魏国可有贤人愿意跟我一起到西边去走走吗？郑安平趁机说：我乡里有一个张禄先生，想见您，谈天下大事。但他有仇人，不敢白天来见。王稽说：那就晚上来。郑安平就在晚上带着范雎拜见王稽。两个人的话还没有说完，王稽就发现范雎是个人才，于是与他约定了带他去秦国的时间地点。这样范雎就到了秦国。

范雎到了秦国，也是几经曲折，才取得了秦昭王的信任。秦昭王起先看不上辩士，把他安置在客舍，供他粗劣的食物，这样过了一年多。后来他利用机会上书，说自己有话要对大王讲。他是这样说的：如果您觉得我的话有用，希望能够得到实施，让秦国获益；如果觉得我的话没用，把我长期留在身边也没有意义。何况我的胸膛也经不起铡刀，腰身也承受不了斧钺，怎么敢以自己都不确定的事来忽悠大王呢？您认为我微贱而轻视我，但难道对保

荐我的人给您说的话也不重视吗？我要对您讲的话，太深的不敢形成文字，但说得太浅了又不值得听。这大概是因为我愚笨而不合大王心意吧！或者是推荐我的人人微言轻而不值得听信。如果不是这样的话，那么，希望您抽出游玩观赏时的一点闲暇时间，接见我一次。如果我说的话没有用处，情愿服罪受死。这些话打动了秦昭王，就把范雎接到宫里长谈。

至此，范雎才被秦昭王认识，范对外远交近攻、对内加强王权的政治主张也才逐步得以实施。他先是被拜为客卿，后被任为宰相，秦昭王对他言听计从。在范雎的辅佐下，秦蚕食诸侯，扩大疆土，奠定了霸业之基。

这时的范雎，在秦国依旧叫张禄，谁也不知道他就是当年在魏国被打得半死的范雎，魏国人也以为他早已死去。有一年，魏国听说秦国要东伐韩、魏，就派须贾为使者出使秦国。听说须贾到来，范雎改装出府，穿着破旧的衣服，到馆驿来见须贾。须贾突然看到范雎，十分吃惊，说：范叔固无恙乎！范雎说：是啊！须贾笑着说：你是来秦国游说的吗？范雎说：不是，我之前得罪了魏国的宰相，逃亡到这里，怎么还敢游说呢！须贾问：那你现在在做什么事情？范雎说：臣为人庸赁（给别人当佣工）。须贾听了心中有些怜悯，就留他一起吃饭。饭间，不无同情地说：范叔一寒如此哉！（怎么竟穷困到这个地步！）并取了一件自己的绨袍（较粗的丝绸制成的袍子）送给他。又问他：秦国的宰相张君，你知道吗？我听说他很得秦王信任，天下大事，都由宰相决断。这次我的使命，成功失败都在张君。你有没有和张君相熟的朋友？范雎说：我的主人与相君相熟，我也能通报求见。那就让我把您引见给张君吧！须贾说：我的马病了，车轴也折了，没有四匹马拉的大车，我是绝不出门的！范雎：我愿为您向主人借四匹马拉的大车。范雎回去为须贾赶来了驷马大车，并亲自为须贾驾车进到相国府。府中的人看见范雎赶车，都避匿一旁，这让须贾觉得奇怪。到了宰相的门前，范雎说：待我去向宰相通报。须贾在车上等了许久，不见范雎出来，就问看门的人说：范叔为什么这么长时间还不出来？看门的人说：这里没有范叔。须贾说：就是那个与我一起乘车进来的人。守门人说：那是我们的宰相张君。须贾大吃一惊，知道上了范雎的当，赶紧脱掉上衣跪在地上膝行而进，托门下的侍者引进谢罪。范雎让人挂起多重帷帐，让很多侍从站在身边，才叫须贾来见。太史公如此描述："须贾顿首言死罪，曰：'贾不意君能自致于青云之上，贾不敢复读天下之书，不敢复与天下之事。贾有汤镬之罪，请自屏于胡貉之地，唯君死生之！'范雎曰：'汝罪有几？'曰：'擢贾之发以续贾之罪，尚未足。'（拔尽我的头发接到一起，也不如我的罪恶长。）范雎曰：'汝罪有三耳。昔者楚昭王时而申包胥为楚却吴军，楚王封之以荆五千户，包胥辞不受，为丘墓之寄于荆也。今雎之先人丘墓亦在魏，公前以雎为有外心于齐而恶雎于魏齐，公之罪一也。当魏齐辱我于厕中，公不止，罪二也。更醉而溺我，公其何忍乎？罪三矣。然公之所以得无死者，以绨袍恋恋，有故人之意，故释公。'"须贾走后，他命人撤去接见须贾的排场，进宫请示秦昭王，不接受魏国的请求，责令须贾回国。

须贾辞行时，范雎大摆筵宴，酒食丰富，请来各国使臣作陪。但单独让须贾坐在堂下，给他面前摆的是豆子拌着的草料，让两个受了黥刑的犯人夹着他像喂马那样喂食。范雎指斥说：为我告魏王，急持魏齐头来！不然者，我且屠大梁。须贾回到魏国，告诉了魏齐，魏齐恐惧，跑到赵国，藏在平原君那里。秦昭王为了给范雎报仇，就强迫平原君和赵王交出魏齐。魏齐后来走投无路，自刎而死，头被赵王送到秦国，这是后话。

范雎的故事，在一千多年后，感动了一个盛唐时期的诗人高适。高适，沧州渤海郡（今河北省景县）人，是唐代著名边塞诗人。他的诗艺术成就很高，在文学史上与岑参一起被称为"高岑"，又与岑参、王昌龄、王之涣合称"边塞四诗人"。他的名句"莫愁前路无知己，天下谁人不识君？"（《别董大二首》其一）"故乡今夜思千里，霜鬓明朝又一年"（《除夜作》）广为人知。他出身仕宦之家，从小有着很高的胸襟抱负，对个人前途也有很高的期许，期望建功立业，史书说他"喜言王霸大略""尚节义，语王霸衮衮不厌""务功名""以功名自许"。而且他也很自信，曾有诗云："二十解书剑，西游长安城。举头望君门，屈指取公卿。"（《别韦参军》）但现实并不像他诗中的愿望那样美好。他二十岁到长安求仕，却没有成功，后客游梁宋，定居宋州（今河南商丘），以躬耕为生。二十八岁，北游燕赵，做了节度使幕府。三十二岁时，赶赴长安应考，结果落第而归。直到四十六岁时，才为寓居地的父母官、睢阳太守张九皋所荐举，到京城应有道科中第，被任为封丘县尉。但这个微末小官（县尉官阶在正九品下）使他十分不堪，其间他作的《封丘县》，表露了当时的心境："我本渔樵孟诸野，一生自是悠悠者。乍可狂歌草泽中，宁堪作吏风尘下！只言小邑无所为，公门百事皆有期。拜迎官长心欲碎，鞭挞黎庶令人悲。归来向家问妻子，举家尽笑今如此！生事应须南亩田，世情付与东流水。梦想旧山安在哉？为衔君命且迟回。乃知梅福徒为尔，转忆陶潜归去来。"勉强应付了三年之后，他于天宝十一载（752）四十九岁时辞去封丘县尉，再次客游长安。不久即入凉州河西节度使哥舒翰幕府，被表为左骁卫兵曹，充任掌书记，开始了军旅生涯。这时，他才到了人生的转折点。尤其是安史之乱后，他被拜左拾遗，转监察御史，佐哥舒翰守潼关。天宝十五载（756）六月，安禄山攻陷潼关，哥舒翰兵败，高适随玄宗至成都，八月，擢升为谏议大夫。他的政治和军事才干自此才有了施展的机会。十一月，永王李璘谋反。十二月，高适被任命为淮南节度使，讨伐永王。讨平永王后，又受命参与讨安史叛军，曾救睢阳之围。他还做过成都尹、剑南节度使、刑部侍郎、左散骑常侍，被封为渤海县侯。晚年官位渐高，成为唐朝诗人中不多的显达者。

在高适的众多诗作中，咏史诗很少。有一首题名《咏史》的五绝，这样写：

尚有绨袍赠，应怜范叔寒。
不知天下士，犹作布衣看。

诗从须贾赠范雎绨袍这件事情引发感慨，说连须贾这样的人都会拿出绨袍来相送，就更应同情范叔的贫寒了。世人不认识像范雎这样治理天下的贤才，常常把他们当作普通的庶民来看。

我们知道，在五十岁前，高适在政治上都是落魄不遇的，抱负得不到实现，人生并不得意。这首诗无疑是作于他通达之前。至于作诗的契机，明代的学者唐汝询推断："达夫（高适字）少尝落魄，晚年始贵，疑当时必有轻之者，故借古人以咏之。"就是说，高适未显达时有人轻视他，引发他写了这首诗。《旧唐书》高适本传说："时右相李林甫擅权，薄于文雅，唯以举子待之。"也就是说，李林甫只是把他看作一个普通的秀才，所以也有可能是对李林甫而发的。当然也有可能是因读此一段历史联想自身现实而兴发的诗意。

对这首诗的写法，后世也多有赞评。有人说它的开端："'尚有绨袍赠'句起得突兀，已包《史记》全文。忽起忽落，成此二十字……斩却多少人间拖泥带水话。"（清·黄叔粲辑《唐诗笺注》）有人说它每一句开头："尚有、应怜、不知、犹作，八字俱下得有力。"（明·高棅辑《唐诗正声》吴逸一评语）也有说整个诗的："古人咏史，偶着一事，自写己意，不粘皮带骨，以此十二字浑成尤难。"（清·王世禛编《唐人万首绝句选评》）总之，这首诗语言凝练，气骨劲健，开合自如，浑然天成，倾吐了怀才不遇的悲愤情绪，也显示了诗人以"天下士"自居的高标气度。

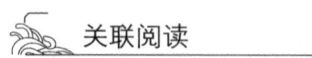

关联阅读

田家春望

（唐）高适

出门何所见，春色满平芜。
可叹无知己，高阳一酒徒。

前度刘郎今又来

一千二百年多前,即公元800年的时候,中国历史上最辉煌灿烂的唐代开始走向没落。这段时期,在历史上被称为晚唐。晚唐的主要社会特征就是宦官当权,藩镇割据,宫廷倾轧,政治腐败。社会上的情况,我们且从一个侧面——当时的宫市来看:宦官到长安的东、西市强买货物,讹诈勒索,百姓已经不堪其扰。白居易的名篇《卖炭翁》,反映的就是宫市之一角。到了公元805年,唐顺宗即位,任命原在东宫侍读的他的旧臣王叔文为翰林学士。王叔文不满宦官专权,联合具有进步思想的人士,锐意革新,他们限制宦官的权力,罢去扰民宫市,并进一步筹划夺取宦官的兵权。在他的政治盟友中,就有一位前任监察御史、时任屯田员外郎的晚唐杰出诗人刘禹锡。但是,他们的革新因宦官和守旧派的联手阻挠而失败:顺宗被迫让位于宪宗;王叔文被贬为渝州司户,次年被杀;刘禹锡也被贬为朗州司马,离开长安。他这一走,就是十年。到公元815年,朝廷又想起用他以及与他同时被贬的柳宗元等人,于是召他们回长安。去国十年,一朝回归,诗人看到的,依然是宦官的专恣骄横,藩镇的拥兵自重,战争连年,民不聊生。而朝廷中这些年被提拔上来的新贵,也多为依附于宦官的寡廉鲜耻之辈。有一天,他看到大道上人马喧阗,川流不息,初不知为何事,一打听,才知道玄都观的桃花开了,这些都是去赏花的人。"啊!暌违十载,玄都观当年无花啊!"诗

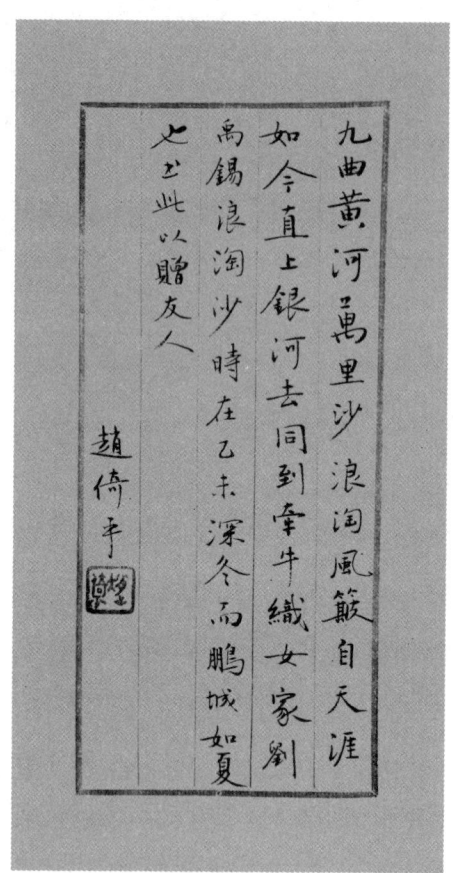

人忽有感触，沉吟有顷，念出一首诗来：

紫陌红尘拂面来，无人不道看花回。
玄都观里桃千树，尽是刘郎去后栽。

诗人借描写人们去玄都观看桃花的情景，用比的手法，寄托了深刻的政治含义——那盛开的桃花，不就是政治上正得意的新贵吗？而蜂拥看花的人，不就是那些趋炎附势之徒吗？诗人站在一个迥然不同的立场与高度，以不屑一顾的口气，对权贵及其附庸进行了辛辣的嘲讽。

这首诗因"语涉讥刺"，引起了当权者的"不悦"。次年，他再度被贬，出任连州刺史，这一走，又是十四年。这十四年间，光皇帝就换了四个，直到唐文宗时的公元829年，在裴度的力荐下，他才又被召回，入朝任主客郎中。谁能想到，又经过十四年的苦难磨砺，刘禹锡初志不改，还是一个桀骜不驯的硬骨头。回到长安，他并不曲意迎奉，也不像有些人那样在敏感问题上躲躲闪闪，仍然昂首挺胸、磊落坦然。有一天，他再一次来到那个曾经使他罹祸的玄都观。真是世事沧桑，玄都观早已颓废破败、鲜有游人了。不但当年灿若云霞的桃花没有了，连桃树也荡然无存，只有几棵兔葵、一片燕麦在春风中孤寂地摇曳。归来后，刘禹锡铺纸挥毫，写下了《再游玄都观》：

百亩庭中半是苔，桃花尽净菜花开。

> 种桃道士归何处？前度刘郎今又来。

诗人旧事重提，再一次向迫害他的政敌发出了轻蔑一笑，表达了自己决不妥协的精神。俗话说："谁笑到最后，谁才笑得最好。"我们从刘禹锡的这首诗里，似乎也可以会到这层意思。

前十年后十四年的贬谪，正是对手想从精神上打垮他的一种手段。在那些权贵们看来，把你逐出京城，远离政治和权力中心，贬谪于"巴山楚水""百越文身"这样的蛮荒之地，没有酒楼餐馆，没有卡拉OK，没有桑拿按摩，那是最痛苦的事。然而，他们哪里知道，对一个有高尚情操的人，对一个看淡了功名利禄的人，他们做的这一切都是徒劳。我们看到，虽然经历了"二十三年弃置身"，但归来的诗人却依然一身傲骨，不但没有改变自己的政治立场，而且也决不向权贵们屈服！反而，放逐的生活还成就了诗人。诗人贴近自然、贴近人民，从生活和民歌中汲取文学创作的营养，大大丰富了诗人的创作，使他的诗格调高昂，意象简括，语言明快，通俗清新，其《竹枝词》《柳枝词》和《插田歌》等组诗，富有民歌特色，生活气息浓郁，在唐诗中别开生面，对后来的诗歌产生了很大的影响，也为我们留下了一份宝贵的精神食粮。

（原载《经济观察》2001年第3期，后载《深圳晚报》2001年6月13日）

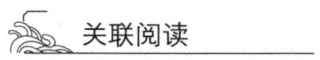
关联阅读

竹枝词九首

（唐）刘禹锡

其二

山桃红花满上头，蜀江春水拍山流。

花红易衰似郎意，水流无限似侬愁。

其三
江上朱楼新雨晴，瀼西春水縠文生。
桥东桥西好杨柳，人来人去唱歌行。

其七
瞿塘嘈嘈十二滩，此中道路古来难。
长恨人心不如水，等闲平地起波澜。

竹枝词二首（其一）
（唐）刘禹锡

杨柳青青江水平，闻郎江上唱歌声。
东边日出西边雨，道是无晴却有晴。

杨柳枝词九首
（唐）刘禹锡

其一
塞北梅花羌笛吹，淮南桂树小山词。
请君莫奏前朝曲，听唱新翻杨柳枝。

其二
南陌东城春早时，相逢何处不依依？
桃红李白皆夸好，须得垂杨相发挥。

其八
城外春风吹酒旗，行人挥袂日西时。
长安陌上无穷树，唯有垂杨管别离。

边塞诗——前线发回的简讯

古代没有报纸，公众信息的传递大概只能靠口口相传。虽然也有旗报、牌报和揭帖之类类似于新闻的发布，但内容与范围有限。相传汉代就开始有邸报，但也只是官方文书，与大众生活有很大距离，关心和知道的人也不多。

但战争、戍边，牵扯到千家万户，所以前线的消息，人人关心。而边塞诗、从军诗，恰如一篇篇从前线飞回的简讯，又因其易于传诵，遂在一定程度上发挥了新闻的作用。

自秦统一以来，由于边患不断，我国历史上便产生了大量这样的诗篇，尤其在唐代蔚为大观。容我从中撷取一些，以证此言之不为妄说。

为了便于叙述，我们且抛开新闻各种体裁的限制，比如说消息、通讯、特写等等，即不能说你既然认为边塞诗像新闻稿，那我就要用这些体裁来要求和衡量边塞诗，看看哪一首是消息，哪一首是通讯，哪一首是特写，哪一首是评论……因为诗毕竟是诗，不是完全写实的新闻，诗有比拟、夸张和借代等手法，这些是新闻所不允许的。而新闻也有它的要求，也不是诗所能承担的。我们之所以说边塞诗可以当新闻看，是说在当时那种信息传递手段极其有限的情况下，边塞诗就像为我们打开了一扇窗户，每首边塞诗作都反映了边塞生活的不同侧面，据此，我们可以大致了解边塞的种种情况。因此，也就是说只能大而化之笼统地说边塞诗就像从前线传来的新闻简报。

边塞是一个环境艰苦、气候恶劣、战斗激烈的地方，风貌到底如何，以前几乎无人知晓。但自有了边塞诗，人们才大略知道了一鳞半爪。因为凡边塞诗，都对其有一定的描绘。像祖咏《望蓟门》中的句子："万里寒光生积雪，三边曙色动危旌。"李颀《古从军行》中诗句："野云万里无城郭，雨雪纷纷连大漠。"岑参《碛中作》中的："今夜不知何处宿，平沙万里绝人烟。"《北庭贻宗学士道别》中的："四月犹自寒，天山雪濛濛。"《武威送刘单判官赴安西行营便呈高开府》中有句："白草磨天涯，胡沙莽茫茫。"《日没贺延碛作》中有句："沙上见日出，沙上见日没。"刘长卿《代边将有怀》："暮笳吹塞月，晓甲带胡霜。"张蠙《登单于台》："白日地中出，黄河天外来。沙翻痕似浪，风急响疑雷。"而最著名的大概就是岑参的《白雪歌送武判官归京》和《走马川行奉送封大夫出师西征》。前一首说："北风卷地白草折，胡天八月即飞雪。忽如一夜春风来，千树万树梨花开。散入珠帘湿罗幕，狐裘不暖锦衾薄。将军角弓不得控，都护铁衣冷难着。瀚海阑干百丈冰，愁云惨淡万里凝。中军置酒饮归客，胡琴琵琶与羌笛。纷纷暮雪下辕门，风掣红旗冻不翻。轮台东门送君去，去时雪满天山路……"后一首写走马川即今新疆的车尔臣河，诗曰："君不见走马川雪海边，平沙莽莽黄入天。轮台九月风夜吼，一川碎石大如斗，随风满地石乱走。匈奴草黄马正肥，金山西见烟尘飞，汉家大将西出师……"通过这些描写，边地的奇寒、荒凉、广袤、壮阔，茫茫沙漠，无边积雪，与内地所迥异的万千气象、奇特风光便徐徐地展现在了世人面前。

在这种艰苦的环境下，士兵们过着怎样的征戍生活？他们的士气如何？七绝圣手王昌龄著名的《从军行七首》其二这样写："青海长云暗雪山，孤城遥望玉门关。黄沙百战穿金甲，不破楼兰终不还。"这首诗描绘了河西走廊的壮阔景象和将士们艰苦的战斗环境。青海上空连绵不断的厚厚云层使覆盖着皑皑白雪的祁连山也变得暗淡了，从守戍的孤城可以遥望雄伟的玉门关。战士们艰苦戍边，身经百战，黄沙都磨穿了铁甲，但他们的决心无比坚定——不消灭敌人誓不回还！再看李白的《塞下曲六首》其一："五月天山雪，无花只有寒。笛中闻折柳，春色未曾看。晓战随金鼓，宵眠抱玉鞍。愿将腰下剑，直为斩楼兰。"诗把五月份边塞特有的风貌，士兵们白天和晚上的状态以及他们杀敌立功的决心，生动地呈现在了人们眼前。还有张仲素的《塞下曲五

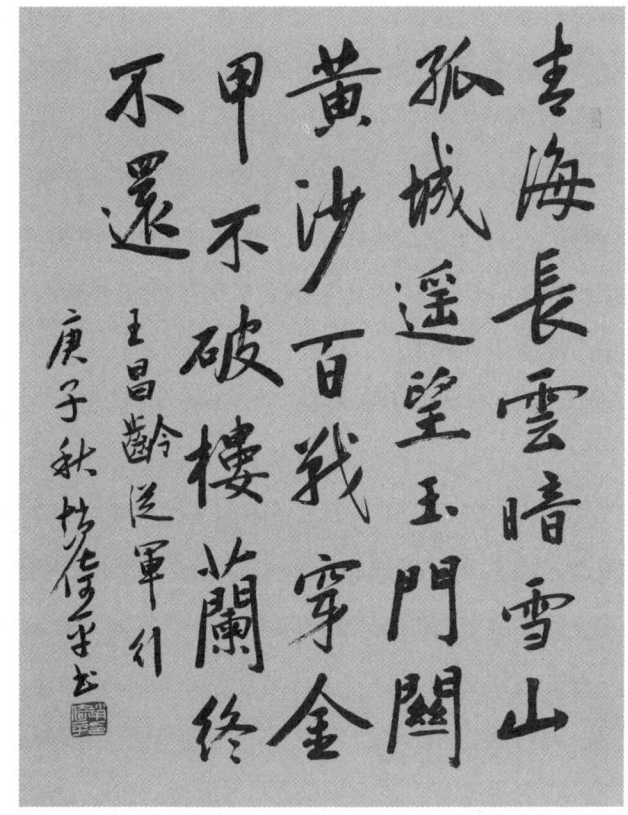

首》其三："朔雪飘飘开雁门，平沙历乱卷蓬根。功名耻计擒生数，直斩楼兰报国恩。"戴叔伦的《塞上曲二首》其一："汉家旌帜满阴山，不遣胡儿匹马还。愿得此身长报国，何须生入玉门关。"上一首说只为杀敌报国而耻于为功名计算生擒的俘虏数，后一首表现了戍边将士以身许国的昂扬气概。这些诗，可以当作军队战前动员时的消息来读。而还有一些诗，则可看作人物特写和人物专访，刻画了守边将士威武强悍、勇不可当的形象。像西北边地民歌《哥舒歌》："北斗七星高，哥舒夜带刀。至今窥牧马，不敢过临洮。"名将哥舒翰的赫赫声威如见如闻。再如卢纶、张仲素和张祜的《塞下曲》："林暗草惊风，将军夜引弓。平明寻白羽，没在石棱中。"这样的将军，神勇不下当年的飞将军李广。"三戍渔阳再渡辽，骍弓在臂剑横腰。匈奴似若知名姓，休傍阴山更射雕。"这样久经沙场、名震边陲的老将，姓名

就具有强大的威慑力。"二十逐嫖姚,分兵远戍辽。雪迷经塞夜,冰壮渡河朝。促放雕难下,生骑马未调。小儒何足问,看取剑横腰。"则描写一位跟随将领(以汉嫖姚将军霍去病代指)初上战场的年轻战士。

　　边塞诗,涉及了战争的各个方面。平时备战,要提高警惕,同时还要探听敌人的动向;敌军起衅,要迅速报警,组织抵御。对这些活动,也有诗"报道"。无名氏的《水调歌》写的就是黄昏时分,边塞守卫时刻瞭望敌情、准备战斗的情景。诗云:"平沙落日大荒西,陇上明星高复低。孤山几处看烽火,壮士连营候鼓鼙。"卫象的《古词》(即古意)写的则是一位秣马厉兵的老将:"鹊血雕弓湿未干,鹚鹕新淬剑光寒。辽东老将鬓成雪,犹向旄头夜夜看。"江为的《塞下曲》,描写的是士兵侦察敌情的状况:"万里黄云冻不飞,碛烟烽火夜深微。胡儿移帐寒笳绝,雪路时闻探马归。"戎昱的《塞下曲》和于鹄的《出塞》,则是表现秋冬时节胡兵又将南侵战事一触即发时的情形:"上山望胡兵,胡马驰骤速。黄河冰已合,意又向南牧。嫖姚夜出军,霜雪割人肉。""单于骄爱猎,放火到军城。乘月调新马,防秋置远营。空山朱戟影,寒碛铁衣声。逢着降胡说,沙阴有伏兵。"王维的《陇西行》则是写因为天降大雪烽火阻断而驿马飞驰传递军情之事:"十里一走马,五里一扬鞭。都护军书至,匈奴围酒泉。关山正飞雪,烽火断无烟。"

　　人们可能更想知道边塞行军打仗的状况,诗人们也用一首首诗,像快讯一样把它传递出来。岑参《轮台歌奉送封大夫出师西征》的前边部分和《走马川行奉送封大夫出师西征》的后一部分,写的正是闻敌出征的场面:"轮台城头夜吹角,轮台城北旄头落。羽书昨夜过渠黎,单于已在金山西。戍楼西望烟尘黑,汉兵屯在轮台北。上将拥旄西出征,平明吹笛大军行。四边伐鼓雪海涌,三军大呼阴山动……""将军金甲夜不脱,半夜军行戈相拨,风头如刀面如割。马毛带雪汗气蒸,五花连钱旋作冰,幕中草檄砚水凝。虏骑闻之应胆慑,料知短兵不敢接……"李益的《暮过回乐烽》写战士们积极乐观的精神状态："烽火高飞百尺台，黄昏遥自碛南来。昔时征战回应乐，今日从军乐未回。"陈羽的《从军行》表现了兵士冒着严寒、雪夜行军的昂扬气势："海畔风吹冻泥裂，枯桐叶落枝梢折。横笛闻声不见人，红旗直上天山雪。"崔国辅《从军行》写的是敌军进犯，营州索求救兵，将士秘密取道急速增援，并与敌军接锋的场景。诗云："塞北胡霜下，营州索救兵。夜里偷道行，将军马亦瘦。刀光照塞月，阵色明如昼。传闻贼满山，已共前锋斗。"张籍的《征西将》，则是写在寒冷的冬夜，部队转移阵地，雪夜行军，并与友邻部队收复碎叶城的过程："黄沙北风起，半夜又翻营。战马雪中宿，探人冰上行。深山旗未展，阴碛鼓无声。几道征西将，同收碎叶城。"写战斗和胜利场景的，有卢汝弼《和李秀才边庭四时怨》："朔风吹雪透刀瘢，饮马长城窟更寒。半夜火来知有敌，一时齐保贺兰山。"高适的《蓟门》："黯黯长城外，日没更烟尘。胡骑虽凭陵，汉兵不顾身。古树满空塞，黄云愁杀人。"王昌龄的另一首《出塞》："骝马新跨白玉鞍，战罢沙场月色寒。城头铁鼓声犹振，匣里金刀血未干。" 刘长卿的《从军》："回看虏骑合，城下汉兵稀。白刃两相向，黄云愁不飞。手中无尺铁，徒欲突重围。"马戴的《出塞词》："金带连环束战袍，马头冲雪度临洮。卷旗夜劫单于帐，乱斫胡兵缺宝刀。"张仲素的《塞下曲五首》其二："猎马千行雁几双，燕然山下碧油幢。传声漠北单于破，火照旌旗夜受降。"广为传诵的是卢纶的《和张仆射塞下曲》和王昌龄的《从军行七首》其二。卢诗："月黑雁飞高，单于夜遁逃。欲将轻骑逐，大雪满弓刀。"说在月色昏暗的夜里大雁突然惊飞，原来是单于连夜逃遁；轻骑列队即将去追赶，霎时间大雪落满了战士的弓刀。王诗："大漠风尘日色昏，红旗半卷出辕门。前军夜战洮河北，已报生擒吐谷浑。"说是前方战事紧急，在大漠的狂风裹着黄沙、遮天蔽日之时，部队顶着风沙前去支援，走出营门的时候，红旗都被风吹得半卷在旗杆上；行军途中得到消息，前锋部队昨天夜里在洮河北和敌人大战，已活捉了敌军的首领，大获全胜。这两首诗中，新闻的五个W加一个

H，即何人（Who）、何事（What）、何时（When）、何地（Where）、何因（Why）、H（何果How），基本上都全了。

写战斗得胜的诗当然更不能少。李益的《度破讷沙二首》其二，写经过一夜激战，清晨收兵回营："破讷沙头雁正飞，鸊鹈泉上战初归。平明日出东南地，满碛寒光生铁衣。" 王维的《出塞作》，写战斗胜利，朝廷将给将领赏赐宝剑良弓和骏马："居延城外猎天骄，白草连天野火烧。暮云空碛时驱马，秋日平原好射雕。护羌校尉朝乘障，破虏将军夜渡辽。玉靶角弓珠勒马，汉家将赐霍嫖姚。"姚合的《穷边词二首》其二、高适的二首《九曲词》写胜利之后相对和平的一段时期。姚诗："箭利弓调四镇兵，蕃人不敢近东行。沿边千里浑无事，唯见平安火入城。"高诗："万骑争歌杨柳春，千场对舞绣骐驎。到处尽逢欢洽事，相看总是太平人。""铁骑横行铁岭头，西看逻逤取封侯。青海只今将饮马，黄河不用更防秋。"戎昱的《塞下曲》、诗僧皎然的《从军行五首》其二、岑参的《灭胡曲》，写灭敌凯旋。戎诗："汉将归来虏塞空，旌旗初下玉关东。高蹄战马三千匹，落日平原秋草中。"皎诗："韩旃拂丹霄，汉军新破辽。红尘驱卤簿，白羽拥嫖姚。战苦军犹乐，功高将不骄。至今丁零塞，朔吹空萧萧。"岑诗："都护新灭胡，士马气亦粗。萧条虏尘净，突兀天山孤。"且让我试着把最后两首改为新闻稿。其一是：日前，我军在边境取得了新的胜利。班师回营的路上，旌旗被高高擎起，似乎拂着了天空。战马和士兵踏着整齐的步伐，竟使道路扬起了尘土。战士们身挎白羽箭，手执刀枪剑戟，簇拥着得胜凯旋的将军。战争虽然艰苦，但打了胜仗的军队洋溢着快乐的气氛，尽管取得了很大的功绩，但将军没有流露出一点骄傲的神色。至发稿时，丁零塞这一带边境地区，和平安宁，只有北风吹来的萧萧之声。其二是：本报记者岑参发来短讯，日前，北庭都护将军封常清率领部队消灭了天山一带的敌人，整个部队士气大振，连战马似乎也意气昂扬。此役涤荡了一直以来不断骚扰边地的胡虏之后，现在看那兀立的天山，也显得格外高大沉静。

当然，战争的残酷也在边塞诗中有所表现。如戎昱的《塞下曲六首》其六写战争的旷日持久："北风凋白草，胡马日骎骎。夜后戍楼月，秋来边将心。铁衣霜露重，战马岁年深。自有卢龙塞，烟尘飞至今。"其五写战士付出的巨大牺牲："城上画角哀，即知兵心苦。试问左右人，无言泪如雨。何意休明时，终年事鼙鼓。"其三有句："战卒多苦辛，苦辛无四时。"其四有句："傍岸砂砾堆，半和战兵骨。"岑参的《武威送刘单判官赴安西行营便呈高开府》和《轮台歌奉送封大夫出师西征》："夜静天萧条，鬼哭夹道傍。地上多髑髅，皆是古战场。""虏塞兵气连云屯，战场白骨缠草根。剑河风急雪片阔，沙口石冻马蹄脱。"李颀的《古从军行》："年年战骨埋荒外，空见蒲桃入汉家。"王翰的《凉州词二首》其一："醉卧沙场君莫笑，古来征战几人回。"以及陈陶的《陇西行四首》其二："誓扫匈奴不顾身，五千貂锦丧胡尘。可怜无定河边骨，犹是春闺梦里人！"等等。

除了这些，还可以从边塞诗中看到支援前线和慰问将士的事情。韦应物《杂曲歌辞·突厥三台》这样描写："雁门山上雁初飞，马邑阑中马正肥。日旰山西逢驿使，殷勤南北送征衣。"秋天来了，大雁刚刚往南飞，马儿养得正肥，天色将晚的时分作者在山西雁门山碰到了驿使，他正忙着往前线押送征衣。开元二十五年（737）王维以监察御史的身份，奉玄宗之命赴河西节度使府慰问将士，在赴河西途中作《使至塞上》，当然也可以当成宣慰使所到之处所见所闻的记录来看，诗曰："单车欲问边，属国过居延。征蓬出汉塞，归雁入胡天。大漠孤烟直，长河落日圆。萧关逢候骑，都护在燕然。"诗说，轻车简从将去慰问边关，路过汉时的属国居延。蓬草随风出了边塞，归雁飞入北方的胡天。浩瀚的沙漠孤烟直上，远处黄河尽头落日又大又圆。到萧关时遇到侦察的骑兵，说都护这时正在燕然前线。这首诗，看作宣慰使途中发回的即时新闻报道，好像也能说得过去。

（原载《随笔》2021年第1期）

皇帝金口开，诗人前程断

著名诗人孟浩然，虽然终身是个布衣，但其诗名却盛于大唐，流传万世。我们看看他的几首诗："春眠不觉晓，处处闻啼鸟。夜来风雨声，花落知多少。"（《春晓》）"移舟泊烟渚，日暮客愁新。野旷天低树，江清月近人。"（《宿建德江》）"故人具鸡黍，邀我至田家。绿树村边合，青山郭外斜。开轩面场圃，把酒话桑麻。待到重阳日，还来就菊花。"（《过故人庄》）"八月湖水平，涵虚混太清。气蒸云梦泽，波撼岳阳城。欲济无舟楫，端居耻圣明。坐观垂钓者，徒有羡鱼情。"（《望洞庭湖赠张丞相》）哪一首不是千古绝唱！这么有才的一个人，身处盛唐，却没有博得一点功名，而原因就在于当时的玄宗皇帝。

当然并不是每一个博取功名的人都要得到皇帝的首肯。唐代用人实行的是科考制度，一般来说是相对公平的竞争。但是如果倒霉到被皇帝钦点弃用，则基本上就进入了黑名单。历史上这样的人不知凡几，而孟浩然不幸就是其中之一。

孟浩然是湖北襄阳人，四十岁以前一直生活在家乡，"为学三十载，闭门江汉阴"，还曾一度隐居在鹿门山。他热爱大自然，徜徉田园，沉醉山水，写了许多冲淡清新、隽永散朗的山水田园诗。四十岁时，他忽然动了求取功名的念头，于是来到长安，参加进士考试，但却未能被录取。这期间，他与在京的诗人们过往频繁，很快在诗坛赢得了盛名。王维与他成为挚友，李白、杜甫都是他的粉丝。此说有诗为证。我们看他因失意离开长安时与王维互赠的诗——《留别王维》："寂寂竟何待，朝朝空自归。欲寻芳草去，惜与故人违。当路谁相假，知音世所稀。只应守索寞，还掩故园扉。"王维《送孟六归襄阳二首》其二："杜门不欲出，久与世情疏。以此为长策，劝君归旧庐。醉歌田舍酒，笑读古人书。好是一生事，无劳献子虚。"十几年后，王维任殿中侍御史去岭南主持进士考试时路过襄阳，不料这时孟浩然已经因背疽亡没，王维作《哭孟浩然》："故人不可见，汉水日东流。借问襄阳老，江山空蔡州！"再看李白的《赠孟浩然》："吾爱孟夫子，风流天下闻。红颜弃轩冕，白首卧松云。醉月频中圣，迷花不事君。高山安可仰，徒此揖清芬。"后来，孟浩然与李白在武昌再会，分别时李白作《送孟浩然之广陵》："故人西辞黄鹤楼，烟花三月下扬州。孤帆远影碧空尽，惟见长江天际流。"杜甫亦有诗曰："吾怜孟浩然，裋褐即长夜。赋诗何必多，往往凌鲍谢。清江空旧鱼，春雨余甘蔗。每望东南云，令人几悲咤。"（《遣兴五首》其五）"复忆襄阳孟浩然，清诗句句尽堪传。"（《解闷十二首》其六）

诗仙、诗圣的追捧已经足以说明问题，然而还有一则逸闻，更能表现孟浩然的才气：

（孟浩然）间游秘省，秋月新霁，诸英华赋诗作会，浩然句曰："微云淡河汉，疏雨滴梧桐。"举座嗟其清绝，咸搁笔不复为继。

孟浩然出手不凡，此句一出，不但举座为之倾倒，而且《唐摭言》记载："右丞（王维）吟咏之，常击节不已。"

但是，就是这样一位才高八斗、满腹文章的大诗人，偶遇皇帝，千载难逢正可以借此机会表现自己、得以晋升的时候，却转喉触讳，被冷落进了另册。

《新唐书·卷二百三·文艺下》载：

（王）维私邀（孟浩然）入内署，俄而玄宗至，浩然匿床下。维以实对，帝喜曰："朕闻其人而未见也，何惧而匿？"诏浩然出。帝问其诗，浩然再拜，自诵所为，至"不才明主弃"之句，帝曰："卿不求仕，而朕未尝弃卿，奈何诬我？"因放还。

历史上对此事还有不同的说法，此不赘述。但有一点是相同的，就是皇上把这首诗还没有听完，就怫然作色，而诗人的前途也就此断送了。

让我们来看看这首诗，诗的题目是《岁暮归南山》：

> 北阙休上书，南山归敝庐。
> 不才明主弃，多病故人疏。
> 白发催年老，青阳逼岁除。
> 永怀愁不寐，松月夜窗虚。

孟浩然看起来还是书生本色，因为落第，他苦闷、焦虑，觉得自己怀才不遇，虚度年华，从而寄之于诗，怨天尤人。但这种牢骚，对着朋友发一发也就是了，他却把皇帝看成知音，直抒胸臆。"不才明主弃"，自然也可以理解有抱怨皇上的含义，难怪玄宗不高兴。

后来孟浩然只好回到襄阳，虽然还有第二次到长安求仕，但仍然不第。以后虽然有过短暂的幕府经历，但最后还是终老故园。

这种不受皇帝待见，从而困厄一生的，在宋朝还有一位，他就是大名鼎鼎的词人柳永。

柳永原名柳三变，因排行老七，世又称其柳七，因为官至屯田员外郎，亦称柳屯田。他出身于官宦人家，年轻时本拟进京参加礼部考试，但走到杭州，就因繁华的钱塘滞留了脚步，后从杭州到苏州、扬州，沉溺于听歌买笑的浪漫生活。在杭州时，一首《望海潮》使他名噪一时。其词曰：

> 东南形胜，三吴都会，钱塘自古繁华。烟柳画桥，风帘翠

幕，参差十万人家。云树绕堤沙，怒涛卷霜雪，天堑无涯。市列珠玑，户盈罗绮，竞豪奢。　　重湖叠巘清嘉，有三秋桂子，十里荷花。羌管弄晴，菱歌泛夜，嬉嬉钓叟莲娃。千骑拥高牙。乘醉听箫鼓，吟赏烟霞。异日图将好景，归去凤池夸。

之后柳永来到汴京，此时是北宋嘉祐年间，承平日久，经济繁荣，文化发达，京师的繁华气象更非一般，大道通衢，甲第连云，秦楼楚馆林立，宝马华轩盈道。柳永为这一切所迷醉，流连于花街柳巷，偎红倚翠，过着纸醉金迷的放浪生活。宋代的歌妓以歌舞表演为生，所以往往要有新曲新词，才更能吸引客人。柳永通晓音律，擅长填词，因此，教坊乐工或歌妓有了新曲，就乞柳永填词，柳永因此词名更盛。连一个从西夏回朝的官员都说："凡有井水处，即能歌柳词。"可见他的词传播范围之广。

入京第二年（1009），他信心满满地参加科举考试，自信"定然魁甲登高第"，但此时真宗下诏严厉谴责"属辞浮靡"，也许是受此"批示"影

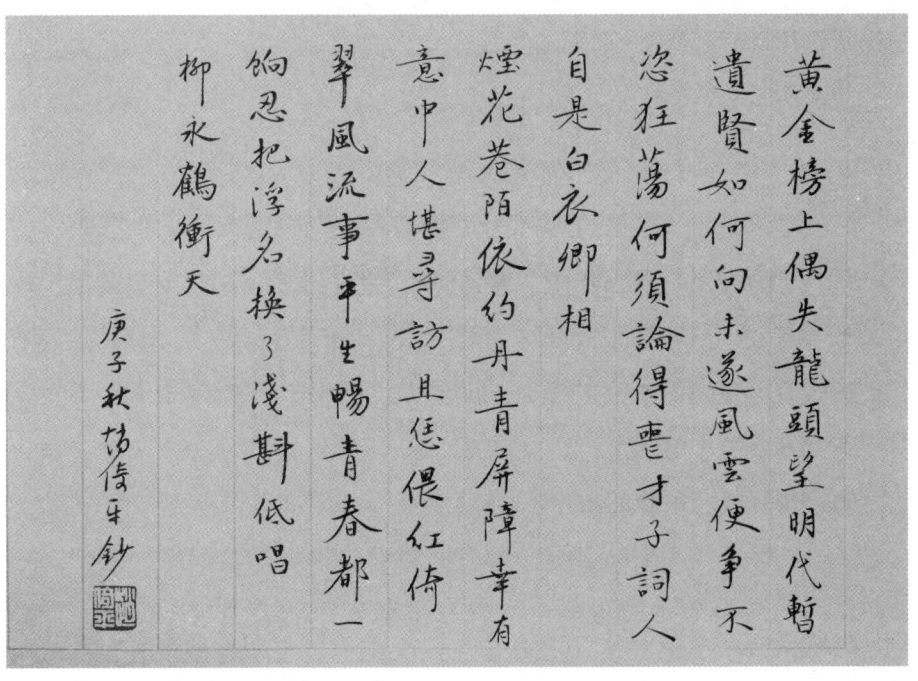

响，柳永初试落第。这个结果非常出乎他的意料，愤懑之下，他填了一首《鹤冲天》：

> 黄金榜上。偶失龙头望。明代暂遗贤，如何向？未遂风云便，争不恣狂荡。何须论得丧。才子词人，自是白衣卿相。烟花巷陌，依约丹青屏障。幸有意中人，堪寻访。且恁偎红倚翠，风流事、平生畅。青春都一饷。忍把浮名，换了浅斟低唱。

柳三变太有名了，他的词影响太大了，这首词无疑也传到了皇帝耳朵里。

这样说是有根据的。大中祥符八年（1015），柳永再次参加考试，但又一次落榜。天禧二年（1018），他第三次参加考试，这次倒是顺利进入了殿试榜。但是，当仁宗皇帝看到"柳三变"这个名字时，批道："且去浅斟低唱，何要浮名？"于是，柳永第三次名落孙山。

之后，似乎还有人向仁宗推荐柳永，仁宗依旧回复"且去填词"。

皇帝的这个态度，自然断了柳永的前程。柳永遂更加放浪不羁，出入娼馆酒楼，并自号"奉旨填词柳三变"。

虽然如此，他求仕之心并未改变，到了天圣二年（1024），他第四次参加科考，但仍然落第。他愤而离开京城，取水路南下。作别情人时，填出名词《雨霖铃》：

> 寒蝉凄切。对长亭晚，骤雨初歇。都门帐饮无绪，留恋处，兰舟催发。执手相看泪眼，竟无语凝噎。念去去、千里烟波，暮霭沉沉楚天阔。　　多情自古伤离别，更那堪、冷落清秋节。今宵酒醒何处，杨柳岸、晓风残月。此去经年，应是良辰、好景虚设。便纵有、千种风情，更与何人说？

五年后，他又返回过一次京师，但不久又离开，前往西北。外出漫游期间，继续填词，词名日隆。在陕西渭南，作《八声甘州》：

> 对潇潇、暮雨洒江天，一番洗清秋。渐霜风凄紧，关河冷落，残照当楼。是处红衰翠减，苒苒物华休。惟有长江水，无语东流。　　不忍登高临远，望故乡渺邈，归思难收。叹年来踪迹，何事苦淹留。想佳人、妆楼颙望，误几回、天际识归舟。争知我、倚栏杆处，正恁凝愁。

这首词，亦是他的代表作之一，其中的"渐霜风凄紧，关河冷落，残照当楼"句，得到苏轼的激赏，说"唐人高处，不过如此"。

这样一直过了十多年，到了景祐元年（1034），朝廷特开恩科，对历届科场沉沦之士放宽录取尺度。柳永此时正在鄂州，闻讯即赶赴汴京。这次他将名字柳三变改为柳永参加春闱，与其兄柳三接同登进士榜，终于暮年及第。

但荣登进士榜的柳永，并没有得到重用。其后近十年，他被授予团练推官、县令、判官等地方官。因为颇有政绩，按宋制应该磨勘改官，却被搁置。庆历三年（1043）秋，在一次宫廷宴会上，仁宗命左右词臣为乐章，内侍让柳永应制，柳永正希望得到进用，便作了《醉蓬莱》奏呈，词曰：

> 渐亭皋叶下，陇首云飞，素秋新霁。华阙中天，锁葱葱佳气。嫩菊黄深，拒霜红浅，近宝阶香砌。玉宇无尘，金茎有露，碧天如水。　　正值升平，万几多暇，夜色澄鲜，漏声迢递。南极星中，有老人呈瑞。此际宸游，凤辇何处？度管弦清脆。太液波翻，披香帘卷，月明风细。

柳永希望得到皇上的赏识提拔，写的自然都是吉祥的好话。但是，天意从来高难问，仁宗见开首的一个"渐"字（宴会时间正值新秋，"渐"就是正的意思），大概他不喜欢萧瑟的景象，就流露出不悦的颜色。再往下，等看到"此际宸游，凤辇何处"，这句正和他写的《真宗挽词》的句子一样，不禁心情沉痛。读到"太液波翻"时，终于忍耐不住，怒曰："何不言太液波澄?"投掷词稿于地。柳永希冀擢用的愿望落空了。

后来,因为范仲淹实行庆历新政,他曾改官著作郎、太常博士及屯田员外郎等职,最后在屯田员外郎任上致仕。

这就是柳永仕途坎坷的一生。

唐宋这两位大诗人大词人的经历,不禁让人扼腕。但政治上的失意却无改他们在文学上的地位,孟浩然如此,柳永也是如此。孟浩然是唐代第一位大量创作山水田园诗的大诗人,为唐代山水田园诗派的领袖人物,与王维齐名。柳永是第一个对宋词进行全面革新的大词人,也是两宋词坛创用词调最多的词人,作为慢词的奠基人,他开创了长短句式格律词的新局面,对后世产生了巨大影响。

(原载《龙岗文艺》2021年夏季刊)

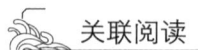

关联阅读

题酒家壁
(宋)陆游

明主何曾弃不才,书生飘泊自堪哀。
烟波东尽江湖远,云栈西从陇蜀回。
宿雨送寒秋欲晚,积衰成病老初来。
酒香菰脆丹枫岸,强遣樽前笑口开。

真州绝句五首(其五)
(清)王士禛

江乡春事最堪怜,寒食清明欲禁烟。
残月晓风仙掌路,何人为吊柳屯田。

绿暗红稀出凤城,暮云楼阁
古今情引人莫听宫前水流
尽年光是此声

佳句在后的豹尾诗

人们常说，好文章要凤头、猪肚、豹尾，意即文章的开头要像凤头那样美丽、精彩，主体要像猪肚子那样充实、丰富，而结尾要像豹子的尾巴一样有力。文章如此，好诗固然也应该如此，实际上许多好诗都是如此。但是也并不尽然。我们读有些诗的时候，发现开首平平，不要说凤头，就连个鸡头也算不上，而中间也仍平淡，并不丰富，最多比起前两句，稍有起色。只是到最后一句，奇峰突起，画龙点睛，峰回路转，柳暗花明，使开初平淡无奇的诗一下子光彩夺目，令人回味无穷。所以我且称之为佳句在后的豹尾诗。

试看以下之诗。

传说朱元璋有一年冬天打了败仗，事业进入了低潮。有一天，大雪纷飞，他在雪中看到一向挺拔的翠竹被大雪压得很低，联想到自己当前的处境，忽然，心中一动，吟出了一首《咏竹》诗来：

> 雪压枝头低，虽低不着泥。
> 一朝红日出，依旧与天齐。

诗的前两句写实，诗句平平，但后两句意气昂扬，亦有文采，把竹子不屈服于大雪压枝的精神形象地表达了出来，也展现了他不怕困难，对前途充满信心。

洪武十四年（1381）春，朱元璋与翰林学士一起庆贺鸡年，命以"金鸡报晓"为题各赋诗一首。当然，皇帝在场，谁敢抢先？自然应该由皇帝先作。只见朱元璋提起笔来，写道：

鸡叫一声撅一撅，鸡叫两声撅两撅。

这是什么诗啊！众臣看得面面相觑。朱元璋不动声色，继续写道：

三声四声天下白，

这句似有转机。朱元璋继续写下一句：

褪尽残星与晓月。

不愧出自帝王手笔，气象果然不同！众学士只有齐声喝彩的份儿了。这首诗还有另外一个版本，大同小异，兹录如下：

鸡叫一声撅一撅，鸡叫两声撅两撅。
三声唤出扶桑日，扫败残星与晓月。

朱元璋虽然文化程度不高，但他注意学习，加上自身的历练，见识便不一般。在为文上，他反对虚假浮饰，雕琢辞藻，主张感情真挚，简单明晰。从这些诗看，也与他的主张一致。

类似的传说还有一个。说乾隆皇帝一次登江阁遇雪，看着漫天飘飞的雪花，信口吟道：

一片一片又一片，四片五片六七片。
八片九片千万片，飞入芦花都不见。

你看，前头三句，没有任何诗意，而最后一句，绝处逢生，意境全出。

这首诗也还有另外一个版本，但作者不是乾隆，被换成了郑燮，诗句也

有出入:

> 一片一片又一片,两片三片四五片。
> 六七八片九十片,飞入芦花都不见。

又据说乾隆皇帝画了一幅《百鹅图》,他想比一下大臣们的才学,就邀请大家为此画题诗。大臣们虽然也想显示才华以博皇上开心,但又怕露拙而迟迟不敢动笔。纪晓岚见状,从容上前,拿起笔来写道:"鹅鹅鹅鹅鹅鹅鹅,一鹅一鹅又一鹅。"前两句像在数鹅,毫无诗意。只见纪晓岚笔锋一转,写出后两句:

> 食尽皇家千钟粟,凤凰何少尔何多?

写完,不无戏谑地扫了一眼几个饱食终日、呆头呆脑的庸臣。

再看一首咏柳的诗,有人说是谢缙《题长亭四柳图》上的。诗云:

> 东边一株柳树,西边一株柳树,
> 南边一株柳树,北边一株柳树。
> 纵有柳丝千万条,也绾不得征鞍住。

但也有人说是徐渭的,是徐渭题《柳亭送别图》上的诗。诗句也有出入,如下:

> 东边一行柳树,西边一行柳树,
> 南边一行柳树,北边一行柳树。
> 纵然碧丝千万条,哪能绾得行人住。

徐渭是个怪才,传说他在人家母亲的寿宴上写祝寿诗,第一句就是:

> 这个婆娘不是人，

众人大惊，心想这是祝寿还是骂人？没想到他接下来写的是：

> 九天仙女下凡尘。

有了这样一个转折，大家才松了一口气。不料想他又来了一句：

> 儿孙个个都是贼，

众人又是一阵哗然。但他不慌不忙，又写下最后一句：

> 偷得仙桃奉至亲。

大家这才拍手叫绝。

　　同样，关于这首祝寿诗，也有一个版本说是唐伯虎在《蟠桃献寿图》上的题诗，确否我无从考证。但在画上题诗，显然不及现场一句句念出来那么动人心魄。

　　据传清朝时有一对新人结婚，大家闹洞房闹到半夜仍不肯罢休，一定要新娘写一首诗表达新婚感受。新娘无奈，只好口占一首道："谢天谢地谢诸君，我本无才哪会吟？曾记唐人诗一句，'春宵一刻值千金'。"诗一出口，大家一回味，真是不错！末句虽为引语，但非常切合当下场景，劝语含而不露，合情合理，大家赶紧乘欢而散。

　　又说宋代的司马光登岭，有二人坐石上联句，看见司马光，不屑地说：公亦能诗否？可联两句。司马光微微一笑，随口吟道：

> 一上一上又一上，看看行到岭头上。

如此干瘪枯燥！二人听了大笑。司马光继续吟道：

> 乾坤只在掌握中，五湖四海归一望。

二人相视大惊,长揖而退。

司马温公这是故意卖关子,让听的人不以为意,实际上他是在蓄势,待到整首诗全部亮出,感觉上的落差,往往使人目瞪口呆,前面的平淡,反而烘托出后面的奇崛。

苏轼也有同样的诗。他从黄州调任汝州,朋友们为他送行。宴席上,有一个叫李琪的歌妓看东坡将走,就解下丝巾,请苏东坡为她题诗。东坡跟她也比较熟悉,因为过去的宴席经常会有她在旁边陪着敬酒。东坡稍一思索,挥毫写道:"东坡七岁黄州住,何事无言及李琪。"把这两句写完以后,他继续和朋友喝酒谈笑。很多人看到这两句诗意平平,就交头接耳,东坡只当没看见。过了一会儿,李琪又过来拜请苏轼把诗写完。东坡笑着说:我已成竹在胸。他拿起笔来,又写下了最后两行:"恰似西川杜工部,海棠虽好不留诗。"后两句一出来,举座皆赞。

像这种豹尾之诗,还有很多。且看纪晓岚的《垂钓》:

一篙一橹一渔舟,一丈长竿一寸钩。

一拍一呼复一笑,一人独占一江秋。

还有薛道衡的《人日思归》:

入春才七日,离家已二年。

人归落雁后,思发在花前。

薛道衡是北朝诗人,早有诗名。当时出使于陈,前两句刚作出,陈人嗤之以鼻,曰:谁谓此佬解诗?待到后两句出来,乃服曰:名下固无虚士。

(原载《深圳特区报》2018年1月11日)

打油亦有味

如果要作比喻的话，在古代诗歌这棵大树上，格律诗就是主干上的繁花，而打油诗则是不怎么堪比的斜枝上一朵有点丑的小花；或者说，唐诗宋词就像京剧里的大家闺秀，而打油诗则像跑来跑去调皮的小丫鬟；抑或说，古典诗歌居于诗歌的庙堂，而打油诗则处在诗歌的江湖和民间。当然，任何比喻都是跛脚的——花虽然有点丑，但它毕竟还是花，自有它的香味和颜色；而小丫鬟在一出戏中，也是活泼可爱姿态动人的；庙堂之上固然令人肃然起敬，但民间和江湖也不可小觑。

打油诗的鼻祖，世皆公认是中唐民间诗人张打油。而鼻祖既开先河且又为代表作的，是一首著名的《雪诗》。诗云：

> 江山一笼统，井上黑窟窿。
> 黄狗身上白，白狗身上肿。

这首诗用村言俚语来写下雪，明白如话，但视角很独特，从远及近，通过江山、井、黄狗和白狗的变化，描写雪下得很大，机巧有趣，幽默传神。之后，这类诗体就被称为打油诗。据传，这位张诗人还有两首脍炙人口的打油诗，一首仍是写下雪，写完还把它书之于壁。诗云：

六出飘飘降九霄，街前街后尽琼瑶。

有朝一日天晴了，使帚的使帚，使锹的使锹。

不巧这诗被县官看到，认为不成体统，下令抓来作诗的人。张打油大概并非学士模样，官员不信他能作诗，命其当堂作诗以证。当时安禄山正在围攻南阳，张打油就以南阳被困为题，吟出一首与上诗如出一辙的诗来：

百万贼兵困南阳，也无援救也无粮。

有朝一日城破了，哭爹的哭爹，哭娘的哭娘。

此诗一出，惹得哄堂大笑，张打油也得以被释。

由于打油诗不受严格的格律限制，信手拈来，通俗易懂，诙谐幽默，所以颇为下里巴人喜好，而得以长久流传。祖师爷之后，也有一些有趣的打油诗留了下来，为人们津津乐道。试看，宋代陆诗伯的《咏雪》："大雪洋洋下，柴米都涨价。板凳当柴烧，吓得床儿怕。" 还有北宋理学家、名臣赵抃，号称"铁面御史"，他淡泊功名，退隐之后，就以一首打油诗明志："腰佩黄金已退藏，个中消息也平常。世人欲识高斋老，只是柯村赵四郎。"表示自己完全回归乡里，成为布衣平民了。

明末清初的大才子金圣叹，因哭庙事件被清廷治罪问斩。据传，行刑那天，天降大雪，他触景生情，悲愤地吟出一首绝命诗："苍天为我报丁忧，万里江山尽白头。明日太阳来吊孝，家家户户珠泪流。"可惜了他正当盛年，满腹才华，却冤死在清朝统治者的屠刀下，确实值得苍天大地为他戴孝，为他一哭！但亦还有一个版本，也是金临刑赋诗，诗云："天公何故惜金郎，万里河山作孝堂。日出东方来祭奠，家家户户泪汪汪。"意思基本相同。

传说纪晓岚与马氏结婚，众人闹洞房一直闹到三更仍不肯散去。新娘见状，吟出二句诗来："金玉良缘在今朝，诸君莫要再相扰。"纪晓岚闻言，续了下句："织女正在停梭等，快让牛郎过鹊桥。"众人听完，相视大笑，一哄而散。

明代人高明所作的著名戏剧《琵琶记》中，也有一首有趣的打油诗。说蔡邕蔡伯喈来到京城赶考，恰逢牛丞相以诗文为爱女择婿，他好奇来到丞相家门口，可巧碰见了几个纨绔子弟也来碰运气。这几人不学无术，就"文廟"两个字的读法产生了争论，其中一个说念"交廟"，一个说念"文朝"，到底怎么念，说让蔡邕来认。蔡邕见他们如此浅薄，觉得十分好笑。但他并不回答，而是随口吟出一首打油诗来：

交廟文朝两相宜，
么（公）子王系（孙）不堪提。
倘若去问午（牛）丞相，
小心剥你一长（张）皮。

嘲讽这些草包。

宋太祖赵匡胤讨伐南唐时，南唐派了能说会道的吏部尚书徐铉前去当说客。徐铉认为赵匡胤只会打仗，就在赵匡胤面前夸耀后主李煜如何博学多才，赵匡胤知道他的用意，就说那你把他的名篇诵读一首来听听。徐铉就念了一首李煜的《秋月篇》，没想到赵匡胤听了哈哈大笑，说这算什么好诗？这样的句子我是讲不出口的。徐铉听了不服，说那么陛下也吟一首，让我们见识见识。赵匡胤不慌不忙地说：朕也有一首关于月亮的诗。当年我还没有显贵时，一次从秦中归来，路过华山脚下，喝醉了躺在田野里，一觉醒来，皓月当空，亮如白昼，我诗兴大发，随口作了这首。于是徐徐吟出，当他念到"未离海底千山黑，才到天中万国明"这两句时，把个徐铉惊得赶紧跪下磕头。因为这两句意境高远，气势磅礴。明太祖朱元璋起于草莽，出身微贱，不学无术，但自做了将帅以至帝王，却虚心好学，渐渐也可吟诗作文。他的诗大都粗浅，在雅诗与打油之间，但也朴实，不失其本色。如其一首《咏菊花》："百花发时我不发，我若发时都骇杀。要与西风战一场，遍身穿就黄金甲。"粗则粗矣，但毕竟出自帝王之口，让人感到一股霸气。民国时代的西北军阀冯玉祥驻守徐州时，有一首《护林诗》："老冯驻徐州，大树绿油油。谁砍我的树，我砍谁的头。"民国奉系军阀张宗昌，乃一武夫，粗野无文，却也好作诗。一次天上闪电，他随口就是一首："忽见天上一火镰，好像玉皇要抽烟。如果玉皇不抽烟，为何又是一火镰？"想象挺好，把天上闪电想象成玉皇大帝用火镰打火，粗则粗矣，却让人忍俊不禁。还有一首咏石塔的打油诗，不知作者何人："远看石塔黑乎乎，上面细来下面粗。有朝一日翻过来，下面细来上面粗。"也是文句粗俗，但却粗中见巧。

万科公司的朋友颜雪明1997年跟同事去通县看大运河，途中因谈起打油诗，到了地方以后，一同事即刻吟道"昔日盛况去无踪"。另一同事接上"今日运河已不通"，第三位说"有朝一日河通了"，雪明点睛一句"运蒜的运蒜，运葱的运葱！"引得大家哈哈大笑。

现代四川武胜有个尹才干，致力于新诗体的探索多年，但观其诗，仍不脱打油诗，试看他的《浪》："一浪一浪又一浪，浪浪撞在石头上。明知前浪折了腰，后浪还要跟着上。"还有《时光叹》："时光催人老，不比不知晓。少年在眼前，才觉白发早。"

需要特别说明的是，有很多人也常常把自己的诗称作"打油"，像鲁迅先生说他那首著名的《自嘲》诗是"闲人打油"，像邵燕祥先生也曾把自己的诗集取名为《邵燕祥诗抄·打油诗》，等等，但这些都是他们自嘲或者自谦，不可当真。

（原载《深圳特区报》2018年6月21日）

机智辞令解窘困

善于辞令、有辩才的人，可以当外交家。春秋时，齐国著名的政治家晏子出使楚国，以机智的语言，维护了国家的尊严，可作一例。

而平时，恰当的语言往往可以解人于窘境和困境。

战国时期，魏文侯派乐羊攻克中山后，把它封给儿子魏击。一次魏文侯问群臣：我算什么君主？群臣说：仁德君主。这时大臣任座说：得了中山不封给弟弟而封给儿子，算什么仁君？魏文侯怒。任座见状急忙走开。魏文侯接着再问上卿翟璜，翟答：仁德之君。魏问：何以知之？翟答曰：臣闻君仁则臣直，刚才听了任座之言，故而知之。魏文侯大悦，派翟璜召任座回来，下堂迎接，待以上宾之礼。翟璜一句话，为任座缓颊。

上官桀是武帝时的未央厩令。一次，汉武帝生病，等病好后发现马匹大多瘦弱，大怒，说：厩令认为我再也看不到这些马了吗？要治他的罪。上官桀叩头说：我听说皇上圣体欠安，日夜担心，实在没有心思照料这些马呀！话未说完，流下眼泪。武帝听了，认为上官桀对自己很忠心，就对他十分信任，让他做了侍中，后升为太仆。上官桀后来平定莽通谋反有功，被封为安阳侯。当然，上官桀这句话也许不是为自己辩解的辞令，而是说的实情，但他的话顺理成章，使皇上释然且对他另眼相看，也是话语的力量。

明朝有一曹知府，自称曹操后人。一天看戏《捉放曹》，戏子赵生在戏中毕现曹操之奸诈，知府以为有辱祖先，召赵上堂，欲治其罪。待赵昂然来时，拍案喝道：小民安敢不跪？赵亦喝道：大胆府官见曹丞相敢不下阶相迎？知府曰：汝只戏中丞相，非真也。赵曰：既知非真，又如何治罪？知府无以对，遂罢。这就是利用对方破绽，以子之矛攻子之盾，迫其收手。

在有的时候，急智还可以救人性命，尤其是在封建社会一言不慎，就可能掉脑袋的情况下。

南齐太祖萧道成能文善武，在书法上也很有造诣。朝中有位书法名士王僧虔，太祖总想与他比试，看到底谁的字写得好一些。一日闲来无事，萧道成备好笔墨，把王僧虔请进宫里，说好两人均以楷书写一幅字。不大工夫，都写好了，有人把两幅字并在一起，群臣围观，赞不绝口。萧问：你们看谁写得更好一些呀？大家异口同声地说：当然是太祖写得好。萧这时对王说：王爱卿，你说咱俩谁写得更好些？众人把目光都集中在王僧虔身上，看他如何回答。王僧虔想，就书法而言，萧肯定不如自己，但他是皇帝，自己怎能比他强呢！于是急中生智，笑着回答：为臣的书法，人臣中第一；陛下的书法，皇帝中第一。萧道成听罢大笑。

唐代敬宗时，有个伶人高崔巍，不但滑稽，而且应对敏捷。一次，他陪敬宗在宫中闲游，敬宗叫人把他的头按到水中，浸了好长时间才放手。敬宗问他是什么感觉。他想如果说好受，是假话，有欺君之嫌；说不好受，又怕皇帝不高兴。于是灵机一动，说：我刚才见到屈原了。敬宗笑着说：你见到屈原了？那他对你讲了什么话没有？高崔巍答道：屈原对我作了一首诗："我逢楚怀王，乃沉汨罗水。汝逢圣明君，何为亦来此？"敬宗一听大笑，还当场赏赐了他。

解缙从小聪慧，十四岁就中了进士，朱元璋就让他跟皇子一起读书。一次朱元璋来看皇子学习的时候，故意问谢缙说，你十四岁就中了进士，是不是跟试官是亲戚呀？解缙急忙叩首以诗代答说：

> 微臣不与试官亲，一朝天子一朝臣。
> 甘罗十二为丞相，臣比甘罗长二春。

甘罗是战国时秦国名臣甘茂的孙子，因有才学，十二岁拜相。解缙说自己虽然十四岁中了进士，但与考官并没有什么瓜葛。比起甘罗十二岁当丞相，自己还是不及。这首诗巧妙地回答了朱元璋的诘难，又展示了自己的急才。

清年羹尧案后，雍正打击年羹尧的朋党。大臣史贻直为官清正，刚直不阿，但由于是年羹尧举荐的，雍正也想收拾他。于是召他来问：你是否是年羹尧推荐的？史贻直答：荐臣者羹尧，用臣者皇上。一句话，塞了雍正之口。史贻直亦幸免罹祸。

乾隆年间的大臣冯诚修颇有才思，皇帝经常与他对诗。有一次乾隆下江南，身边就带着冯诚修，看到远处有许多白鹤飞来，即令冯作诗。冯诚修略一思索，随口吟道：

> 远望天空一鹤飞，朱砂为顶雪为衣。

他正要往下作，乾隆打断他的话说：朕要你吟更远的那只黑鹤。冯诚修立即接上说：

> 只因觅食归来晚，误落羲之洗砚池。

乾隆听后，连连赞许他才思敏捷。

某夏，纪昀在南书房赤膊纳凉，忽闻乾隆驾到，他不及着衣，便急忙躲到御座之下。稍待，未见动静，便探头问：老头子去耶？不料乾隆仍在，厉声责问：老头子三字何解？有说可，无说则斩。纪叩头答道：万寿无疆之谓老，顶天立地之为头，父天母地之为子。乾隆听罢，大悦不责。纪昀的话虽有拍马屁之嫌，却也捡回一条性命。

俗话说，话有三说，巧说为妙。说话还要分场合、时机与对象。

话说汉武帝一日到达郎署,见一老郎,鬓眉皓白,问曰:叟何时为郎,何其老也?老郎对曰:臣颜驷,文帝时为郎。文帝好文,臣好武;景帝好老,臣尚少;现陛下好少,臣已老矣,故三世不遇。武帝听了不禁感动,便提拔颜驷为会稽都尉。

还是解缙。一次喜降春雨,朱元璋便宣谢缙进殿,问他:此雨价值多少?因为俗话说,春雨贵似油。但那只是一个形容,现在皇上问它具体有多贵,这不是故意为难人吗?但解缙并不紧张,说臣以诗定价。然后口占一首:

墙院玉阶湿,地下利能深。

问臣多少价?遍地是黄金。

朱元璋听罢,不得不佩服解缙的诗才。

一年中秋,曹操和家人一起赏月,为了考考曹植,曹操问:月亮跟幽州比,孰远孰近?曹植马上回答:月亮近而幽州远。操问何故?植曰:月亮抬头就能望见,故近;幽州抬头望不见,故远。曹操听了高兴,很是夸了曹植一番。第二年中秋,有几个幽州的朋友来拜访。在宴会上,曹操想起去年赏月的事,便问客人:月亮跟家乡比,哪个远些,哪个近些?客人众说纷纭,争论不休。曹操又让曹植回答。曹植环顾四周,笑着说:月亮远些,幽州近些。曹操闻之不解,说:去年你说月亮近幽州远,怎么长大一岁,却变糊涂了?曹植不慌不忙地回答说:月亮虽然抬头望得见,但它却可望而不可即,所以说它远些;幽州虽然看不见,但朋友可以彼此往来,所以说它近些。客人们听了非常佩服,都说有道理。曹操听了这番解释,也暗自欢喜。

宋人范仲允在外做官,久而不归。妻子想念,便寄《伊川令》词,叙相思之情。范看后,见词名"伊"字写作"尹"字,遂答词嘲之,词曰:"不写伊川题尹字,无心。料想伊家不要人。"面对丈夫的诘难,其妻再以词复:"闲将小书作尹字,情人不解其中意。共伊间别几多时,身边少个人儿睡。"范览回笺笑赞妻子的机智幽默。

曾国藩带领湘军与太平军作战时，前期战事频频失利。幕僚写好给朝廷的战报，让曾国藩过目，曾国藩看到里边写有"臣屡战屡败"，遂提笔改为"臣屡败屡战"。这顺序一颠倒，把未打胜仗、一路败北的劣势，扭转成了将士英勇奋战，不屈不挠的情形，收到了截然不同的效果。

当然，这些自洽的话语背后，都有很强的逻辑支撑，另外就是其见识、文化素养等等的帮助。

（原载《华安》2017年第10期）

无限风光诗人占

在人们熟知的诗词故事中，有一个常在我心中引起波澜，那就是李白登黄鹤楼题诗搁笔的故事。传说李白路过武昌，登上久负盛名的黄鹤楼，到了这样的胜景，岂能无诗？但正当李白脱口欲出之时，抬头忽见崔颢一首题壁的七律：

> 昔人已乘黄鹤去，此地空余黄鹤楼。
> 黄鹤一去不复返，白云千载空悠悠。
> 晴川历历汉阳树，芳草萋萋鹦鹉洲。
> 日暮乡关何处是，烟波江上使人愁。

这首诗意境开阔，气魄宏大，情景交融，疏宕生动，把李白看了个目瞪口呆，只好说："眼前有景道不得，崔颢题诗在上头。"悻悻作罢。

由此我想，李白何许人也？诗仙啊！但面对崔颢的诗，也只好甘拜下风。这就是说哪怕你名头再大，遇到比你强的也得服气。当然这也得要有修养、胸襟、气度和自知之明，就像李白这样。

那么我们是否可以从诗的角度这样说：黄鹤楼已经被崔颢占了，或曰黄鹤楼是崔颢的。

如果这样的说法差强成立，那么，幽州台一定是陈子昂的。"前不见古人，后不见来者。念天地之悠悠，独怆然而涕下！"意境怆浑高迥，诗句悲壮沉郁，乃千古绝唱。而滕王阁肯定是王勃的。"落霞与孤鹜齐飞，秋水共长天一色"，这样的佳句，非"初唐四杰"之首的王勃而谁能为之？鹳雀楼就一定是王之涣的。他的"白日依山尽，黄河入海流。欲穷千里目，更上一层楼"百代流传，无人匹敌。金陵凤凰台就是李白的。"凤凰台上凤凰游，凤去台空江自流。吴宫花草埋幽径，晋代衣冠成古丘。三山半落青天外，二水中分白鹭洲。总为浮云能蔽日，长安不见使人愁。"情韵悠远，气势恢宏，为登高览胜的杰作。岳阳楼就是范仲淹的。"先天下之忧而忧，后天下之乐而乐"，这样的胸襟怀抱，举世无双。而郁孤台就是辛弃疾的。"郁孤台下清江水，中间多少行人泪。西北望长安，可怜无数山。青山遮不住，毕竟东流去。江晚正愁予，山深闻鹧鸪。"一阕《菩萨蛮》，高超的比兴手法，回环宛曲，蕴藉深沉，古往今来多少吟咏郁孤台的诗词能出其右？

楼台之下，亭桥街巷，凡有名者，也尽被名诗文所占，或曰正是这些诗文使其名垂千古。沉香亭，被李白的《清平三调》占了，"云想衣裳花想容，春风拂槛露华浓"，"解释春风无限恨，沉香亭北倚阑干"，非诗仙而不能。爱晚亭，被杜牧的《山行》占了。"远上寒山石径斜，白云生处有人家。停车坐爱枫林晚，霜叶红于二月花"，家喻户晓。乌衣巷，被刘禹锡占了。"朱雀桥边野草花，乌衣巷口夕阳斜。旧时王谢堂前燕，飞入寻常百姓家"，妇孺皆知。枫桥，被张继占了。"月落乌啼霜满天，江枫渔火对愁眠。姑苏城外寒山寺，夜半钟声到客船"，历代口口相传。醉翁亭，本就是欧阳修命名的，一篇《醉翁亭记》，更是意境超然，结构精巧，语言优美。"醉翁之意不在酒，在乎山水之间"也成警句，传诵后世。而镇江的北固亭和南京的赏心亭，因为稼轩的两首词也闻名后世。"千古江山，英雄无觅，孙仲谋处。舞榭歌台，风流总被，雨打风吹去。斜阳草树，寻常巷陌，人道寄奴曾住。想当年，金戈铁马，气吞万里如虎。""楚天千里清秋，水随天去秋无际。遥岑远目，献愁供恨，玉簪螺髻。落日楼头，断鸿声里，江南游子。把吴钩看了,栏杆拍遍,无人会、登临意。"

我们再生发开来。泰山,大概要让与杜甫。老杜二十多岁时写的《望岳》:"岱宗夫如何?齐鲁青未了。造化钟神秀,阴阳割昏晓。荡胸生曾云,决眦入归鸟。会当凌绝顶,一览众山小。"气势雄浑,气骨峥嵘,卒章显志,无人能继。终南山,要让与王维。王维的《终南山》:"太乙近天都,连山到海隅。白云回望合,青霭入看无。分野中峰变,阴晴众壑殊。欲投人处宿,隔水问樵夫。"诗中有画,给我们展开了一幅终南山的山水长卷,清新含蕴,终南山的云气变幻,宏阔壮丽尽收眼底。天姥山,要让与李白。李白此作的主旨虽然不在赞美山水而是蔑视权贵,但他描写的天姥山,气势恢宏,景象奇特,极富浪漫主义色彩,任何人都得甘拜下风(杜甫评其"笔落惊风雨,诗成泣鬼神")。"越人语天姥,云霞明灭或可睹。天姥连天向天横,势拔五岳掩赤城。天台四万八千丈,对此欲倒东南倾。""谢公宿处今尚在,渌水荡漾清猿啼。脚著谢公屐,身登青云梯。半壁见海日,空中闻天鸡。千岩万转路不定,迷花倚石忽已暝。熊咆龙吟殷岩泉,栗深林兮惊层巅。云青青兮欲雨,水澹澹兮生烟。列缺霹雳,丘峦崩摧。洞天石扉,訇然中开。青冥浩荡不见底,日月照耀金银台。霓为衣兮风为马,云之君兮纷纷而来下。虎鼓瑟兮鸾回车,仙之人兮列如麻。"西塞山,要让与张志和。他的《渔歌子》"西塞山前白鹭飞,桃花流水鳜鱼肥。青箬笠,绿蓑衣,斜风细雨不须归",把西塞山前江南鱼米之乡的山光水色表现得生动明丽。北固山,要让与王湾。他的"客路青山下,行舟绿水前。潮平两岸阔,风正一帆悬。海日生残夜,江春入旧年。乡书何处达?归雁洛阳边",风韵洒落,格调奇绝,第三联驰誉千载。庐山,势必要让与苏轼。他的"横看成岭侧成峰,远近高低各不同。不识庐山真面目,只缘身在此山中",诗中有画,景中寓理,语浅意深,妙不可言。飞来山,是要让与王安石的。"飞来山上千寻塔,闻说鸡鸣见日升。不畏浮云遮望眼,自缘身在最高层。"其诗也是寓说理于写景,浑然一体,天衣无缝,昂扬向上,充满了自信。

再看黄河，就李白《将进酒》里的首句"君不见，黄河之水天上来，奔流到海不复回"，恐怕这黄河就是李白的了。而长江，杜甫的"风急天高猿啸哀，渚清沙白鸟飞回。无边落木萧萧下，不尽长江滚滚来"，也是一样。易水，"风萧萧兮易水寒，壮士一去兮不复还"，这易水属于荆轲，是谁也抢不走的。汉江，王维的"楚塞三湘接，荆门九派通。江流天地外，山色有无中。郡邑浮前浦，波澜动远空。襄阳好风日，留醉与山翁"一诗当前，说汉江是王维的，恐谁都难以挑战。浔阳江，白居易的"浔阳江头夜送客，枫叶荻花秋瑟瑟。主人下马客在船，举酒欲饮无管弦。醉不成欢惨将别，别时茫茫江浸月"，这浔阳江不能不给白居易。洞庭湖，孟浩然的"八月湖水平，涵虚混太清。气蒸云梦泽，波撼岳阳城"、杜甫的"昔闻洞庭水，今上岳阳楼。吴楚东南坼，乾坤日夜浮"和张孝祥的"洞庭青草，近中秋，更无一点风色。玉界琼田三万顷，着我扁舟一叶。素月分辉，明河共影，表里俱澄澈。悠然心会，妙处难与君说"，怕是要三分洞庭湖的诗名。而西湖，也是要被三人平分秋色，他们就是白居易、苏轼和杨万里。请看白诗："孤山寺北贾亭西，水面初平云脚低。几处早莺争暖树，谁家新燕啄春泥。乱花渐欲迷人眼，浅草才能没马蹄。最爱湖东行不足，绿杨阴里白沙堤。"苏诗："水光潋滟晴方好，山色空蒙雨亦奇。欲把西湖比西子，淡妆浓抹总相宜。"杨诗："毕竟西湖六月中，风光不与四时同。接天莲叶无穷碧，映日荷花别样红。"零丁洋，则无疑属于文天祥。"辛苦遭逢起一经，干戈寥落四周星。山河破碎风飘絮，身世浮沉雨打萍。惶恐滩头说惶恐，零丁洋里叹零丁。人生自古谁无死，留取丹心照汗青。"虽只此一诗，其人其诗已足千古。

"向晚意不适，驱车登古原。夕阳无限好，只是近黄昏。"虽然唐人吟咏乐游原的诗颇多，但以这首短短的五绝，我们说，这乐游原该是李商隐的。"云横秦岭家何在，雪拥蓝关马不前"，我们因之说，这蓝关就是韩愈的。"黄河远上白云间，一片孤城万仞山。羌笛何须怨杨柳，春风不度玉门关。""青海长云暗雪山,孤城遥望玉门关。黄沙百战穿金甲,不破楼兰终不还。"我们要说,玉门关就是王之涣、王昌龄的。

而有些建筑、园林或地方,虽各有其主,但在文化的意义上,却不能不说是属于写出千古名句(篇)的诗人们的。传阿房宫为秦始皇所建,但杜牧一赋:"覆压三百余里,隔离天日。骊山北构而西折,直走咸阳。二川溶溶,流入宫墙。五步一楼,十步一阁;廊腰缦回,檐牙高啄;各抱地势,钩心斗角。盘盘焉,囷囷焉,蜂房水涡,矗不知乎几千万落。长桥卧波,未云何龙?复道行空,不霁何虹?高低冥迷,不知西东。歌台暖响,春光融融;舞殿冷袖,风雨凄凄。一日之内,一宫之间,而气候不齐。"后人难以企及。又如铜雀台虽然是曹操建成的,为它作赋者亦夥,但曹植的《登台赋》,音律和谐,文辞华美,风格绮丽,成为经典:"建高殿之嵯峨兮,浮双阙乎太清。立冲天之华观兮,连飞阁乎西城。临漳川之长流兮,望园果之滋荣。仰春风之和穆兮,听百鸟之悲鸣。天功恒其既立兮,家愿得而获逞。扬仁化于宇内兮,尽肃恭于上京。虽桓文之为盛兮,岂足方乎圣明!"所以,阿房宫、铜雀台虽然在物质上是秦始皇和曹操的,但在文化上却只能是杜牧和曹植的。"大江东去,浪淘尽,千古风流人物。故垒西边,人道是、三国周郎赤壁。乱石穿空,惊涛拍岸,卷起千堆雪。江山如画,一时多少豪杰。"虽然词中说这是"三国周郎赤壁",但那是从事功的角度,若是从文化的角度,也可以说赤壁就是苏轼的。"城上斜阳画角哀,沈园非复旧池台。伤心桥下春波绿,曾是惊鸿照影来。""梦断香消四十年,沈园柳老不吹绵。此身行作稽山土,犹吊遗踪一泫然。"沈园,本是沈氏的园林,但因为陆游的爱情故事和诗词,沈园虽仍姓沈,但在文化上却确确实实是陆游的。

诗人足迹所至,一题一咏,有如神助,为江山胜迹,更添光彩。有些寻常之物,树木花鸟,时令节气,也因诗人的点化,而熠熠生辉。试看,杜牧的"清明时节雨纷纷,路上行人欲断魂。借问酒家何处有?牧童遥指杏花村"，使清明节更增加了迷蒙的韵味。韩翃的"春城无处不飞花，寒食东风御柳斜。日暮汉宫传蜡烛，轻烟散入五侯家"，展开了一幅浓郁的寒食节风情画。杜甫的"好雨知时节，当春乃发生。随风潜入夜，润物细无声"，把春雨的宝贵和美好，写得淋漓尽致。贺知章的"碧玉妆成一树高，万条垂下绿丝绦。不知细叶谁裁出，二月春风似剪刀"，不但将柳枝写得更加婀娜动人，而且让春光溢于言外。王安石的"墙角数枝梅，凌寒独自开。遥知不是雪，为有暗香来"和林和靖的"众芳摇落独暄妍，占尽风情向小园。疏影横斜水清浅，暗香浮动月黄昏。霜禽欲下先偷眼，粉蝶如知合断魂"，把梅花的高洁品质、美丽神韵写到了极致。岑参的"北风卷地白草折，胡天八月即飞雪。忽如一夜春风来，千树万树梨花开"，摹状北方雪景，奇丽而迷人。杜甫的"两个黄鹂鸣翠柳，一行白鹭上青天""穿花蛱蝶深深见，点水蜻蜓款款飞"，刘禹锡的"晴空一鹤排云上，便引诗情到碧霄"，均把黄鹂、白鹭、蝴蝶、蜻蜓、白鹤描写得活灵活现。甚至古老的神话，也会因诗句更加引起人的遐思，像李贺的"羲和敲日玻璃声"，李商隐的"嫦娥应悔偷灵药，碧海青天夜夜心"，等等，不一而足。

流尽年光是此声——古人对时光的叹喟

作为人,时光流逝,人生易老,最易触动神经,引起感叹,而敏感的诗人,尤其如此,古人在这方面留下了无数动人的诗句。

二千二百多年前,屈原先生就在《离骚》中对岁月不居发出过这样的感叹:"汩余若将不及兮,恐年岁之不吾与。""日月忽其不淹兮,春与秋其代序,惟草木之零落兮,恐美人之迟暮。""时缤纷其变易兮,又何可以淹留?兰芷变而不芳兮,荃蕙化而为茅。"《古诗十九首》里,有"思君令人老,岁月忽已晚","白露沾野草,时节忽复易","四时更变化,岁暮一何速"的诗句。曹操在南征孙权之时,在宴会上横槊赋诗,即著名的《短歌行》。诗中,曹操叹喟:"对酒当歌,人生几何?譬如朝露,去日苦多。"其子曹植在《箜篌引》中,亦说"盛时不可再,百年忽我遒"。晋代诗人刘琨在五胡乱起,国家有难而自己又被囚禁性命难保的时候,写下"功业未及建,夕阳忽西流。时哉不我与,去乎若云浮",抒发功名未立、时不我待的悲壮情怀。而恬淡如陶潜先生,亦有"日月掷人去","盛年不重来,一日难再晨"的叹喟。

唐代,卢照邻对此有句曰:"节物风光不相待,桑田碧海须臾改。"张若虚说:"人生代代无穷已,江月年年只相似。"但写得淋漓尽致的,当属诗仙李白,他的"君不见,黄河之水天上来,奔流到海不复回。君不见,高堂明镜悲白发，朝如青丝暮成雪"，把时光易逝说成"朝如青丝暮成雪"，非如此，不能让人倏然而惊。李白还有"弃我去者，昨日之日不可留；乱我心者，今日之日多烦忧"之句，是一样的意思。春去秋来的时令变化和鬓边悄然生出的白发，是最容易让人生发惆怅之感的。像鲍照的"红颜零落岁将暮，寒光宛转时欲沉"，刘希夷的"宛转蛾眉能几时，须臾鹤发乱如丝"，李贺的"莫道韶华镇长在，发白面皱专相待"，晏殊的"夕阳西下几时回，无可奈何花落去"，苏轼的"多情应笑我，早生华发"，王安石的"巾发雪争出，镜颜朱早凋"，辛弃疾的"更能消、几番风雨，匆匆春又归去""追往事，叹今吾，春风不染白髭须""白发空垂三千丈""可怜白发生"，宋应星的"明镜催人白发多"，王国维的"最是人间留不住，朱颜辞镜花辞树"等等都是。

正因为时光无情，古人叹息说"人生天地间，忽如远行客""人生寄一世，奄忽若飙尘""浩浩阴阳移，年命如朝露。人生忽如寄，寿无金石固""人生非金石，岂能长寿考"（以上皆出自《古诗十九首》），"人生处一世，去若朝露晞"（曹植《赠白马王彪》），"畴昔叹时迟，晚节悲年促"（张协《杂诗十首》其四），"一年又过一年春，百岁曾无百岁人"（宋之问《宴城东庄》），"今年花似去年好，去年人到今年老"（岑参《韦员外家花树歌》），"年年岁岁花相似，岁岁年年人不同""今年花落颜色改，明年花开谁复在"（刘希夷《代白头吟》），"衰桃一树近前池，似惜红颜镜中老"（温庭筠《春晓曲》），"年光似鸟翩翩过"（僧志文《西阁》），"韶华不为少年留"（秦观《江城子》），"霜鬓明朝又一年"（高适《除夜作》），"世事蹉跎成白首"（王维《老将行》），"人生七十古来稀"（杜甫《曲江二首》其二），"青春不觉老朱颜"（苏轼《同曾元恕游龙山吕穆仲不至》），"今年花胜去年红。可惜明年花更好，知与谁同"（欧阳修《浪淘沙》），"未觉池塘春草梦，阶前梧叶已秋声"（朱熹《劝学诗》），"流光容易把人抛。红了樱桃，绿了芭蕉"（蒋捷

《一剪梅》)。

认识到岁月无情，诗人倍感时光的宝贵。屈原写道："吾令羲和弭节兮，望崦嵫而勿迫。"羲和，传说中为太阳赶车的神，屈原要他不要走得太快，看到崦嵫山（太阳落下的地方）不要急切地赶去。同样的想法，李商隐诗云："从来系日乏长绳，水去云回恨不胜。"陶渊明轻吟："古人惜寸阴，念此使人惧。"何逊赠友诗曰："少壮轻年月，迟暮惜光辉。"

因为人生短暂，当然就要珍惜。但这珍惜有两个方向的努力。一个方向是要有所作为，不可荒废人生。如汉乐府《子夜歌》和《长歌行》里有："年少当及时，蹉跎日就老。""百川东到海，何时复西归？少壮不努力，老大徒伤悲。"陶渊明的："及时当勉励，岁月不待人。"孟郊的："青春须早为，岂能长年少。"杜荀鹤的："少年辛苦终身事，莫向光阴惰寸功。"颜真卿的："三更灯火五更鸡，正是男儿读书时。黑发不知勤学早，白首方悔读书迟。"都勉励人要积极有为。李颀在送魏万到京城的诗中特意叮嘱他的："莫见长安行乐处，空令岁月易蹉跎。"岳飞在他的词中亦感慨："莫等闲，白了少年头，空悲切。"朱熹也言："少年易老学难成，一寸光阴不可轻。"

而另一个方向是不辜负生命，及时行乐。像《古诗十九首》里的"为乐当及时，何能待来兹？""过时而不采，将随秋草萎"，李白的"人生得意须尽欢，莫使金樽空对月""且乐生前一杯酒，何须身后千载名"，杜甫的"细推物理须行乐，何用浮名绊此身"，罗隐的"今朝有酒今朝醉，明日愁来明日愁"，杜秋娘的"花开堪折直须折，莫待无花空折枝"，都是劝人不负韶华之作。王建的《短歌行》，更是从人的生命过程来说："人初生，日初出。上山迟，下山疾。百年三万六千朝，夜里分将强半日。有歌有舞须早为，昨日健于今日时。"高翥更极言："人生有酒须当醉，一滴何曾到九泉。"当然，及时行乐论的背后，有时也未必是作者的本心与真意，他原本也有宏大的抱负，要经世致用的，却不被统治者理解和支持，得不到重用，于是便愤慨而言之。

其实，时间对人是公平的。杜牧诗说："公道世间唯白发，贵人头上不曾饶。"哪怕你贵为天子，号称万岁，一样逃不脱自然的规律。有趣的是，诗人们会生发出一些别的情致，让人们面对"不舍昼夜"的时光，于沉重中解颐一笑。请看赵翼的《野步》："峭寒催换木棉裘，倚仗郊原作近游。最是秋风管闲事，红他枫叶白人头。"再有韩琮的《暮春浐水送别》："绿暗红稀出凤城，暮云楼阁古今情。行人莫听宫前水，流尽年光是此声。"将年光流逝、人的老去怪罪于毫不相干的秋风、流水，与常理相悖，却更深刻地表达了诗人的情感。清代词人贺裳在《皱水轩词筌》中，称这种艺术技巧为"无理而妙"。诚哉，斯言！

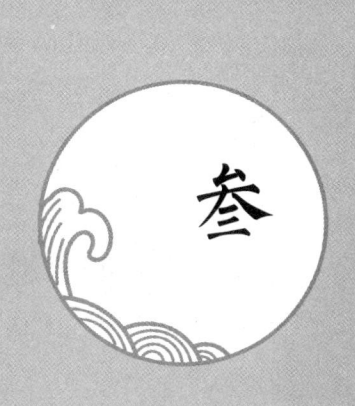

叁

零落残魂倍黯然
雙垂別淚越江邊
一身去國六千里
萬死投荒十二年
桂嶺瘴来雲似墨
洞庭春盡水如天
欲知此後相思夢
長在荊門郢樹煙

柳宗元 别舍弟宗一

追寻韩愈的足迹：从蓝关到韩山

四十多年前，我随父到商州求学。当汽车从西安一路向东，驶过蓝田县城，雄伟嶙峋的秦岭便映入眼帘。车继续向东，一头扎进大山的怀抱，颠簸向上，气喘吁吁地爬行。人们说，不远处就是蓝关古道。望着窗外苍茫的山势，韩愈那首著名的七律顿时回响在我的脑际：

> 一封朝奏九重天，夕贬潮州路八千。
>
> 欲为圣明除弊事，肯将衰朽惜残年。
>
> 云横秦岭家何在？雪拥蓝关马不前。
>
> 知汝远来应有意，好收吾骨瘴江边。

父亲后来告诉我，在唐朝末年，人们为了纪念韩愈，还在秦岭山头的隘口修建了文公祠，将《论佛骨表》和这首诗刻于碑上，并用巨石镌成"云横秦岭处"几个大字立于祠旁。这座祠历经沧桑，屡有修葺，但在后来修路时全被毁坏了。父亲说他早些时候路过，只能看见两扇破烂的大门靠在山坡上，再别无他物，我自然更是无缘得见了。

而这首题为《左迁至蓝关示侄孙湘》的诗，应是写于这个地方。

元和十四年（819），唐宪宗为向佛求福，保佑他多做几年"太平天子"，派使者到凤翔法门寺将释迦佛骨迎入京城。韩愈对此极力反对，写了

《论佛骨表》——就是诗中的"一封朝奏"。该表措辞严厉,说佛不过"夷狄之一法",更以历史上发生的事件说明"事佛求福,乃更得祸。由此观之,佛不足事",为了表明自己反对佞佛的坚定立场,韩愈甚至在表中说佛骨是"朽秽之物",要求把它"投诸水火,永绝根本",并决绝地说"佛如有灵,能作祸祟,凡有殃咎,宜加臣身",而"臣不怨悔"。韩愈的话尤其是表中所说礼佛反致皇帝夭促的话大大激怒了唐宪宗,要把韩愈置于死地。在裴度等人的解救下,才贬他为潮州刺史。是年正月十四,韩愈起身上路,赶往七千六百里外"涛泷壮猛""涨海连天,毒雾瘴氛,日夕发作""飓风鳄鱼,患祸不测"的蛮荒之地潮州。冬日的秦岭,天气恶劣,韩愈在蓝关遭遇漫天飞雪,雪积数尺使人不能走,马不肯行。这时,侄孙韩湘前来相送,韩愈触景生情,感慨身世,随口吟出了这首千古名诗。这年的韩愈,已经五十二岁。

五十二岁的韩愈,历尽千辛万苦,经过两个多月的长途跋涉,终于到了潮州。其间,"有司以罪人家不可留京师,迫遣之",他的家眷也被迫南迁,他十二岁的女儿经不起惊吓劳累,惨死途中,埋于道旁。在个人遭受沉重打击的情况下,他不以仕途的蹭蹬而沉沦,不因丧女的痛苦而消极,也不因"忠犯主人之怒"而牢骚满腹,而是秉承"在其位,谋其事,居其位,死其官"的为官准则,把个人的一切置之度外。唐代朝廷大员贬谪为地方官佐后一般不问政事,但韩愈不同。"初,愈至潮,问民疾苦","既视事,询吏民疾苦"。当听到"恶溪有鳄鱼,食民畜产且尽,民以是穷"时,便在抵潮不到一个月的时间里,组织了声势浩大的驱鳄行动,根治了鳄害。当时的潮州,还存在没良为奴的陋习,而很多是因债务纠纷产生的人身抵债,有的地方官员往往还把进献奴婢作为向权要献媚取宠的捷径。"愈至,悉计庸得赎所没,归之父母七百余人。因与约,禁其为隶。"就是用计庸折值的方式——欠债者为债主做工,以工钱抵债,当工钱与债款相当时,欠债者便被放归;当两者差距太大时,则由官府以钱赎,来解决这个问题。欠债者放还后，还通过正式的契约文书防止债主反悔。他还兴修水利，注重农桑，传授中原先进的耕作技术，发展生产。韩愈在潮州的最大贡献则是振兴文教。他到潮州后，发现"此州学废日久"，致百余年来无人考取功名，于是决定复办州学。他"捐己俸百千"（相当于在潮州任职八个月的全部俸禄），作为办学资金，同时擢拔潮州贤士赵德于蓬茨之中，让他摄海阳县尉，主持州学。韩愈此举，揭开了潮州教育史上新的一页，也深深地影响了后来的主政者。后来的历任州郡长官，无不以韩愈为师，以兴学为第一要务。"不有韩夫子，人心尚草莱。"从此以后，潮州文风蔚起，文气日盛。所谓百年树人，到宋代，潮州登第人数大增，英才辈出。

韩愈以一个罪臣之身，在短短的八个多月中，为当地民众办了这么多大事好事实事，实在让人惊叹！而且他在潮州所做的每一件事，都具有重大的历史意义，产生了深远的影响，为后来治潮者立下了典范。他实在是一个在潮州发展史上起到转捩性作用的人物。自韩愈之后的潮州，百业兴旺，文教蓬勃，人民安居，北宋即赢得了"海滨邹鲁"的美誉，在明代已是"岭海名邦"，毒烟瘴气之地遂化为良郡。

2014年夏，我随罗湖区作协采风团到达向往已久的潮州。说实话，我的心里是含有几分激动的。因为来到广东已经二十个年头了，去潮州瞻仰韩文公一直是我心头的念想，但因种种原因，总未成行。韩愈当年赴潮州的出发地唐长安，吟诵千古绝唱的蓝关，都和我有关系（我生于西安，祖籍蓝田），而且韩愈"文起八代之衰"的英名，他的《师说》《马说》《送董邵南游河北序》《祭十二郎文》等雄文，他的诗歌，他刚正不阿的性格，清正廉洁的品质，都让我景仰。而且我总是窃想，韩文公当年万分艰难地越过蓝关，来到岭南，一千多年后，我和他从同一个地方出发，也来粤地，总有些特殊的关联！怎能不去缅怀一下先贤文治的伟绩？这次终于一偿夙愿。

到了潮州我才惊讶地发现，一个人竟然可以有如此巨大的力量，可以仅凭一己之力便推动一个地方翻天覆地的变化！怎么能够想象这是一个年过半百、发白齿落的文弱书生兼贬臣谪人仅用了八个多月建立的丰功伟绩呢！是什么样的信念支撑着他？什么样的精神鼓舞着他？什么样的目标激励着他？其实答案很朴素，也很简单——是忧国忧民的赤子情怀和报国爱民的满腔热忱。而潮州人民对韩公德泽的感念也是绵厚悠长的。当地民众把韩愈奉若神明，山改为韩山，水改称韩江，路名昌黎路，桥叫湘子桥，不光是山川草木，有的人甚至也弃本姓而改姓了韩。"八月居潮万古名"，我不知道，对一个人还有什么比这样的纪念更为长久，更有意义的呢？！

韩愈到潮州后，写了《潮州刺史谢上表》。宪宗得表，颇有悔意，但因又有人因忌恨而进谗言，韩愈仍未能返京，改任袁州刺史。翌年韩愈还京，在走到陕西商州层峰驿，见到了埋在此处的小女的坟墓，抑制不住内心的悲愤，写出一首惨痛的诗来，即《去岁自刑部侍郎以罪贬潮州刺史，乘驿赴任。其后，家亦遣逐，小女道死，殡之层峰驿旁山下。蒙恩还朝，过其墓，留题驿梁》。诗云：

数条藤束木皮棺，草殡荒山白骨寒。

惊恐入心身已病，扶舁沿路众知难。

绕坟不暇号三匝，设祭惟闻饭一盘。

致汝无辜由我罪，百年惭痛泪阑干。

这时的韩愈，才把个人的悲痛倾泻出来。

（原载《罗湖文艺》2014年第4期）

特地通宵过钓台

"十一"长假后从浙江开车回深圳,忽然看到路标上有"桐庐"字样,顿时想起南朝梁文学家吴均《与朱元思书》中的一句:"自富阳至桐庐一百许里,奇山异水,天下独绝。"因为并不急于赶路,到了下一个服务区,就立即停车,在导航上一搜,看见严子陵钓台就在附近,便修改路线,赶去瞻仰这个千古名胜。

严子陵,本名严光,字子陵,浙江余姚人,乃东汉高士。他与光武帝刘秀曾是同学兼好友,但刘秀称帝以后,他却隐姓埋名,来到桐庐的富春江畔隐居,常常垂钓于江边。当时全国初定,刘秀既思念旧友,也为得一贤才而到处寻找严光。遍寻不见之下,便下令画影图形,在全国寻查。后齐地报称,有一个人常披着羊皮袄在泽边垂钓。刘秀怀疑他就是严光,派人去请。请了三次,才把他接到当时的京师洛阳。到洛阳当天,刘秀就屈驾前去馆舍相见,而严光睡在床上不起来。刘秀就进入他的房间,摸了一下他的肚皮说:咄咄子陵,不可相助为理邪?(哎呀,子陵,就不能帮助我做点事吗?)严光睡着不答应。好长时间后,他睁开眼睛注视刘秀好一阵,说:昔唐尧著德,巢父洗耳。士故有志,何至相迫乎!(古时唐尧那样卓著的品德,许由、巢父听说要让他做官都去洗耳朵。读书人都有自己的志向,何必要来强迫别人呢!)刘秀说:子陵,我竟不能下汝邪?(子陵,我竟不能说服你啊！）便坐着车子叹着气走了。后来刘秀又把他接到宫中，回忆往事和旧友，在一起好几天。刘秀曾问：我比过去怎么样？严光说：陛下比过去稍高大了一些。晚上两个人在一张床上睡觉，严光因为睡熟了，把脚放在了刘秀的肚子上。第二天，太史启奏说客星犯御座甚急。刘秀笑着说：我的老朋友严子陵和我一起睡觉，只是晚上把脚压在了我的肚子上而已。后来刘秀要他做谏议大夫，严光坚辞不受，仍然归隐富春山，在那里耕读垂钓，直至老死。

  我们到了钓台景点，买完票在大厅等候。原来这是一个码头，要等一定的人数才开船。过了一会儿，开始检票。进入之后，一片似江似湖的开阔水面夹在两岸的崇山之间。一问，这水，就是闻名遐迩的富春江，这山，则是著名的富春山了。船开之后，得知要去几个景点，每个景点限制了停留时间。当然也不必拘泥，这个景点没有玩完，可以再等着乘下一班船。船首先驶向钓台，远远看到一个宽大的照壁，上书大大的篆字——"严子陵钓台，天下第一观"。上得岸来，又见一古朴的牌坊，上有赵朴初题的"严子陵钓台"，背后则是沙孟海所书"山高水长"。牌坊之后，就是景区，有严先生祠，门上的对联是："何处是汉家高士，此间有天子故人。"入内，在严子陵塑像上方，则有一匾额，题着"光武故人"。我想想都觉得好笑，严先生拒绝的东西，后人却相当看重。山上还有东钓台和西钓台，传说东钓台即为严子陵垂钓的地方，而西钓台则是南宋爱国志士谢翱哭祭文天祥处。另外还有醉亭、客星亭、华东第一碑林、天下第十九泉等。本欲亲瞻钓台，于是寻路而上。山势陡峭，竹木丛生，真是"横柯上蔽，在昼犹昏；疏条交映，有时见日"。但只爬到一半，已无时间，只好下山。但犹自纳闷，钓台为何不在水边，却在如此之高的山上？

  复坐上游船，去下一个景点。再看山光水色，自是秀丽无比。无怪乎人称这里是小三峡。于是黄公望《富春山居图》里的画面浮现在脑海，又想起吴均的《与朱元思书》："风烟俱净，天山共色。从流飘荡，任意东西。

自富阳至桐庐一百许里,奇山异水,天下独绝。水皆缥碧,千丈见底。游鱼细石,直视无碍。急湍甚箭,猛浪若奔。夹岸高山,皆生寒树,负势竞上,互相轩邈,争高直指,千百成峰。泉水激石,泠泠作响;好鸟相鸣,嘤嘤成韵。蝉则千转不穷,猿则百叫无绝。"然一千多年过去,由于上游建成了新安江水电站,下游修筑了富春江水电站,水面已比早先高出了二十多米,坐在船上让人觉得不在山脚而在山腰。所以,"风烟俱净,天山共色""夹岸高山,皆生寒树"等,似与过去无异,但由于这里也"高峡出平湖",既是湖水,自然平静,"急湍甚箭,猛浪若奔"已不复存在,而游鱼细石,也目不能见,猿声更是绝响了!

我去过很多景点,这种融自然风光与人文胜迹于一体的并不多。中国历史上的钓台很多,垂钓的名人也很多,我家乡的姜子牙算第一个。他用直钩钓鱼,那是渔翁之意不在鱼,而在于功名利禄。独严子陵是真的钓鱼,志在山水之间,要的是清净自然。纵观历史上的"士",姜子牙代表的是主流,他们大多数都想"学成文武艺,货与帝王家",建功立业,封妻荫子,光宗耀祖。而像严光这样看淡功名利禄,爱惜羽毛,不事王侯的人,实在是凤毛麟角。因此,他这种清操自守、鄙视禄位的高尚品格,不逐富贵、不图名利的高风亮节,便成为一个标杆,为后世所敬仰。

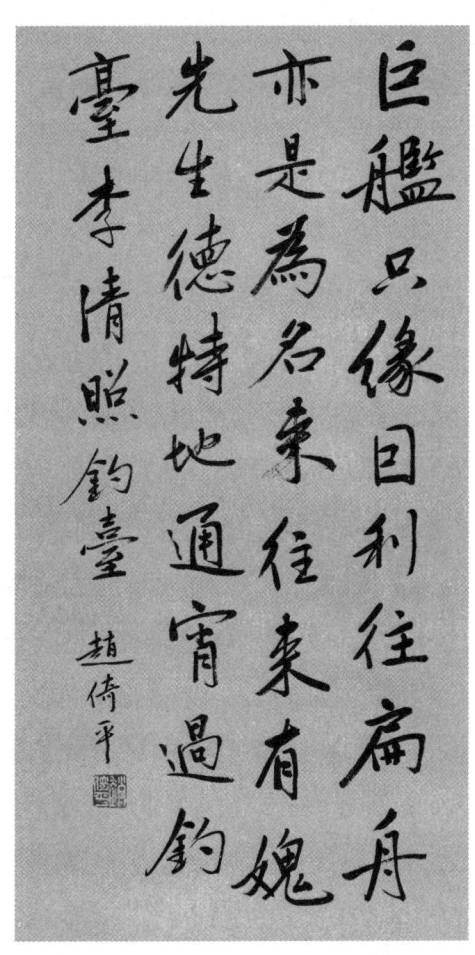

宋仁宗景祐元年（1034），范仲淹因谏止废黜郭皇后，触怒龙颜，被贬到桐庐。任职期间，他主持修缮了严子陵祠，并作了一篇《严先生祠堂记》，既称赞了严子陵的品德节操，又歌颂汉光武帝的礼贤下士。他在文中说："盖先生之心，出乎日月之上；光武之量，包乎天地之外。微先生，不能成光武之大，微光武，岂能遂先生之高哉？"称颂严子陵的作为使贪者廉、懦者立（胆怯的人勇敢起来），有功于教化。末尾，他作歌曰："云山苍苍，江水泱泱，先生之风，山高水长！"因此文此歌，严子陵的风范更加彰显于世。

自汉以降，历代吟咏钓台的诗殊多，但都难入清代诗评家沈德潜的法眼。然明末诗人戴冠的一首七律《钓台怀古》却令沈德潜激赏赞叹，说它是"尤雅者"，"首尾浑成，精神满腹，可以传世"。且录如下：

> 赤伏符兴罢战争，钓竿三尺足平生。
> 远携仙女桐江隐，深悔羊裘大泽行。
> 一夜星辰凌帝座，九重贵贱见交情。
> 请看七里泷中水，未到钱唐彻底清。

诗中的"赤伏符"说的是在更始三年（25），刘秀的同学向他进献了《赤伏符》，其中有"刘秀发兵捕不道，……四七之际火为主"的谶语，意思是刘秀在汉高祖建业"四七"二百二十八年之后中兴帝业。所以第一句说刘秀兴兵平定了战乱，成就了帝业。第二句紧接着就是一个鲜明的对比，说严光三尺钓竿就足以慰己平生。仙女，指严光之妻，传说她是南昌尉梅福的女儿，而梅福早在王莽篡汉时就已修成了神仙。桐江即分水江，是富春江的支流。第三、四句中意思是严光本来要携妻隐居，所以很后悔披着羊皮袄在大泽垂钓而被发现。五、六句说他晚上把腿放在刘秀肚皮上，而刘秀虽有帝王之尊，却优待故人，贵贱之间，就见出了二人的交情。七、八句说钓台下七里泷（亦是富春江支流）的水，因为还没有流到钱塘，所以清澈见底，用水的清澈暗喻并赞美严光高洁的品质。

看着钓台前奔流不息的江水,我的思绪忽然又想到了南宋的李清照。李清照的后半生经历了战争和离乱,逃难成为经常的事。宋高宗绍兴四年（1134）,金兵再次南犯前夕,李清照由临安乘船去金华躲避,路过钓台时正值夜晚,有人指示说这就是严子陵钓台,李清照内心忽有触动,吟出一首《钓台》来：

巨舰只缘因利往,扁舟亦是为名来。

往来有愧先生德,特地通宵过钓台。

诗把南宋临安行都朝野人士在国难当头的形势下仍然追名逐利、卑怯自私的情形,进行了入木三分的刻画。同时也没有原谅自己的苟活,说因为无颜面对严先生的盛德,所以悄悄地"特地通宵过钓台",生动而深刻地表达愧怩之心。这和后来流传的一首过钓台的诗异曲同工："君为利名隐,我为利名来。羞见先生面,黄昏过钓台。"面对严先生,我亦扪心自问,面对现实的诱惑,自己表现得怎么样?恐怕难当高洁、气节这样的字眼,但有没有守住做人的底线?在多大程度上洁身自好?还是需要反省一番的!

（原载《宝安日报》2020年6月28日）

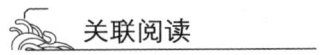
关联阅读

严陵滩

（唐）罗隐

中都九鼎动英髦,渔钓牛蓑且遁逃。

世祖升遐夫子死,原陵不及钓台高。

严子陵

（唐）唐彦谦

严陵情性是真狂，抵触三公傲帝王。
不怕旧交嗔僭越，唤它侯霸作君房。

题严子陵祠三首（其一）

（唐）方干

物色旁求至汉庭，一宵同寝见交情。
先生不入云台像，赢得桐江万古名。

钓台

（唐）曹邺

扫叶煎茶摘叶书，心闲无梦夜窗虚。
只应光武恩波晚，岂是严君恋钓鱼。

钓台诗

（宋）范仲淹

汉包六合网英豪，一个冥鸿惜羽毛。
世祖功臣三十六，云台争似钓台高。

读严子陵传

（宋）杨万里

客星何补汉中兴，空有清风冷似冰。
早遣阿瞒移汉鼎，人间何处有严陵？

寒溪夜涨，历史拐弯

在秦岭南麓的陕西汉中，曾为刘邦封地，汉之后又是刘备辖区，所以汉代和三国时期的遗迹特别多，比如刘邦拜韩信为大将时的拜将台，刘邦的宫殿遗址古汉台，汉军战马喝水的饮马池，张骞墓，蔡伦墓，褒斜栈道，石门栈道，张良庙，萧何追韩信处，定军山下的武侯墓、武侯祠、马超墓，虎头桥马岱斩魏延处，古阳平关，以及保存在汉中博物馆的曹操手书的"衮雪"二字的石刻，等等。这些古迹皆有厚重的历史故事，引人入胜，让人流连徘徊。

在汉中的留坝县，不但有闻名遐迩的张良庙，而且还有一处事关中国历史进程的地方，这就是萧何追韩信处。萧何追韩信的故事大概已家喻户晓。楚汉相争时，因为胸怀韬略的帅才韩信在霸王处不得重用，于是跑到刘邦麾下，试图一展抱负。结果刘邦也瞧不上这个看起来没有文才又缺少勇武的人，只给了他一个管仓库的小官做。所幸萧何识得韩信的旷世之才，几次向刘邦推荐，但都得不到刘邦认可。当时刘邦新到汉中（南郑），许多将士看不到前途，纷纷开了小差，萧何也怕韩信不辞而别，特意叮嘱手下注意韩信动向。韩信到汉营日久，不得重用，心灰意冷，便决意离开。一日，他出南郑北门，快马扬鞭，向褒斜道上驶去。兵士赶快报告萧何。萧何一听大惊，顾不上向刘邦禀报，急忙策马追赶。萧何一走，又有人报告刘邦，说萧相国跑了。刘邦一听，真以为萧何也逃走了，顿时又气又急，赶快又让夏侯婴去追。萧何向着韩信跑的方向,一路打问一路追赶,等连夜赶到百里之外位于留坝的寒溪边,才气喘吁吁地追上了韩信。这个寒溪,又叫西沟、樊河,是褒河的一条支流,只有十来米宽,平时水流不大,清澈见底,行人涉水就可过河。但碰巧的是,当韩信来到溪边,正要过河之际,因为上游下雨,寒溪水势暴涨,把他挡在了北岸。韩信一时又找不到舟楫,正在河边徘徊,萧何追了上来。不一会儿,夏侯婴也赶了过来。萧何和夏侯婴苦口婆心地劝阻韩信,并向韩信保证,如果刘邦再不重用韩信,他们三人就一起走。韩信这才又跟随萧何、夏侯婴回到汉营。后来在萧何的极力举荐下,刘邦在汉中"择良日,斋戒,设坛场,具礼",拜韩信为大将,统率全军。韩信也不负众望,率军暗度陈仓出奇兵,一举定三秦,之后擒魏、破代、灭赵、降燕、伐齐,攻无不克,战无不胜,所向披靡,无人能与之争锋。最后垓下一战,全歼楚军,逼霸王自刎,为刘邦打下汉家天下立了汗马功劳。

后人回顾这一段历史,不禁会产生这样一个问题:假如那天寒溪不曾涨水,韩信就此走脱,那么,历史的发展还会是现在我们看到的这种轨迹吗?那真是不可想象的。基于这样一种想法,古人有感于寒溪夜涨的奇功,撰了

一副对联：

不是寒溪一夜涨，焉得汉室四百年。

由一个小小的偶然事件改变了历史进程的事，不但中国有，外国也有。为了英国的王位，英格兰的王室查理三世与兰加斯特家族的亨利伯爵相互争夺了几十年。1485年冬季，在波斯沃斯城郊的荒原，双方又进行了一场厮杀。旌旗飘扬，战鼓铿锵。查理三世抽出长剑，主动出击，将士们紧随其后，发起凌厉的攻势，打得对方节节败退。亨利伯爵身后不远处，是一片辽阔的沼泽，退到那里，就是死路一条。查理三世似乎已经看到了胜利的曙光。谁知这时，战马一个趔趄，查理三世跌翻在地。将士们误以为统帅中箭阵亡，顿时军心大乱。亨利伯爵趁势大举反攻，不仅转败为胜，还在阵前取了查理三世的首级。从此，开始了都铎王朝统治英格兰的历史。

但实际上，查理三世并非中箭落马，而是决战前夕，马夫在给查理三世的战马换铁掌时，缺少一枚钉子，一时又找不到，便草率地将就了过去。谁能料到，就在战斗的关键时刻，那只少了一枚铁钉的马掌偏偏松掉了，导致战马失蹄，查理三世丧命，英格兰的历史也被改写。

后来，英人依据这件历史，编了一首民歌，歌词是：

少了一枚铁钉，掉了一只马掌；

掉了一只马掌，瘸了一匹战马；

瘸了一匹战马，败了一次战役；

败了一次战役，丢了一个国家。

真是无独有偶。

如今，若从西安走316国道去汉中，在留坝县马道镇西沟（寒溪）河北岸的路边，有一个碑亭，里边立着三个石碑，一个矮一点，上面刻着"寒溪夜涨"，上款刻"汉赞侯追淮阴侯，因溪夜涨至此，故及之"。看下款知是嘉庆十年（1805）所立。另一碑上刻着"汉相国萧何追韩信于此"，乃乾隆年间所立。还有一碑，字迹已经漫漶不清，隐约可见是咸丰时所立。另外路边还有汉中市和留坝县立的市级重点文物保护单位的石碑。据说溪边原还有一座萧何庙，1983年溪水猛涨山崖坍塌，庙宇被毁。看来寒溪涨水，也是常有的事，并非专门为了阻挡韩信。寒溪上原有一座铁索桥，于1951年断掉，但当年桥墩的石基还在南北两岸，宛然如故。相传该桥为西汉武阳侯樊哙所建，所以叫"樊河桥"。我忖度这河原本叫西沟河或寒溪，大概就因为是樊哙建了这座桥而又叫樊河的，是因桥而得河名。

萧何和韩信，真是生死冤家。没有萧何的举荐，韩信就像一颗明珠被埋在土里，永不得见天日，抱负不能施展。然在最后，又是萧何与吕后设计，害死了韩信。故民间说"成也萧何，败也萧何"。韩信当年落魄之时，饥饿之中，乞食漂母，得以果腹。后来，害死韩信的，又是一个女人吕后。故又有一联说韩信曰：

生死一知己，存亡两妇人。

概括性非常强。

千百年来，寒溪的水一直汩汩流淌，如今，它依然清澈见底，时涨时落，而发生在它身边的历史故事，却依旧让两千多年后的我们，发出深深的感慨！

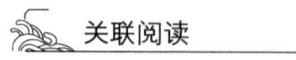 关联阅读

韩信庙

（唐）刘禹锡

将略兵机命世雄，苍黄钟室叹良弓。
遂令后代登坛者，每一寻思怕立功。

却过淮阴吊韩信庙
（唐）李绅

功高自弃汉元臣，遗庙阴森楚水滨。
英主任贤增虎翼，假王徼福犯龙鳞。
贱能忍耻卑狂少，贵乏怀忠近佞人。
徒用千金酬一饭，不知明哲重防身。

书淮阴侯传
（唐）罗隐

寒灯挑尽见遗尘，试沥椒浆合有神。
莫恨高皇不终始，灭秦谋项是何人？

韩信庙
（唐）罗隐

剪项移秦势自雄，布衣还是负深功。
寡妻稚女俱堪恨，却把余杯奠蒯通。

题韩信庙
（明）骆用卿

逐鹿中原汉力微，登坛频蹙楚军威。
足当蹑后犹分土，心已猜时尚解衣。
毕竟封侯符蒯彻，几曾握手到陈豨。
英魂漫洒荒山泪，秋草长陵久落晖。

永州新记

辛丑初秋,开车回陕,专程路过永州,想去寻访一下柳宗元的遗迹。

柳宗元是中唐时代的人,经历了唐代宗、唐德宗、唐顺宗、唐宪宗四朝。他生于公元773年,死于819年,短短四十七年的生命中,在永州的贬谪生活就占去了十年。事情发生在永贞元年(805)唐顺宗即位后。其时,他以礼部员外郎的身份,参加了王叔文领导的"永贞革新"。可惜的是,顺宗一点也不顺,即位不久便中风失语,随着病情的加重,不久被迫禅位给太子李纯,即唐宪宗。失去顺宗的支持,革新运动仅进行了一百四十多天,便在宦官和外藩以及持不同政见朝臣的联合反对下失败了。

中国封建专制政治,历来是残酷斗争,无情打击。革新失败,王叔文被贬为渝州司户,后被赐死;王伾被贬为开州司马,不久病死;其他人也被贬为远州的司马(即历史上的"二王八司马")。柳宗元先是被贬为邵州刺史,在赴任途中,对手觉得还不解恨,再加贬他为永州司马。司马是一个没有具体职务的从五品闲职,在唐代似乎是专门用来应付被贬官员的。就这样,柳宗元一下子从庙堂之上,沦落到了江湖之远。

从深圳开车到永州零陵区已是傍晚时分。在何处住宿?我用导航找了一下附近酒店,"柳子酒店"就跳入我的眼帘。一看距离,很近,因有"柳子"之名,当即就决定非此酒店不住。从潇水中路拐进一条小街怀素路(怀素也是永州人氏），远远可见"柳子酒店"的霓虹灯大招牌。进酒店停好车，下车见有多尊雕塑，但都是现代人物。入得内去，扫健康码，登记入住，对前台服务员说，柳子酒店应该有柳宗元的塑像啊！他说有，就在右边一侧。我随即出去，果见右边一侧有一尊古人的站像，必是柳宗元无疑了！我立即上前，拱手致礼曰：子厚兄，俺特地前来看你！

  第二天上午，我即驾车前往柳子庙。柳子庙保存得相对完好，砖木结构，三院进深，黑瓦飞檐，古香古色，有岁月沧桑之感。庙前种有松柏，"柳子庙"三字镌刻在一块黑色的石头上，镶嵌在檐下门上，给人庄重的感觉。据说这柳子庙始建于北宋仁宗年间，现存的建筑为清同治、光绪年间续建。柳子庙前，有一条小河，河上有一条短而宽的桥，正对着柳子庙庙门。桥的护栏处题着"柳子桥"。踏过石板铺就的桥面，即到庙前。庙门有一副刻在石头门框上的对联："山水来归黄蕉丹荔，春秋报事福我寿民。"这是集苏东坡书《柳州罗池庙迎送神诗碑》字，粗看以为何绍基所写，细看落款为"甲子孟陬月永州守督亢杨翰书"，原来是清永州太守杨翰所书。杨翰曾与何绍基在翰林院共事，行书深受何绍基影响，几可乱真，怪不得我初看以为是何绍基所书。进得内去，大门后面就是一宽敞的戏楼，上书"山水绿"等匾额，知其取自柳宗元的名句"欸乃一声山水绿"。进入正殿，有柳宗元的塑像，也有比较详尽的柳宗元的事迹展览和介绍。殿后的碑廊，有很多碑文，其中最有名者为《永州罗池碑》（又因首句为"荔子丹兮蕉黄"故又名《荔子碑》）。此碑因为韩愈作文、写柳宗元事迹和苏轼书写而被称"三绝碑"，祖碑在南宋时置立于罗池庙，清同治五年（1866）廷桂任永州知府时，得碑文拓本，复刻于柳子庙。另外还有《寻愚溪谒柳子庙碑》，此碑上的诗为严嵩在明正德年间以翰林国史编修身份从桂林回朝时特地转道永州时所作。那时的严嵩，还是一个初入官场有点情怀的士子，故在诗里有"才子古来多谪宦，长沙犹痛贾生辞"的感叹。据说这两座碑都有极高的史料和艺术价值。

通过观展，柳宗元的一生遂呈现在了我的面前。柳宗元祖籍在河东郡，即今山西运城永济一带，柳是那里的大姓，其祖上世代为官。他出生于京城长安，幼年在长安生活，"少精敏，无不通达"（韩愈语）。后随父亲逃避战乱以及宦游离开了几年，后来再回长安，二十一岁中进士，"崭然见头角"，与刘禹锡等人在长安慈恩塔（即大雁塔）题名。后历任秘书省校书郎、集贤殿书院正字、蓝田尉、监察御史里行和礼部员外郎。他在集贤院时就"俊杰廉悍"，"踔厉风发"，"名声大振，一时皆慕与之交"（韩愈语）。因为对当时社会状况有深刻的了解，所以他认同并参加了王叔文的政治革新，但也因此跌入命运的低谷。

我一路奔驰进入永州，发现这里山清水秀，风景宜人。著名的九嶷山就在境内，清婉的潇水穿城而过，又与湘江汇合，故"潇湘"之名，得自永州。即使宋代，这里情况大概也要比唐代时好得多。这从欧阳修一首咏零陵的诗中可以窥见，诗曰："画图曾识零陵郡，今日方知画不如。城郭恰临潇水上，山川犹是柳侯余。驿亭幽绝堪垂钓，岩石虚明可读书。欲买愚溪三亩地，手拮茅栋竟移居。"但在唐代之时，"零陵去长安四千余里"，是"极穷陋之区也"（汪藻语）。三十三岁的柳宗元带着六十七岁的老母亲（父亲早已去世）、从弟宗直、表弟卢遵、女儿和娘，千里跋涉，于永贞元年年底，来到永州。他在诗中说："窜身楚南极，山水穷险艰。"初到这里，官署、住处都没有，他们就只好借住城南龙兴寺。翌年，改元元和，大赦天下，但"八司马"却"不在量移之限"。柳宗元的母亲到永州不到半年就不幸去世，后来由表弟卢遵（柳母的侄子）等扶柩回到长安，归祔于万年县的凤栖原。柳宗元自恨连累高堂客死异乡，悲恸难抑，痛呼"穷天下之声，无以抒其哀"。到柳州不久，他结识了龙兴寺住持重巽，可以与其谈论佛经；又过了两年，崔敏担任永州刺史，吴武陵、李幼清被先后贬到永州，他们皆与柳宗元友善，使柳宗元在孤寂中有了可以走动和交流的朋友。后来他在永州娶一妾，在他三十八岁那年，妾生一女。可是，他带来的女儿和娘却在这一年夭折，年仅十岁……由于种种不幸，柳宗元心情悲愤郁闷，身体又"连遭瘴疠羸顿"，"百病所集，痞结伏积，不食自饱。或时寒热，水火互至，内消肌骨"，甚至到了"行则膝颤，坐则髀痹"的程度。但他仍旧刻苦读书，潜心著述，间或寄情山水，遣意放怀，并始终关注社会现实，关心百姓疾苦，揭露世间不公，敢为人民说话。永州的困窘与挣扎，在另一种意义上，也成就了柳宗元，使他成为著名的思想家和伟大的文学家。《河东先生集叙说》有言："退之子厚皆于迁谪中始收文字之极功，盖以其落浮夸之气，得忧患之助，言从字顺，遂造真理耳。"柳宗元的全集中，约有五分之三还多的文章是他在永州写成的。就文学上的成就而言，柳宗元与韩愈齐名，二人与宋代的欧阳修、苏轼等并称为"唐宋八大家"。汪藻曾赞曰："故以唐三百年所以推尊者，曰韩柳而已，岂非盛哉！"

对于我们一般人而言，大概都是通过柳宗元脍炙人口的名篇，如《捕蛇者说》《种树郭橐驼传》《童区寄传》《段太尉逸事状》《永州八记》这样的散文，《江雪》《渔翁》《登柳州城楼寄漳汀封连四州》这样的诗以及寓言《黔之驴》《临江之麋》《永某氏之鼠》中知道他的，而又从他的诗文得知永州。"永州之野产异蛇"、"永有某氏者"、《永州八记》，让人对永州产生遐想。"至今言先生者必曰零陵，言零陵者必曰先生"，"零陵徒以先生居之之故，遂名闻天下；先生为之不幸可也，而零陵独非幸欤？"（汪藻语）我此番来到永州，也是因了柳宗元的缘故，想看看这个柳宗元生活了十年的地方，看看他笔下的永州八景。

从柳宗元的记述看，他以戴罪之身，"辱居"永州，"恒惴栗"（一直忧惧不安），但也会在闲时，漫游于山林之间。"时隙也，则施施而行，漫漫而游。日与其徒上高山，入深林，穷回溪，幽泉怪石，无远不到。到则披草而坐，倾壶而醉。醉则更相枕以卧，卧而梦。"他还常上法华寺，"步登最高寺，萧散任疏顽"，在法华寺西亭眺望、闲话、饮酒宴游。一日在西亭闲坐，遥遥望去，发现西山景致奇特，于是与仆人一起过潇水，"缘染溪，斫榛莽，焚茅茷"，搜奇选胜，得钴鉧潭、西小丘、小石潭、袁家渴等胜景，给了他意外的惊喜，于是欣然命笔，一一记之。这些游记疏淡峻洁，开创了中国山水游记的新体例，在文学史上享有崇高的地位。在这些景点中，他似乎对钴鉧潭和钴鉧潭西小丘更为钟情，看到主人售卖，便先后买下潭上的一块田地和西小丘，然后进行改造——"铲刈秽草，伐去恶木"，"崇其台，延其槛"，使"嘉木立，美竹露，奇石显"，"行其泉于高者而坠之潭，有声潈然"，使景观更加美好。在《钴鉧潭记》中，他更特别说道："孰使予乐居夷而忘故土者，非兹潭也欤？"意即是什么使我乐于居住在这荒夷之地而忘却故乡，难道不就是这钴鉧潭吗？而在《钴鉧潭西小丘记》中，则感叹道："噫！以兹丘之胜，致之沣、镐、鄠、杜，则贵游之士争买者，日增千金而愈不可得。今弃是州也，农夫渔父过而陋之，贾四百，连岁不能售。而我与深源、克己（都是他的朋友）独喜得之，是其果有遭乎！"意思是说，以这个小丘的胜景，把它放到长安附近沣、镐、鄠、杜这样的地方，那么喜好游玩的有钱人就会争着去买，即使每天涨价一千两反而越来越买不到手。今天它被弃置在永州，农夫渔父经过，都瞧不上眼，只卖四百文，几年也卖不出去。而我与深源、克己偏偏喜欢，就买下了它，这难道就是所谓的遭际遇合吗？在得到永州八景的第二年，他又在冉溪东南，结茅建室而居，"甘终为永州民"，并改冉溪为愚溪。这条溪水的名字，有人说叫冉溪，因有姓冉的人曾在这里居住；也有人说叫染溪，是说溪水可以染色。众说不一，"而名莫能定"，"不可以不更也，故更之为愚溪"。为什么要叫愚溪？听柳宗元说："予以愚触罪，谪潇水上。爱是溪，入二三里，得其尤绝者家焉。"然后在"愚溪之上，买小丘，为愚丘。自愚丘东北行六十步，得泉焉，又买居之，为愚泉。愚泉凡六穴，皆出山下平地，盖上出也。合流屈曲而南，为愚沟。遂负土累石，塞其隘，为愚池。愚池之东为愚堂。其南为愚亭。池之中为愚岛"，"是谓八愚"。本来，"嘉木异石错置，皆山水之奇者"，却都"以予故，咸以愚辱焉"。这样命名合适吗？柳宗元讲道："夫水，智者乐也。今是溪独见辱于愚，何哉？盖其流甚下，不可以溉灌。又峻急多坻石，大舟不可入也。幽邃浅狭，蛟龙不屑，不能兴云雨，无以利世，而适类于予，然则虽辱而愚之，可也。"既然可以这样命名，柳宗元进一步说："宁武子'邦无道则愚'，智而为愚者也。颜子'终日不违如愚'，睿而为愚者也。皆不得为真愚。今予遭有道而违于理、悖于事，故凡为愚者莫我若也。夫然，则天下莫能争是溪，予得专而名焉。"这是一篇妙文，写景抒情，错落有致，题目叫《愚溪诗序》，全文"愚"字出现二十七次，以"愚"贯穿全篇，字里行间渗透了他的怨愤之情。由此可知柳宗元曾为愚溪、愚丘、愚泉、愚沟、愚池、愚堂、愚亭、愚岛作《八愚诗》，写于溪石上，但后来全部佚失。

我遂向柳子庙工作人员询问愚溪何在，答曰就是门前柳子桥下这条溪。这不禁让我喜出望外。再打听《永州八记》所记之景，说出门右手一直走去，有三景已被确认，立有标识，可以看到；至于别的五处，则较远难以寻觅。我在柳子庙已盘桓了数个小时，时近中午，于是赶紧按照指引沿石子铺就的柳子街西行，走了十几分钟，出了柳子街便是溪岸。沿溪岸稍行，终于见到一碑一牌。碑是那种常见的四方的文物说明碑，为永州市零陵区政府所立，碑和牌上皆有"《钴鉧潭记》遗址"字样。钴鉧，就是古代的熨斗，因为这个潭形似熨斗，所以叫钴鉧潭。南宋的范成大曾来过这里，在《骖鸾录》中记载了他的所见："路旁有钴鉧潭，钴鉧者，熨斗也，潭状似之。"如今这钴鉧潭仍在路边，可见近一千年来，地形没有什么变化。我沿着小斜道，下到潭边，对照柳文，细细参看。毕竟一千二百多年过去，竹、树和灌木依然繁盛，但有些景象只能意会和想象。西小丘距此不远，因为柳宗元的记中说过，西小丘在钴鉧潭西二十几步。果然略走，又见一碑一牌，即是"《钴鉧潭西小丘》遗址"。又下到溪边，放眼搜寻，那个不足一亩之小丘，似已无从看到。石"突怒偃蹇负土而出，争为奇状"，"嵌然相累而下者，若牛马之饮于溪"还似有迹，而"其冲然角列而上者，若熊罴之登于山"则无见。可能我去时的水势，没有柳宗元看到的大。水上有一块块大石头错乱铺设的桥，可到对岸。站在这里，想着自己现在脚踏着柳宗元曾踏着的土地，看着他曾看过的景色，心中微起波澜，也深深地体会到，柳宗元在此两处记中，一说让他乐居而忘故乡，一说此景若是在长安近处，则一定成为胜景，流露出来的，恰恰是对故土的念念不忘，同时也说明了，正是这些北方故乡所没有的清丽山水，给了柳宗元心灵的慰藉。我再从"小丘西行百二十步"，又有碑牌介绍，即《至小丘西小石潭记》遗址"。当年柳宗元"隔篁竹，闻水声"，"伐竹取道，下见小潭"皆已无须，因为隔着一丛丛竹子的空隙，早已可见溪流，更有小路可到潭侧。"青树翠蔓，蒙络摇缀，参差披拂"，"水尤清冽"，潭中很多小鱼，仍是"皆若空游无所依。日光下澈，影布石上，佁然不动；俶尔远逝，往来翕忽，似与游者相乐"。但水下多有水藻淤泥，未见"全石以为底"。站在潭边，"西南而望，斗折蛇行，明灭可见。其岸势犬牙差互，不可知其源"依然。正午时分，寂寥无人，非常安静，但天气燥热，故没有感到柳宗元所说的"凄神寒骨，悄怆幽邃"，便拍了几张照片，从原路返回。

在柳子街上吃了中饭，又回到柳子庙。再问工作人员刚才之所见，被告知，西小丘的"若熊罴之登于山"，要到溪对岸去看。而在小石潭没有看到的"全石以为底",他们说,过去曾经在愚溪搞过一次清淤,发现愚溪的水底下就是一块整石,所以柳宗元写得没有错。

因为以前看过南宋时寓居永州的汪藻所写《永州柳先生祠堂记》,记文中说:"绍兴十四年,予来零陵,距先生三百余年。求先生遗迹,如愚溪、钴鉧潭、南涧、朝阳岩之类皆在,独龙兴寺并先生故居曰愚堂、愚亭者,已湮芜不可复识。八愚诗石,亦访之无有。"三百年后都已不得见,何况一千多年后之今天,所以我就根本没有向工作人员再提这些遗迹的事。

下午,我又登上零陵的最高处——永州东山景区,这是一处国家4A级景区,有高山寺、文庙、武庙、怀素公园等。虽已接近中秋,但天气依旧炎热,我的衣服已经湿透。然而这真是一个登高望远的好地方,可以俯瞰整个零陵。如柳诗所言:"西垂下斗绝,欲似窥人寰。"高山寺处,唐代建有法华寺,柳宗元当年就是在这里的西亭闲坐,看到西山美景,也才有了著名的《永州八记》。虽旧貌不再,然临风遥想仍可。零陵固然也是古郡,三国时就有张飞取零陵的事迹,但比起当时的世界之都长安,其差距绝不是一个数量级。当年柳宗元来到这里,环境陌生,语言不通,水土不服。他祖籍山西人,在陕西出生、长大,一定喜欢面食,因此饮食亦不惯,又远离亲人、朋友。更重要的是政治上遭受的打击,使他空有满腔抱负一身才华,却"无所用于世"(王安石语),没有施展的机会和平台。十年后被召回京城,又不用,改贬为柳州刺史。正所谓"十年憔悴到秦京,谁料翻为岭外行!"柳宗元在长安仅停留一月,又赴柳州上任。四年后,宪宗大赦天下,在裴度说服下,宪宗敕召柳宗元回京。可惜他这时已经病笃,于元和十四年(819)在柳州去世,殁年不及半百。他的好友刘禹锡叹道:"惟公特立秀出,几于全器。才之何丰,运之何否!大川未济,乃失巨舰。长途始半,而丧良骥。缙绅之伦,孰不堕泪!"即使千年之后,我们也不禁为之心生凄恻,黯然神伤!

让人欣慰的是,永州人没有忘记他。据柳子庙里的介绍,永州百姓奉柳宗元为柳子菩萨,旧时每年春秋社日,在柳子庙举行祭典。祭祀活动尤以农历七月十三日柳宗元生日最为隆重,其规模甚至超过祭孔。愚溪方圆十里,受过柳宗元恩惠的十几个村庄,建有十三座纪念柳宗元的小庙,早晚供奉香火。这种活动延续了一千多年。由此可见,柳宗元活在百姓心中,活在历史之中。

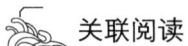 关联阅读

别舍弟宗一
(唐)柳宗元

零落残魂倍黯然,双垂别泪越江边。
一身去国六千里,万死投荒十二年。
桂岭瘴来云似墨,洞庭春尽水如天。
欲知此后相思梦,长在荆门郢树烟。

渔翁
(唐)柳宗元

渔翁夜傍西岩宿,晓汲清湘燃楚竹。
烟销日出不见人,欸乃一声山水绿。
回看天际下中流,岩上无心云相逐。

咏永州
(元)陈孚

烧痕惨淡带昏鸦,数尽寒梅未见花。
回雁峰南三百里,捕蛇说里数千家。
澄江绕郭闻渔唱,怪石堆庭见吏衙。
昔日愚溪何自苦,永州犹未是天涯。

乐游原上望，秦川平如掌

从西安市南郊大雁塔沿西影路往东，到经九路左转北，行不多远，便可以看到右手地势渐高，到青龙路右转再向东行，是一缓坡，地势已然高起，这时可以看到，路的右侧有一黄土高原常见的土台，一直与青龙路相伴而起数公里——这，就是著名的乐游原。

乐游原是一个长梁状的土塬，东北—西南走向，宽200—300米不等，长3000多米。资料显示，乐游原实际上是被河流侵蚀而残留在渭河三级阶地上的一个梁状高地，其基底为河湖沉淀物，上部覆盖着厚厚的黄土。

早在公元前200多年的秦代，乐游原即为皇帝禁苑宜春苑的一部分，到汉时又是皇帝射猎游玩的地方。到汉宣帝三年（前71），宣帝刘询的第一个皇后许平君生产后被谋害死去，即葬于此（汉时为长安县乐游里），立庙曰乐游庙，故称乐游苑。因"苑"与"原"谐音，且关中一带此种台塬都被统称为原，如西安附近的白鹿原，龙首原，及稍远的少陵原，神禾原等，乐游苑遂渐渐被传为乐游原。唐代的长安城比汉长安城方位向东南移动，乐游原就在唐长安城的新昌坊，是唐长安城内海拔最高的一处台地。登上此处，可以俯瞰全城，远眺四周。而比起其他原，乐游原又在长安城内，距离近，出行方便，所以虽然难比少陵原、神禾原及白鹿原的高大壮阔，仍成为人们登高远眺和游玩的好去处。

正因为如此，唐代乐游原就成了人们除曲江外又一个经常流连的名胜。每年正月晦日、三月三日上巳节、九月九重阳节，乐游原上必定是人潮涌动，人们或去踏青，或祓禊，或邀朋会友，享受登高游览的快乐。因长安城地势平缓，乐游原虽为其最高处，但今日也就比两侧平地高出十几二十几米的样子。查数据，今日西安平均海拔400米左右，乐游原最高处海拔不足500米。想唐代地貌，与此相仿，虽然会比现在高一些，但不会高出很多，故即使平日，因车马便利及易于攀登，去乐游原游玩，当不是什么难事。

如此胜地，诗人的登临自不会少，因此，唐代许多著名诗人都多次来到乐游原，像李白、杜甫、王维、白居易、张九龄、李频、张祜、张籍、贾岛、裴迪、郎士元、王缙、朱庆馀、刘得仁、钱起、羊士谔、杜牧、李商隐等，在此留下了近百首脍炙人口的诗篇。一千多年后的今天，最为人们熟知的，当数晚唐诗人李商隐以此原名为题的诗：

向晚意不适，驱车登古原。

夕阳无限好，只是近黄昏。

可以想见，在一天傍晚时分，诗人心情抑郁，便驱车来到了乐游原上，想借登高一抒胸中的积闷。他看到了什么？夕阳西下，炊烟袅袅，整个长安城笼罩在夕阳淡淡的余晖之中，远处的原野上树木房屋逐渐朦胧迷离。再看又大又圆、发着柔和光辉的落日，是那么壮美，只可惜黄昏降临，这么美好的夕阳，任谁也挽留不住它渐渐西沉的脚步。李商隐是晚唐最著名的诗人，他所处的朝代，政坛有互相敌视的两党：牛党和李党。他曾因文才而深得牛党要员令狐楚的赏识，后因李党的王茂元爱其才而将女儿嫁给他，故又遭到牛党的排斥。李商隐便在牛李党争的夹缝中生存，官场失意，潦倒终生。而此时，唐王朝也在走向没落。这首诗，不知是李商隐在哀叹唐王朝无可挽回的衰落命运，还是在叹惋自己人生的不得意。如果你恰好是傍晚登原，也看到辉煌的夕阳，不知作何感想？大概景物类似，因心情不同，会有不同的感触吧！所谓物是人非者，此之谓也！

由唐代诗人在乐游原上留下的诗中，可以窥见当年乐游原之盛况。试看杜甫的七言古诗《乐游园歌》：

> 乐游古园崒森爽，烟绵碧草萋萋长。
> 公子华筵势最高，秦川对酒平如掌。
> 长生木瓢示真率，更调鞍马狂欢赏。
> 青春波浪芙蓉园，白日雷霆夹城仗。
> 阊阖晴开昳荡荡，曲江翠幕排银榜。
> 拂水低徊舞袖翻，缘云清切歌声上。
> 却忆年年人醉时，只今未醉已先悲。
> 数茎白发那抛得，百罚深杯亦不辞。
> 圣朝亦知贱士丑，一物自荷皇天慈。
> 此身饮罢无归处，独立苍茫自咏诗。

这首诗的副题为《晦日贺兰杨长史筵醉歌》，应是杜甫在天宝年间某个月末，参加了一位官员在乐游原上举办的宴会后所作。诗中除了描绘乐游原的景物和宴会的场景外，还发出了怀才不遇的感慨和茫然不知所措的心情。

为人们津津乐道的，还有杜牧的《将赴吴兴登乐游原》：

> 清时有味是无能，闲爱孤云静爱僧。
> 欲把一麾江海去，乐游原上望昭陵。

杜牧也是晚唐的著名诗人，与李商隐齐名，人称"小李杜"。他不但有卓越的文学才能，而且还有政治和军事才干，希望能够有所作为。但他在京城只任吏部员外郎，投闲置散，抱负无法施展，因此请求出守外郡。这是他被外放为湖州刺史时，在离开长安上任前，登上乐游原，极目四顾，西望昭陵而作的一首诗，表现了他对朝政的失望和不满、对盛世的向往和对自己生不逢时的感叹。

而李白的词《忆秦娥》中，则这样提及了乐游原：

箫声咽，秦娥梦断秦楼月。秦楼月，年年柳色，灞陵伤别。

乐游原上清秋节，咸阳古道音尘绝。音尘绝，西风残照，汉家陵阙。

李白这首被后人誉为"百代词曲之祖"的词，上半阕只在个人的悲欢离合中缠绵，下半阕从"乐游原上清秋节"一句突兀地入手，把思绪切换到一种悲壮的历史感中，让人生出世事沧桑的感慨。

著名的苦吟诗人贾岛曾久居乐游原。他仕途坎坷，一生贫病交加，缺医少食而吟诗不辍。张籍曾有《赠贾岛》一诗，尽写其穷困潦倒的境地："篱落荒凉僮仆饥，乐游原上住多时。蹇驴放饱骑将出，秋卷装成寄与谁。拄杖傍田寻野菜，封书乞米趁时炊。姓名未上登科记，身屈惟应内史知。"当年乐游原附近，都是村落麦田，寻找野菜倒是很方便，颈联应是写实之句。

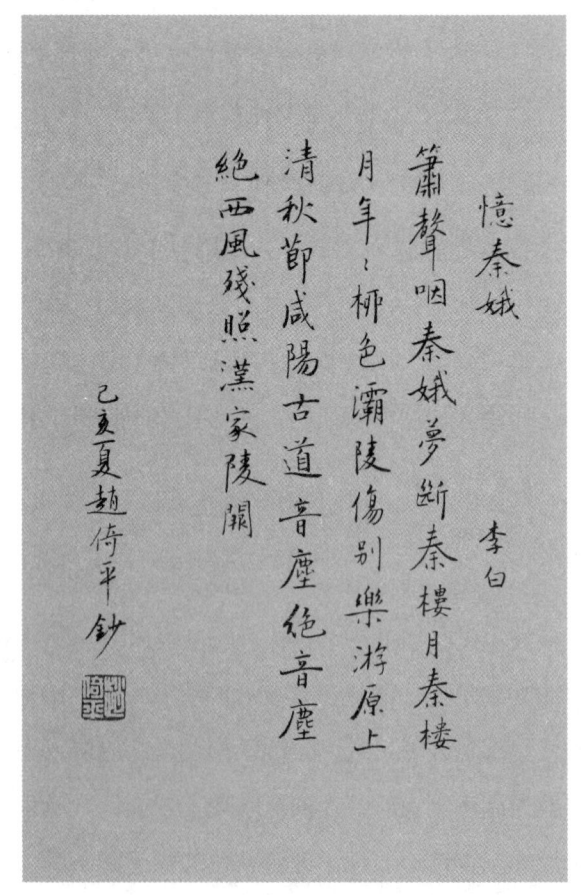

在乐游原上，曾应该有过很多名胜，像乐游庙、东宫药园、宣慈寺、法云尼寺等，但都随漫长的时间而湮没无存，唯青龙寺遗址被发掘出来，并建有青龙寺遗址博物馆。青龙寺初建于

隋文帝开皇二年（582），矗立在乐游原最高处，登临可以鸟瞰全城。它原名灵感寺，在唐代几经改名、废立，又叫观音寺、护国寺等，可能与地处长安城"左青龙右白虎"的地理方位有关，又叫青龙寺。它是唐代一座著名的寺庙，但后来逐渐衰落，在明代已经废毁，乐游原也成农田。青龙寺在中日文化交流史上极负盛名，中唐时期密宗大师不空的弟子惠果在青龙寺设灌顶道场，使青龙寺成为传播密宗最有影响的寺院。日本佛教史上著名的"入唐八家"中有六家——空海、圆行、圆仁、圆珍、惠运、宗睿都曾在青龙寺学习。特别是日本文化宗师空海在此尽得惠果真传，并广泛学习中国的文化、艺术、科技等知识，回日本后创立了日本真言宗，对日本的佛教、文字、书法、饮食等发展产生了巨大的影响。像中国的面条，据说就是空海指导他的外甥为其患病的父亲做的，面条的技艺由此在东瀛流传。在空海的故乡，每年都有献面仪式。现在，青龙寺遗址内还建有空海纪念碑，从日本来的游客络绎不绝。

唐代诗人不可能上乐游原而不登青龙寺，因此，亦留下众多的诗篇。如朱庆馀的《题青龙寺》：

> 寺好因岗势，登临值夕阳。
> 青山当佛阁，红叶满僧廊。
> 竹色连平地，虫声在上方。
> 最怜东面静，为近楚城墙。

羊士谔《王起居独游青龙寺玩红叶因寄》：

> 十亩苍苔绕画廊，几株红树过清霜。
> 高情还似看花去，闲对南山步夕阳。

还有白居易的《青龙寺早夏》：

尘埃经小雨，地高倚长坡。
日西寺门外，景气含清和。
闲有老僧立，静无凡客过。
残莺意思尽，新叶阴凉多。
春去来几日，夏云忽嵯峨。
朝朝感时节，年龚暗蹉跎。
胡为恋朝市，不去归烟萝。
青山寸步地，自问心如何。

张祜也登乐游原并上青龙寺，亦有诗为证。《登乐游原》诗云："几年诗酒滞江干，水积云重思万端。今日南方惆怅尽，乐游原上见长安。"《题青龙寺》云："二十年沈沧海间，一游京国也应闲。人人尽到求名处，独向青龙寺看山。"张祜为人清高，不同俗流，在后一首诗中也有充分的表现：二十年沉浮，他已经把一切都看淡了，所以即使到都城也很悠闲（不汲汲于名利），别人都争破头皮去求功名，而他一个人却到青龙寺来远望终南山。而贾岛就在原上居住，去青龙寺更是方便，居高月近人，对看月有独到的感觉。他的《题青龙寺》云："碣石山人一轴诗，终南山北数人知。拟看青龙寺里月，待无一点夜云时。"而王维与弟弟分别后，登青龙寺，遥望其弟远去的蓝田山的方向，写下这样的诗句："陌上新离别，苍茫四郊晦。登高不见君，故山复云外。远树蔽行人，长天隐秋塞。心悲宦游子，何处飞征盖。"（《别弟缙后登青龙寺望蓝田山》）

大唐远去，沧海桑田，如今，登乐游原远眺而"四望宽阔，京城之内，俯视如掌"的感觉早已不复存在，旁边的楼房比原更高。但登此古原，想着自己踏着那么多诗人的足迹，回味着一篇篇优美的诗词，我们的思绪，就很容易穿透岁月的时空，和唐朝在这神会！

关联阅读

登乐游园望

（唐）白居易

独上乐游园，四望天日曛。

东北何霭霭，宫阙入烟云。

爱此高处立，忽如遗垢氛。

耳目暂清旷，怀抱郁不伸。

下视十二街，绿树间红尘。

车马徒满眼，不见心所亲。

孔生死洛阳，元九谪荆门。

可怜南北路，高盖者何人！

乐游原春望

（唐）刘得仁

乐游原上望，望尽帝都春。

始觉繁华地，应无不醉人。

云开双阙丽，柳映九衢新。

爱此频来往，多闲逐此身。

乐游原春望

（唐）李频

五陵佳气晚氛氲，霸业雄图势自分。

秦地山河连楚塞，汉家宫殿入青云。

未央树色春中见，长乐钟声月下闻。

无那杨华起愁思，满天飘落雪纷纷。

登乐游原春望书怀

（唐）张九龄

城隅有乐游，表里见皇州。
策马既长远，云山亦悠悠。
万壑清光满，千门喜气浮。
花间直城路，草际曲江流。
凭眺兹为美，离居方独愁。
已惊玄发换，空度绿荑柔。
奋翼笼中鸟，归心海上鸥。
既伤日月逝，且欲桑榆收。
豹变焉能及，莺鸣非可求。
愿言从所好，初服返林丘。

诗景互映的王维辋川

一

二十世纪七十年代,我曾在商县(今商州)求学。那时经常坐长途汽车在商州和西安之间来回,每当看到"辋川"的路牌,都会心动一下,想这就是王维当年隐居的地方,能去探访该有多好!但条件所限,当时也只能是空想怅望一番而已。

到了二十一世纪,路通了,车有了,于是往辋川去了不下五次。第一次大概是2009年春节期间,我带着家人兴致勃勃地前往,以为会看到不少王维的遗迹。车下了高速,从峪口进去,公路两边照例已是新式的房子,再往里走,曲曲折折,山逐渐突兀起来。从一座高架桥底下穿过后,经人指点,拐进一个大铁门,再开进两三百米,左边有几排红砖砌的半废弃的厂房,路边立着一个长方形的水泥台座说明碑,碑上手书"王维手植银杏树",不远处即有一棵粗壮高大的树,根部用砖土箍护。心中惊喜,恰好路也尽了,于是停车观赏。

我们所到之处实际上就是王维辋川的核心地带。阅读碑文,知这碑是航天四院党委于2003年5月所立。碑文大略记载了王维的生平,之后,说他"青年时曾居住山林,中年以后一度家于终南山,后又得蓝田辋川别业,遂优游其中,吟诗作赋为乐。据《蓝田县志》所述,文杏馆遗址在寺门东。今有银杏一株，相传王摩诘手植。一千多年来，由于各个时期的变化和毁坏，除了王维当年的钓鱼台还有踪迹外，现仅有银杏树可作王维曾居于此地活的档案见证"。碑文还说："现王维手植银杏树，高约20米，直径约1.8米，健壮茂盛，苍老巍然，遇夏成荫，秋果橙黄。航天四院自七十年代初在此建厂后，采取多种措施保护了这棵千年古树。"我去的时候是冬天，树的叶子已经落光，但地上还铺了不少黄色的银杏树叶，两个大大的鸟巢，挂在黑黝黝的树枝上。树就紧挨着这条简易的路，其一侧是已很破旧的赭色砖墙的厂房，玻璃碎了不少，房门紧闭；另一侧则是一条山谷，深而且宽，谷底有小溪，流水潺潺，后知这就是辋河故道。而对面苍茫陡峭的飞云山上，雪还没有化完。也许是季节不对，在这里完全找不到王维吟咏的那些"渡头余落日，墟里上孤烟""青菰临水映，白鸟向山翻""明月松间照，清泉石上流""渔舟胶冻浦，猎火烧寒原""白水明田外，碧峰出山后"诗中有画画中有诗的感觉。反倒是不远处矗立着的一些厂房烟囱等，让并不丰富的诗意又折损大半。

此前我看过清末民初关中大儒牛兆濂先生（小说《白鹿原》中朱先生的原型）1920年写的《游辋川记》。他是那年四月进的辋川，他当时的见闻以及判断是："一路黄花傍岸，灿如散金，恍疑《九日》寻崔氏庄也（似指杜甫七律《九日蓝田崔氏庄》）。欲折取一视，马行急，不可得也。近母塔坟，道旁金银花芬菲可爱。转至鹿苑寺下马，寺前银杏一株，葱茜盈亩……伸臂度之，得合抱者。"鹿苑寺（又称清源寺）这里"为文杏馆旧址无疑。寺门堂前后各三间，南向，东有侧门入内。东向矮屋两间，守者所居也。当门奉右丞木主，惟刻一木联云：'渊明遁去伦加厚，工部离长国所忧。'濮侯斗衡（清代曾任蓝田知县）所题也"，文字不多，但让我们窥见了一百年前这里的风貌，知道直到那时这里还供奉着王维的神位。

按碑文的提示，询问当地人，他指着距这棵树不远临着沟壑的一块岩石说，这就是王维垂钓的地方。他坚持眼见为实，认为目前能够确定的王维的遗迹就仅剩这棵银杏树了。他告诉我,这里是厂区的一车间,一车间厂房侧后山坡上那一间瓦房,就是原来的鹿苑寺。虽说文杏馆在"寺门东",但已杳如黄鹤。王维《文杏馆》说:"文杏裁为梁,香茅结为宇。不知栋里云,去作人间雨。"也只是说这个馆用文杏树(此树材有纹理)做大梁,用香茅草覆屋顶,馆因为建得高大,因此云气缭绕,屋里飘出来的云都能为人间洒下雨水。这个馆是做什么用的,已难以考证,但文杏馆极为高敞,则可从诗中得知。他还告诉我,王维的别墅、王维的墓也在附近,因为七十年代大三线建设在这里建厂,墓已无存,不知具体的位置了。王维母亲崔氏的墓,则被压在八车间底下,当年建厂时,将其母塔坟平毁,还推出过墓碑。至于王维《辋川集》中吟诵过的华子岗、鹿柴等辋川二十景,则已湮没无闻了。我上"百度"搜索到如下记载:"据《蓝田县志》记载,王维墓位于陕西省蓝田县辋川乡白家坪村东60米处,墓地前临飞云山下的辋川河岸,原墓地约13.3亩。现被压在向阳公司14号厂房下。《唐右丞王公维墓》碑石被向阳公司14号厂按石料使用,压在水洞里。墓前遗物有清乾隆四十一年(1776),督邮程兆声和陕西巡抚毕沅竖立的碑石两座,后被毁。王维的母亲也葬在此地,交通部六处修辋川公路时将王母坟塔平毁。"

然而这次寻访,尽管有点失望和遗憾,但毕竟来到了辋川,且见到了王维手植的银杏树,知道了鹿苑寺和文杏馆,并带回几片落叶,夹在王维的诗集中,也算不虚此行。

后来几年中,又到过辋川两次,但所见所闻,皆与第一次相差无几,只不过是其他季节,银杏树枝叶茂盛、树影婆娑而已。

二

著名画家、西安美术学院教授李鸿照即端堂先生及其夫人戴牧女士在辋川有一个工作室远风园。因为他还参与了蓝田一些文化事业的建设,在当地学人、蓝田王维研究专家张效东老先生的指引下，对王维《辋川集》中吟咏过的大部分景点进行了踏访。看到他在微信上晒出的这个活动，让我顿生羡慕嫉妒恨——恨我当时没能在场！发微信过去询问，端堂兄当即答应下次带我去看，于是心绪稍解，从而开始期盼这一天。七月我回到西安，就思谋几时能遂辋川之愿。八月二十七日，已是夏末秋初，天气不算太热，端堂夫妇热情相邀，我们一行十数人风风火火地来到了远风园。傍晚时分，同为画家的女主人招呼大家一起去鹿柴饮茶——这是多么浪漫的想法啊！心中的期待又加了许多。我们驱车来到一个山谷口，看到石崖上镌刻着"哑呼吴家村"几个大字。端堂说，从这里进去就是鹿柴。柴者，寨也。为何叫鹿柴？因为此处是养鹿的地方。这个沟有一段比较狭窄，在沟的两端用柴（当地人把干了的植物杆子皆叫柴）作栅栏或篱障，以在沟内养鹿（亦传是王维雇人在沟内养鹿）。还有一个传说：当年养鹿人雇了一个哑巴看鹿，有一天，山上突然来了一只老虎想要吃鹿，哑巴急了，张开嘴呼叫。哑巴是发不出声音的，但这次一着急，哑巴竟然喊出了声音。此地由此得名，所以山崖上刻着"哑呼吴家村"。但王维的《鹿柴》却并非写鹿，而是写景："空山不见人，但闻人语响。返景入深林，复照青苔上。"待我们弃车登山，身临其境，才体会到了王维不但是写景，也是写实。因为沟道比较狭窄，且壁陡岩峭，当地人有句俗话说："有处挂爷（挂遗像），没处献饭（找不到一个放碗的平处）。"所以两端一封，鹿就无法跑掉。进谷以后，路是石路，岩是石岩，有小溪从谷底流过。山路不是很陡，但崎岖漫长，蝉声高唱，野草披拂，偶有山风，顿生凉意。当转过一弯，西下的夕阳从峰峦的空隙照射过来，映在高处的岩石上，使幽暗的山谷也明亮了几分，这就是"返景入深林，复照青苔上"（张老师解读于端堂，端堂转述）。走过约一半多路，沟的上边又变成土路与土山。当我们上到沟顶，却是一块较为平坦的地方。放眼望去，远山重峦叠嶂，层次分明，满目绿色，美不胜收，就是一幅绝妙的山水画。戴牧找了一块平地，铺开野餐垫席，开始用她小巧的民国绿的美人肩紫砂壶为大家泡茶。不但茶具好，泡茶用的纯净水，竟然是张建文和何炜硬从山下扛上来的！

　　山上有吴家村的人祖祖辈辈在这里开垦的田地，他们世代就在这里耕种生活。端堂说，张老师曾讲过，进沟前边一段路，平常是没有人的，但走上来时，山上种地人说话的声音会传过去，这就是"空山不见人，但闻人语响"。张老师曾在此地把此话讲给南京大学教授郦波，郦波大悟，赞说张老师解开了他好多年教学的困惑。现在，吴家村人基本都已迁出，只剩两户人家，家里都是老人，皆已七十多岁，日出而作，种些瓜蔬食用，日入而息，与山风明月为伴。文人雅士努力追求的"隐"，却是这里百姓的日常，想来似乎荒诞。大家席地而坐，远观青山，近对诸友，品茗议论，谈笑风生。大概王维当年，与好友裴迪他们，也是如此吧！

　　返回的路上，忽然悟到，王维早把我们今天的行动，一一写过："探奇不觉远"，"临风听暮蝉"，"满目望云山"，"偶然值林叟"以及"还持鹿皮几，日暮隐蓬蒿"。我们只不过把鹿皮几换成了野餐垫而已。

　　第二天，按计划是集中访古的时间。上午出发，沿西柞公路向两边延伸，继续寻访王维《辋川集》中的景点。车上，端堂先生说，辋川四面环山，古时交通不便，极为闭塞，犹如世外桃源。他说辋川是一个长约15公里、宽200至500米的峡谷，这个峡谷中又有多个谷口，都有水流出，然后汇聚成辋水，再流入灞河。所谓辋川，传统的解释就是诸水会合如车辋环凑之意。清光绪年间的《续修蓝田县志》所附的《辋川志》就言其"水沦涟如车辋"，因此当年的辋川应当是水波浩渺之地。王维的住处即临水，"辋水周于舍下"，他与裴迪等朋友，都是浮舟往来。这亦可以从王维的诗中窥见一点端倪："落日山水好，漾舟信归风。"（《蓝田山石门精舍》）"竹喧归浣女，莲动下渔舟。"（《山居秋暝》）"轻舸迎上客，悠悠湖上来。"（《临湖亭》）"轻舟南垞去，北垞淼难即。"（《南垞》）"郭门临渡头，村树连溪口。"（《新晴野望》）所以我们今日所见之辋川与王维时期的辋川已经天差地别，无怪乎人们都已不知其所吟诵的地方在哪里了。

王维的一生，怎么说呢？他不像孟浩然，一生不遇，但也不是一帆风顺，虽然官职较高，但也不是非常得意。王维是山西人，出身官宦世家，极具艺术天赋，开元九年（721）他二十一岁时，夺得当年科举解头（第一名），进士擢第。因他精通音律，故官拜大乐丞，掌管宫廷乐队。后因伶人给人表演黄狮子舞（从西域传入的专供皇帝欣赏的五方狮子舞中的一种），他被控逾制犯罪，谪官济州司库参军。等再回到长安，已是开元二十一年（733），他也三十多岁了。开元二十二年（734），由于开明宰相张九龄的提拔，他被升为右拾遗，跻身于朝堂之上。但仅仅过了两年，由于李林甫的排挤，张九龄被罢去知政事，贬为荆州长史。这是一个标志性事件，唐王朝贞观以来的开明政治宣告结束，从此开始了贵族集团的腐败统治和黑暗政治。王维与张九龄的政治主张相同，所以张的被逐，对王维的打击甚大，也是他心中理想的开明政治的幻灭。也就是从这时开始，王维渐渐消沉起来，他先是在终南山、后在辋川开始了半官半隐的生活。王维的母亲是虔诚的佛教徒，"志求寂静"。他后又买下宋之问在辋川的别墅，奉母修行静养。天宝十四载（755）的安史之乱中，王维追随玄宗不及，被叛军俘获，押往洛阳。安禄山素闻其才名，强行委他以给事中职。一次安禄山在凝碧池大宴叛臣，被囚在菩提寺的王维闻知，作了一首抒发亡国之痛和思念朝廷的诗。在安史之乱平定后清查接受伪职的人员时，他因此诗而得以宽宥，先是降职，后又复职。为了赎罪，他表奏朝廷，把辋川故居捐为佛寺，因此便不再去这个他非常热爱的地方。这时的王维更为颓唐，《旧唐书》本传说他："在京师日饭十数名僧，以玄谈为乐。斋中无所有，唯茶铛、药臼、经案、绳床而已。退朝之后，焚香独坐，以禅诵为事。"六十一岁，在尚书右丞的职位上去世。王维三十岁左右时丧妻，后一直未再娶，也没有子女，鳏居至死。由此可知，辋川在王维一生中，具有重要的地位，这不光是他天性尚静，热爱大自然，与母亲一样心向佛禅使然，更是他不满和逃避现实、远世避祸、不与黑暗势力同流合污的物质与精神上的依托。

王维在辋川写了很多田园山水诗，都情致清新，自然幽美，空灵淡雅，意味隽永，充满强烈的生活气息和艺术美感，具有很高的成就。但他自己整理的《辋川集》却并没有收入全部在辋川的诗作，而是把其中以辋川二十个地名为题、即景所赋之诗和好友裴迪同题唱和的诗集中在一起。他在《辋川集序》中说："余别业在辋川山谷，其游止有孟城坳、华子冈、文杏馆、斤竹岭、鹿柴、木兰柴、茱萸沜、宫槐陌、临湖亭、南垞、欹湖、柳浪、栾家濑、金屑泉、白石滩、北垞、竹里馆、辛夷坞、漆园、椒园等，与裴迪闲暇，各赋绝句云尔。"鹿柴昨日已经去过。这天，因为时间的关系，端堂先生带着我们，去了比较便利的一些景点。因为后面还有一次由张效东先生带领的更为详细的寻访，这里且只记写下一次寻访未去的景点——临湖亭与辛夷坞。

我们首先到的临湖亭。亭子搭建在紧靠公路的一个高两三丈的山坡上，小巧玲珑，面积10平方米不到，高2米多，较新，为当代人所建无疑。从一侧可攀缘而上。亭下还有一个小小的关公庙。想当年这亭下，就是欹湖，湖水汪洋。王维曾在这里用轻舟迎来尊贵的客人，一起坐在亭子的窗前开怀畅饮，欣赏四周开放的荷花。其《临湖亭》诗曰："轻舸迎上客，悠悠湖上来。当轩对尊酒，四面芙蓉开。"诗情画意，如在眼前。与临湖亭的显眼相反，辛夷坞则比较偏僻。端堂先生带着我们穿过高速公路的一个涵洞，呈现在我们面前的是三面山坡环抱中的一块比较平坦的山坞，这就是辛夷坞。四野无人，阒寂静幽，现在栽满了低矮的经济作物白皮松树苗。王维的诗写道："木末芙蓉花，山中发红萼。涧户寂无人，纷纷开且落。"由诗可知，当年的辛夷坞就是一个很少有人去的地方，但那时栽种的是辛夷树，而辛夷花在山谷寂寞地开放，又悄无声息地凋落。而今辛夷花早就没有了，它更"泯然众坞矣"——没有人指引，谁会知道这里曾是有幸得到大诗人青睐的一处胜地呢！

这次同游的诸友，我要仿柳宗元《小石潭记》的结尾，记下他们的名字：马治权、吉羊夫妇，李炳森先生，狄马先生，何炜先生，张建文先生，张宁先生，褚小梦女士，杨华玲女士。端堂先生，即李鸿照教授也。

三

　　这次寻访没过多久，戴牧女士又在群里转发了蓝田县王维研究会的一则公告，说九月二十七日将举办一次王维辋川别业遗址文化考察活动，由张效东会长带领大家踏访王维、裴迪故居及辋川二十景部分遗址并全程讲解。对我来说，这是一个喜讯，我立即响应了这次活动。经戴牧女士介绍，与张效东老师加上了微信。二十七日一早，我与崔文川夫妇按时赶到集合地点——辋川镇的闫家村。张老师及报名参加的众多朋友都已到达。经过简单的相互介绍，张老师开宗明义，讲了开展这次活动的目的，然后又简要介绍了王维辋川二十景中大部分景点的确定的过程。张效东先生本身就是教师，后又在蓝田县教育局工作，他爱好古典文学，退休后，也没有放弃这方面的研究。他痛心于辋川景点的湮没，因此，从2015年起，他和一些有同好的人士，开始了艰苦的踏勘工作，目的就是弄清王维《辋川集》里吟咏的二十个景点、王维故居、裴迪故居以及王维及其母亲的长眠之地，推动王维纪念馆的落成。他们花数年工夫，以王维、裴迪的诗、文为主要依据，参考史志记载、古今游记以及中外学者研究成果，几十次深入辋川，考察走访了数百名当地群众，进行了拉网式的排查和比对、考证，确定了十五首诗对应的景点遗址。张老师从学术的高度，以治学的严谨态度，严格要求所确认的地点要具有唯一性和排他性，而不是可这可那，似是而非，因此具有很高的权威性和可信度。

　　张老师带领踏访的第一批景点就在闫家村周围。我们首先走上公路左边的一座桥梁。桥下是辋川的河道，但河水小如溪流。走到桥的中间，张老师指着不远处的河滩说，那里就是白石滩。王维诗说："清浅白石滩，绿蒲向堪把。家住水东西，浣纱明月下。"果然，河滩里有白色的石头，但绿蒲却未看见，正当上午，更不可能有明月下浣纱的女子。张老师说为什么确定这里就是白石滩？因为唐时辋川水很大，要使家住在河东岸和西岸的女子都可以来浣纱，那水流就要平缓一些，这里靠近峪口，水面较宽，水流较缓，符合王维诗中所说的情况；而且这里过去还叫牧羊滩，那河里的白石，确像一只只白羊。接着，张老师让大家转身回头，指着对面一个不是太高但植被丰富的圆墩墩的山冈说，那就是华子冈（"冈"非"岗"，"冈"指不高的山，而"岗"是孤立的较高的小山），这里人又叫它华坡（陕西人叫坡的地方，都不高）。据说一个叫华子的仙人曾在冈上住过，因此得名。王维的《华子冈》，写一个秋日他在华子冈徘徊的景象："飞鸟去不穷，连山复秋色。上下华子冈，惆怅情何极。"他之所以在华子冈上下徘徊而不能去，是因为他看到候鸟不断地向南飞去，崇山峻岭一片萧索的秋色，内心产生了无限的伤感。华子冈在王维的诗文中出现多次，除了这首诗，还有他给裴迪的一封信中也写道："夜登华子冈，辋水沦涟，与月上下。寒山远火，明灭林外。深巷寒犬，吠声如豹。村墟夜舂，复与疏钟相间。"

　　看完白石滩与华子冈，沿公路前行不远，我们的车从紧邻公路边的一个大铁门拐进，开上一个小土坡停下，一看，这里是一个砂石场。张效东老师说，这里就是北垞。垞者，小丘也。王维这样吟咏："北垞湖水北，杂树映朱阑。逶迤南川水，明灭青林端。"北垞在欹湖的北岸，紧依欹湖。王维在这里看到的是，绿色的树木和红色的栏杆相互映衬，南川水逶迤绵延地流淌过来，水波在树林的一端闪烁着光泽，忽明忽暗。从北垞下去，穿过公路，就是裴迪的住处裴迪小台。这可从裴迪同题咏"南山北垞下，结宇临欹湖"证得。可惜今已无存。但当年景色之好，也有王维的诗为证。试看《登裴秀才迪小台作》："端居不出户，满目望云山。落日鸟边下，秋原人外闲。遥知远林际，不见此檐间。好客多乘月，应门莫上关。"

　　张老师告诉我们，最重要的，是在这里找到了相对难以确定的金屑泉。

为什么金屑泉难找？因为辋川水系发达，山泉到处皆有，究竟哪一个是王维笔下的金屑泉，就很难确定。而王维写金屑泉的这首诗又写得比较空灵："日饮金屑泉，少当千余岁。翠凤翊文螭，羽节朝玉帝。"只能从诗名判断所谓金屑泉，应该是阳光照耀泉水可折射出金灿灿的光芒。但具体位置无从判断。张老师他们从裴迪的同题诗中找到了一点线索。裴迪的诗是："萦渟澹不流，金碧如可拾。迎晨含素华，独往事朝汲。"意思是泉水涌出来平静得好像并不流动，在朝阳的辉映下泉水像碎金屑玉可以用手拾到；清晨的泉水含有素净的精华，我一个人拿着桶趁早去泉边汲水。张老师据此诗判断：第一，金屑泉是一眼大泉，因为只有大泉才能水涌出来停蓄在那里；第二，它又是一口良泉，因为它"含素华"，"日饮金屑泉，少当千余岁"；第三，距裴迪的住处很近，他可以很方便地一大早去取水。所以，裴迪小台一旦确定，剩下就是找泉的问题。但经过勘查，在裴迪小台周围四五百米的范围内，却没发现有泉水。他们又走访当地的老人。一个老人说，这儿原来有一眼水质优良的大泉，供村子东头几十户人家用水，这眼泉的水特别好，用它熬的糊汤（细玉米糁稀饭）特别油；做豆腐，每斤豆子比用一般水要多出半斤豆腐。老人还告诉他们，厂子旁边那条已经干涸的小水沟就是那眼泉曾

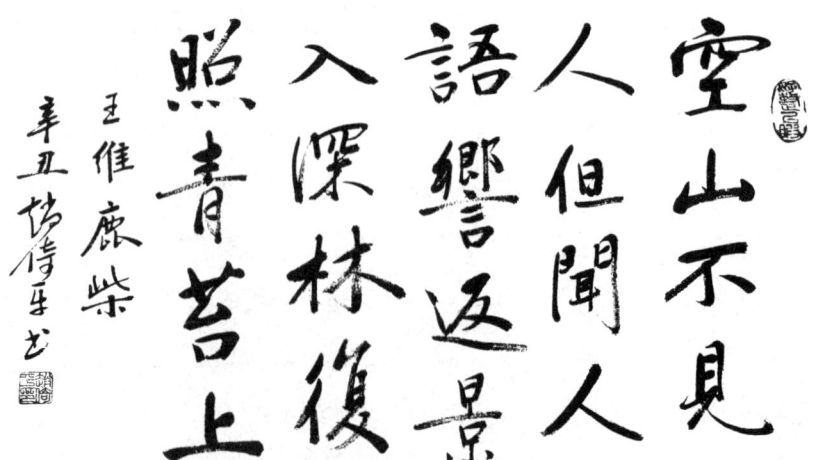

经的退水渠。但四十年前这里搞了水泥厂（砂石场的前身）后，泉就消失无踪了。张老师他们推断，既然是一眼供村民饮水的大泉，必然有人工砌石的痕迹，于是他们沿着这条干沟，在看似可能有泉的地方开始刨挖寻找，结果干了一天也没有找到。第二天，又经另一村民指点，终于在离裴迪小台150米左右的地方，找到了一个水泥池子，刨去浮土，揭开盖板，一池清澈的水出现在他们面前——金屑泉终于找到了！原来水泥厂把金屑泉改造成了与水塔配套的蓄水池，供厂里生活生产用水。水泥厂后来倒闭了，如今可见当年的水塔也倒毁在离泉水不远的荒地里。王维在《金屑泉》里给我们讲了一个神话，每天喝金屑泉的水，至少也可以活千余岁，乘着龙凤，拥着仙人的仪仗去朝见玉帝。可惜这么带有仙气的泉水，如今在砂石场的粗粝环境里，也灰头土脸，难对王维的生花妙笔了！

接着，在张老师的带领下，我们来到了官上村。孟城坳、宫槐陌、欹湖、柳浪等都在这里。孟城坳是一个大地名，已毫无踪迹可寻，现在只能笼统地说就在官上村这个地方。据清道光年间的《重修辋川志》载："孟城坳，土人呼为'关'。"二十世纪五十年代时，该村还被称为"关上"，现讹为"官上"，将错就错了。据文献记载，南北朝时，南朝宋武帝刘裕进军关中，讨伐后秦，于公元417年在这里筑城，因为南方人思乡，故名"思乡城"，又"以旁多柳，故曰柳城"，"城在辋川内关上，王维称孟城坳"（《长安志》）。由此可见，孟城，当年应该是一座小小的古城；坳，是两山间的平地。刘裕之后过了三百多年，初唐诗人宋之问在这里建造了别墅。宋之问死后三十多年，王维从其后人手里买下，作为初到辋川的居所。王维到来时，古城应该还在，根据是裴迪与王维的同题诗《孟城坳》。裴诗为："结庐古城下，时登古城上。古城非畴昔，今人自来往。"。王维的诗是："新家孟城口，古木余衰柳。来者复为谁，空悲昔人有。"由此可见，孟城坳应该是王维到辋川的第一个落脚点（后来又移居到辋川最南端更为偏僻的银杏树附近）。诗说他新住进来，看到的只是古木和衰柳，忽然心里有点凄楚：不知道这个房子先前（在宋之问之后、他住进之前）谁曾住过，但转念一想，在自己之后，也不知谁又会住到这里，因此又何必为该处昔日的主人而徒然地悲叹。张老师来到村子一处的操场，坐在一把休闲椅上，肯定地说，王维当时的新居应该就在这里，坐南向北。张老师指着对面远处一面平缓的高坡，说那个就是望亲坡，是王维出行长安时的必经之地，他去长安，要从村前的渡头舟行至望亲坡下，翻过那个坡岭，经过白鹿原而去。所以每次爬到坡顶，即将翻过坡岭时，从那里回头就可以看到他的住所和正在目送他的母亲，此坡因之得名。说王维在孟城坳的居处在这里，还可以从他的"后浦通河渭，前山包鄠郆""山阴多北户，泉水在东邻""时倚檐前树，远看原上村"这些诗句得到佐证。张老师又指着左前方（东南方向）说，过了辋河，那边就是木兰柴。而故居对面（南边）的河滩，就是栾家濑。柳浪则在孟城坳西边的辋河北岸。介绍完这些景点，张老师回过头来，指着村中房屋之间的一条道路说，这里就是宫槐陌。宫槐，又叫守宫槐，槐树的一种，叶子昼合夜开。陌，即阡陌，小路之意。张老师说，村里老人告诉过他，这里路边曾有十三棵需三人围抱的槐树，可惜现在也荡然无存了。王维的诗与题对应："仄径荫宫槐，幽阴多绿苔。应门但迎扫，畏有山僧来。"意思是逼仄的小路被茂密的宫槐的树荫遮盖，因为背阴，所以生着很多青苔。王维提醒说：看门的人啊，你应该多打扫打扫，小心山里的僧人过来造访。由诗可见此地的幽静清闲。而村子前边不远就是欹湖。欹者，倾斜也。所以，欹湖应该是一个湖底东北高而西南低的湖。欹湖的位置可从裴迪的《宫槐陌》得到印证。裴诗说："门前宫槐陌，是向欹湖道。秋来山雨多，落叶无人扫。"而王维的《欹湖》则写湖上送别，寓情景于一炉："吹箫凌极浦，日暮送夫君。湖上一回首，青山卷白云。"

中午时分，我们来到了最后一站白家坪村。银杏树就在这里，这是一个遗址集中之地。如前所述，我已来过许多次。张老师说，这里就是王维在辋川最后居住的地方。文杏馆、漆园、椒园也在此附近。他指着鹿苑寺后面的大坡说，斤竹岭就在那里，当年上面的竹子实心细杆，叶宽而长，犹如斧斤，故曰斤竹，但现在也没有了。张老师还告诉我们：银杏树曾一度枯死，清朝时这里为纪念王维建了一个祠，树又奇迹般地复活了；清源寺在宋代更名为鹿苑寺，到二十世纪六十年代寺里还有和尚，后在建向阳公司时，被夷为平地；现在我们所站的地面，比过去高了三四米，银杏树树干也被埋了三四米，垫高地面的目的，是为建那些厂房。

而这次我在这里所看到的，跟以前相比又略有变化。一是银杏树下，原来那块说明碑已经没有了，代之以蓝田县人民政府于2013年10月所立的一方碑。从碑文看，这是蓝田县2007年公布的第三批文物保护单位之一，但碑上的"保护单位"不是银杏树，而是"鹿苑寺"。碑阴的铭文写着："鹿苑寺位于辋川镇白家坪村的向阳公司14号厂区内，又名清源寺。寺址平面呈长方形，南北长约270米，东西宽约120米。瓦砾堆积厚0.3—1米。地表遗物丰富，有青石莲花柱础，绳纹手印砖，素面筒瓦等。柱础呈六边形，直径1.2米，高0.23米。寺前有唐王维手植银杏树一株，树冠高20米，树径1.8米。据《旧唐书》《蓝田县志》记载，清源寺建成于唐代，毁于唐末战乱。"我认为王维手植银杏树和鹿苑寺遗址，两个文物并存于一地，应该同时得到保护。假如需要优先的话，王维手植树至今，已经一千多年，它还旺盛地活着，而鹿苑寺早已无存，应该优先保护的无疑是银杏树。遗憾的是，银杏树却不在保护之列。按照张老师的指示，我绕过厂房，踏倒蒿草，去踏勘了一下鹿苑寺——即前文所说的那个瓦房处，倒是看到了柱础等物，但也是杂乱地堆在那里，"地表遗物丰富"并未得见。意外的是，在厂房南侧看到了蓝田县人民政府2008年4月立的一个"王维墓"的方碑，局促于一段围墙外，被铁栏杆围着，面积几平方米，周围满是野草，碑后无墓。碑文只是王维身世的简单介绍，并无关于该墓的只言片语。经问张老师，得知竖碑的地方并非墓地，但墓地处又不让放碑，所以只能暂且放置于此。我方理解那碑后不着关于墓地一字，原来也是有难言之隐的。

此次寻访，王维的辋川二十景，我们踏访了大部分，大慰平生！据说唐代以后，欹湖就逐渐干涸。千年以来，水系也发生了很大变化，当年载舟运木的河水，如今已成细流，王维笔下的美景不复存在。二十世纪六七十年代，向阳公司进驻辋川，更是打破了辋川的原始生态，亦破坏了历史文化遗迹。近几十年，随着公路的修筑，辋川的幽静也逐渐消失。比起王维的辋川，这里已经面目全非，诗意打折，美感缩水。但是，王维笔下的诗情画意却是永存不灭的。

无论如何，张效东先生所做的是一件抢救性的、不可或缺的、功德无量的事情。我对他老人家满怀敬意与感谢！在活动结束时，他表达了自己的心愿，就是能早一天在辋川建成王维纪念馆。他说，唐代大诗人几乎都有纪念馆，有的诗人甚至在不同的地方有不同的纪念馆，而王维这个具有世界级影响力的大诗人，却一直没有一个纪念地，这太说不过去了！王维在山西的出生地他也去过，现在只能说王维出生在那里，但因为王维很早就离开了，所以在那里没有留下任何遗迹。而在辋川，王维生活了十四年，他热爱辋川，写下了许多优美的诗篇，他和他的母亲又都归葬于此，所以，王维纪念馆只能建在辋川，这是充分、必要、不容置疑的！

希望张老师这个愿望（也代表了我们的愿望）能够早日实现。

（原载《深圳文学》2021年春季刊）

关联阅读

题辋川

（明）唐寅

辋川风景更如何？天色秋光趣亦多；
白日苍松尘外想，清风明月醉时歌。
林间鹿过云还合，溪面鱼游水自波；
高隐不求轩冕贵，且将踪迹寄烟萝。

从焚书堆到坑儒谷

早在二十世纪九十年代我就从一本名《闲庭信步》(作者畅岸,陕西渭南人)的书中得知渭南有一个村子叫灰堆村,是秦始皇焚书的地方,当时就生出探访的念头。但稍晚一点,我便来深圳混饭,回到西安时间有限,一直没能成行。再后来,看到散文家朱鸿先生写的《灰堆》,再后来,又看到藏书家韦力先生所著《书魂寻踪》里第一篇就是《焚书台》,就更加向往,想去实地看看。我也很惭愧,韦力在北京,都去过了,而一个陕西人,却老是拖延,有点说不过去。

某一天,我终于决心去踏访了。好在现在有了导航,一搜灰堆村,果然有路线,于是从西安出发,过灞桥,上连霍高速,一路向渭南进发。在渭南下了高速,竟然就是市区,这与我想象中灰堆村在某荒郊野外截然不同。继续按导航指引,上了一条偏僻的窄路,几分钟后,导航说目的地就在附近。车的右边,是一条沟,沟东边,是一条水不大的河(后来知道是沈河),左边则是一片典型的城中村建筑(民居),完全不是关中农村"村子"的样子,也无任何标志(村名、门牌之类)。我颇感疑惑,停车来问,结果很多人都是租住在这里的,并不知村子的底细。好不容易问到一个扫街的老人,他说,这里就是灰堆村。我忙问那焚书的遗址在哪里,他指着沟那边沈河之外不远处晨雾缭绕的地方说,那边有一个土台子,在那边。这又与我的想象有了差距。我本想灰堆村灰堆村，这焚书所剩的灰堆就应该在村子里，怎么又在离村那么远的地方？老人解释说，烧书的灰飘到这里来了，所以这里就叫灰堆村。这回答似乎无懈可击，让我只好信服（后知又有一说，村子原在灰堆附近，后来才迁至沈河西边现在的位置）。于是上车再走，往前几百米便拐上渭南市的朝阳大街，再往前1公里多右拐，行不多远，终于看到了左前方不远处影影绰绰一个高高的土台。哦，这就是焚书台了！

我看到的关于焚书台的最新的文章，就是前面所说的2013年年初韦力写的那篇。按韦力的记述，那时，焚书台还在临渭区某单位的院子里，既无标识，也无围栏。如今，焚书台已经建设成一个开放式遗址公园。临近路边，有一个"断壁残垣"式的标识墙，上面写着"秦代文化遗址公园简介"。通过简介得知，当地于2015年辟地48亩，建成了这个以焚书台为核心的文化遗址景观公园。公园门口，有高大的秦式双阙，阙内是宽阔的花岗石铺就的台阶，缓缓向内延伸。果然是一个崭新的公园。拾级而上，迎面有一大鼎，乃是公园建成之时所立，上有说明文曰："灰堌遗址，风雨斑驳，凡历二千二百二十余载，始以遗址公园面世，盛况空前，遂铸鼎以志。"并云此举的目的是："铸鼎铭史，惕惕后人。"绕过鼎，再往里走，花岗石地面尽处，在公园最高的位置，一个土台矗立眼前。土台呈原本的自然状态，上面长满杂草，还有一些柏树，过去似有小径可辗转而上，但现在周围已经用铁丝和篱笆围住，不得靠近。有一说明牌立于一侧，文字是："灰堌，又名灰堆，焚书台遗址。秦灭六国后，为巩固政权，延续帝业，建立专制政治，禁止以古非今，私学谤政。非博士官所职，天下敢有藏诗、书、百家语者，悉以守、尉杂烧之。公元前231年于此焚书，非秦记皆烧之。""据明代《渭南志》载，秦灰堌遗址仅存土台一座，东西约45米，南北约38米，高约10米。几近现存，属相对保存完整之遗迹。"大概陕西地面上的这类遗存太多了，古墓中一般都有陪葬品，所以多被觊觎，而一个烧书的土台子，除了农民取土有点用处之外，再无人关注，所以"相对保存完整"吧！遗址1958年属县级文物保护单位，五十年后，2008年被公布为省级文物保护单位。又过十年，陕西省文物局才在遗址前立一标志碑。据说中国历史博物馆还保存着其更早一些时候的珍贵照片。

这就是焚书台的遗址！是贾谊所谓"焚百家之言，以愚黔首"事件发生的地方。此刻正值春节期间，这里披红挂彩，鼓乐齐鸣，是日天朗气清，阳光和煦，人们熙熙攘攘，散逛休闲。而我面对这荒芜的土台，思绪不禁穿越了二千多年。可以想见，公元前两百多年的秦朝大地，在渭水之南、沈河之东我踏足的这块地面，一定是莽苍苍的一片原野。秦代实行严刑峻法，朝廷的法令一出，谁敢不从，于是先秦的各种著述，除《秦纪》和医药、种树、卜筮的书，悉数收来，运至此处。那时尚无纸张，所记所载，多用竹简（亦有丝帛），大学者一个人可以学富五车——就有五车书，那么从各处搜集来的书，更应不少，不知这里堆起了多大的书山？但估计应该规模宏大，场面壮观。我想天若有情，那天应该阴云密布；我想地若有知，那地应该感到灼痛；我想风若有意，那风应该呼啸作声。然而皇上旨意，比天还高，圣旨颁布，地动山摇，监烧官一声令下，书山之上，烈焰升腾，火光冲天，浓烟滚滚，遮天蔽日，先哲思想的结晶，前人文化的积累，一时间化为乌有。书化为灰，灰变为土，土积成台，虽历经数千年风霜雨雪，却依然矗立在这关中大地上。如果灰堆村那位老人的话不假，那焚书的时间当是在寒冷的秋冬，当天（如果烧书规模较大，也可能有好几天）应该是刮着强劲的西北风，一部分书灰飞扬起来，飘落到了沈河对岸低矮的村庄，并且扫之成堆，那村遂名为"灰堆"。

半天时间瞻仰了这个令人叹惋的遗迹，我（一爱书之人）对秦皇暴行，更加切齿痛恨！中午缓过神来，我们吃了顿香喷喷的美食——渭南蒸饺，准备返回。动身前忽然想起一个住在洪庆的朋友曾说秦始皇坑儒的地方就在他们那里，看看时间还早，而返回西安刚好要路过洪庆，于是赶快发微信询问，朋友答曰具体地址在洪庆沟村，于是驱车前往。

洪庆在西安东郊，属于灞桥区地界，按照导航指引，赶到洪庆沟村。"沟村"，听起来也给人荒郊野外的感觉，到了才发现，这里也早已成为城中村。进村之后，亦想坑儒这等历史大事发生之地，应该是有所标注的，但转悠半天，也同样找不到一点标识。想问问村人，时值下午三四点，村中竟然阒无人迹，有的住户门庭洞开，欲进入探问，却只闻狗吠，不见人声。好不容易问到一个人，他说不在这里，要出村再向右拐如何如何。于是我们又边走边问，来到了一处田野边上，车不能再进，于是停车步行。后来才知道，这条东西向的路，竟然就是西安和临潼的地界。跨过小路，那田地属于临潼区，而路的这边，则是西安的灞桥区。

沿着田间阡陌向南走，早春时节，已有欣欣向荣的气息，远处的塬坡清晰可见，小路两边的田地里小麦葱郁，有的地方黄土裸露，而青草披拂路边。走不多远下一不太深的沟，再走不远又攀上去，又是东西一条仄仄的道路。东边似乎是通向一个什么单位的家属区，而西边则是农村的房子。沿路往西，赫然在村子西头一家农户的后院，看到一标志碑，后院有半人高的围墙，上面拦有铁丝网。隔着铁丝网看过去，上面刻写着"临潼县文物保护单位，坑儒遗址，临潼县人民政府，一九八三年十月五日公布"。这似乎证明，我终于到了要寻访的地方。但为什么标志碑会立在这家人的院子里？我看那碑，并不像原始立碑的地方，因为碑不南不北地斜在那里，碑座也露在地面上，八成是被人移到这里的。绕过这家，就是更空旷的一片田地。又往南行一二百米，有一大碑兀立在地面，碑的周围是一片果林，行至近处，"秦坑儒谷"四个大字映入眼帘。我的心情激动起来。今天，我又来到了一个具有历史意义的地方！待转到碑的背面，竟然还有碑文，为陕西省教育学院图书馆馆长高云光撰文，秦始皇坑儒遗址纪念馆筹建处于1994年4月勒石。碑文既有对坑儒历史之考证，又有对坑儒谷地点的考据，容我抄录相关部分如下：

秦始皇坑儒谷即临潼县洪庆堡村南之鬼沟，距西安城十五公

里，北至县城八公里处，秦东陵区南缘。《史记·秦始皇本纪》云。始皇三十五年，儒生议政有"犯禁者四百六十余，皆坑之咸阳"。《文献通考》又云，其后秦始皇还坑儒生七百人于骊山脚下。汉人纪其事云，始皇命人种瓜骊山谷口温处。冬生实，诏儒生先贤解辩。至，则伏机弩射杀，自谷上填土埋之，历久声绝。唐颜师古□（此处漫漶一字）诏定古文《尚书》序云，今新丰县温汤之处号马谷，谷之西有坑，古老相传，为秦坑儒处也。洪庆属秦咸阳畿内，汉唐为新丰县辖，以秦坑儒于此，汉名愍儒乡。唐玄宗时建旌儒庙于此，命中书舍人贾至撰文勒石彰祭先贤，故又有旌儒乡之称。宋后庙毁碑亡。一九七〇年于遗址发掘唐刻儒生像一尊，现存临潼县博物馆。此地曾有马王庙一座，毁于一九五八年。足证此即古之马谷。儒生塚建于汉时，传云儒生冤魂不散，天阴雨湿，鬼声凄厉，村人称之鬼沟。

碑文将历史与地点讲得很清楚，但因碑面有限，碑文不能太长，相关传说，不可能全记。就我所知，还有一些。此地南面过去有一个口宽若簸箕形的深沟，原名马谷，因为在此坑儒，后来又叫横坑，或曰射杀儒生时坑边土地被血染红，故又名红坑或洪坑，后因谐音被雅化为洪庆，所以又叫洪庆沟。洪庆堡还有一个名字叫灭文堡，应该也与此有关。因为沟中冤鬼太多，"天阴雨湿声啾啾"，故又叫鬼沟。几千年后，这个著名的沟早已被人慢慢平为良田，而那些儒生们的白骨也被埋得更深，或早就化为泥土了。与上面碑文有出入的另一说法是，坑儒时并未用机弩射杀，而是诱骗儒生进谷中解辩为何冬天结瓜，然后从上面填土活埋。临潼地下有温泉，如著名的华清池，深谷处温热，冬天结瓜应该不是无稽之谈，类于今天的大棚功能。据说由此沟村往南，半塬上还有一个砚湾村，转音又读砚洼、砚瓦，传说秦时太学在此，坑儒时，因将儒生砚台在此砸毁而得此村名。

我们由此知道,在焚书的第二年,始皇帝可能觉得仅仅焚书还是不够的,因为这些饱学之士早就把诗书倒背如流、印在脑子里、融化在血液中,并且"落实在行动上"了——继续"议政犯禁",不杀不足以平帝愤,于是实行肉体消灭,即鲁迅所说的"实际解决"。一次不够,可能还来了第二次。坑儒这样的事,后世评价众说纷纭。但依我之见,这不仅仅是杀人和残暴:若说杀人,两次加起来杀了一千来人,暴虐程度不及白起坑杀赵卒四十万、项羽坑杀秦卒二十万这样骇人听闻。坑儒的罪恶之处主要在于以言治罪。代价巨大,教训沉重!

秦之后,汉吸取教训,曾经有过一次全国性的征集遗书活动,并在这里建愍儒乡。"愍"者悯也,当痛心讲,引申为爱抚,以此表示对儒生的悯怀。唐又改为旌儒乡,并建有旌儒庙,立碑祭祀。旌者表彰也,以示对儒生的旌表。后庙毁碑失,宋又据原来碑文,重新刻碑作序。但宋后碑又毁。宋之后又已近千年的时光,此地地面的遗迹更加荡然无存,只有野花野草和茂盛的庄稼树木随季节生长开落,枯荣四季,千年轮回。然从所见碑文看,1983年10月,临潼县就把此处列为县级文物保护单位,但也仅仅立一标志碑而已。再过十年,似乎有过一个秦始皇坑儒遗址纪念馆筹建处,上述碑文即为其勒石。可知当年有在此地搞纪念馆的动议,但不知这个筹建处是什么级别,是官方还是民间机构,总之距今又过四分之一世纪,不知什么原因,此纪念馆也没了下文,但筹建处早就散摊是确定无疑的。我们这些慕名而来的游人,也只能在这蔚蓝的苍穹之下,厚厚的黄土之上,仰面唏嘘,临风浩叹!

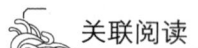
关联阅读

焚书坑
(唐)罗隐

千载遗踪一窖尘,路傍耕者亦伤神。

祖龙算事浑乖角，将谓诗书活得人。

经下邳

（明）袁宏道

诸儒坑尽一身余，始觉秦家网目疏。
枉把六经灰火底，桥边犹有未烧书。

咏史

（清）陆次云

儒冠儒服委丘墟，文采风流化土苴。
尚有陆生坑不尽，留他马上说诗书。

灰堆相传始皇焚书处

（清）祁寯藻

硎谷知何处，灰堆尚有灰。
六经终不灭，一炬竟先灾。
惨澹阴符出，苍茫赤帝来。
至今原上草，秋烧满荒台。

后记：最是感慨动人心

　　古典诗词是我国古代文学艺术的瑰宝，它就像一颗颗珍珠，几千年来，在文化的长河中熠熠生辉。历史上层出不穷的一代代诗人，用他们深邃的目光、高超的识见、丰富的阅历、独特的感受、细腻的内心和生花的妙笔，描摹自然风光、市井生活、朝堂政治、社会百态、羁旅征战、离情别绪，咏古述怀……其所见所闻、所思所感，无不形诸笔墨，结为精华，成为我们取之不尽、用之不竭的精神源泉。

　　在百花齐放的古诗词大花园中，咏史怀古诗是一株奇葩。大体来说，咏史由读史书引发，怀古由看古迹引发，即诗人或者在披阅史籍时，或者在经过某一历史遗迹或某位历史人物足迹曾到之处时，当然，更多的时候是追昔抚今，或为家国情怀所激励，或因身世遭际而感奋，内心忽被打动，便沉吟出一首诗来。咏史或者偏重于理性或议论，读史伤时，激情于事；怀古或者偏重于情感或形象，睹物兴悲，托情于景。事件抑或人物经过了时间的沉淀，且后人已经置身事外，因此对往事看得更为透彻深刻；或者诗人此刻与前人的境遇类似，所以发出的感慨也就更加深沉、更加打动人心，对历史事件的总结也更精辟，又因为这种总结是以诗词的形式表达，所以也就更凝练，更深刻，往往会产生警句！严羽在《沧浪诗话》中说高适、岑参的诗因为悲壮，"读之使人感慨"。《文章精义》的作者说，欧阳修的文字"遇感慨处便精神"。也可能是这样的原因，我在对古诗词的泛泛阅读中，往往是咏史怀古之作最能打动我的内心，让我沉吟再三，扼腕感慨，击节赞叹！有的诗词烂熟于心，有的记住了其中精彩的几句，有的则仅仅有个印象。而在后来也是在对史籍的披览中，当看到某个事件、某个人物，忽然想起后世曾有对此吟咏的诗，于是赶紧翻出来重新品味。在诗史互读中，加深了对历史事件（人物）的理解，同时也更好地解读了该诗（词）与诗人。反之亦然，有时读到一首咏史诗，便也去更深入地阅读诗中描写的那段历史，收到的是同样的效果。

去年，当某报副刊的一位编辑朋友约我给他写点国学方面的文字时，我看到各种古诗"赏析"的文章已经不一而足，便觉得若从以诗证史、以史证诗、诗史互证的角度来写，或许会有点新意，便陆续地写出了这本书里的大部分内容。当然，如果把古诗词比作一个海洋，咏史诗起码也是一个湖泊，我只是取了其中一瓢水而已——我尽量写自己感兴趣同时并非大家都已熟知的历史事件与人物，或者自以为有新见的题目，使读者有新鲜感。同时还在文后附了一些关联的诗词，以延伸和扩大读者的阅读视野，并在大部分文章中用毛笔手抄了相关诗词。我不敢说其是书法，但觉得：第一，我们的古人就是用毛笔进行书写的，因此内容、形式都比较契合；第二，作为插图之用，希望能够略怡看书人之倦眼。

当今出版业发达，网络又无所不包，纸质的古诗出版物和网上相关古诗众多，但我发现，因为版本不同而往往同一首诗词中竟然会出现不同的用字用词。当然，有些诗句从古至今流传下来的就有两种甚至三种，比如杜牧的"卧看牵牛织女星"，又作"坐看"；戴叔伦的"旧宅秋荒草"，又作"旧宅愁荒草"；李绅的"庭竹移阴就小斋"，又作"近小斋"；温庭筠的"金蝉玉柄俱持颐，对局含情见千里"，又作"金蝉玉柄俱支颐，对局含嚬见千里"；李山甫的"一拓纤痕更不收"，又作"一搯"；罗隐的"马嵬山色翠依依"又作"马嵬烟柳正依依"；等等，应该是两种都各有所本，都不为错。我在引用时便取其一种。但也有不属于这种情况，而是明显错讹的。所以，我对所引用的诗词进行了大量的考订工作。这项工作颇费时间和心力。因为我文章中所引有些诗词，不是诗人的代表作，甚至不是他最好最有名的作品，所以虽然流行的古诗词选本甚多,但这些诗词一般都不会被收录其中,这就需要到个人的全集或类似于《全唐诗》《全宋诗》这样的书里去找。当然我考订的原则是尽量以权威版本为准。比如中华书局、上海古籍出版社、上海辞书出版社、人民文学出版社等所出的本子。有些实在找不到的,我最后只好求助于我的同学——陕西省图书馆原馆长谢林先生,他给予了我很大的支持。陕西省图书馆的张宇先生不辞辛苦,几次为我查找所引诗句的出处,帮我纠正了不少讹误。所以在这里我要感谢谢林兄、感谢陕西省图书馆的张宇先生、窦鹏女士。尽管如此,仍然可能会有错讹之处,希望得到广大读者的批评指正。

我还要感谢著名诗人、西北大学教授刘炜评先生为此书作序。炜评先生是我的朋友,他有极高的古典文学修养和古诗词造诣,在我看来他是当今中国一位得唐诗宋词精髓并将之发扬光大写出自己诗风的高标诗人。他的诗作每每让我沉吟赞叹。他读了大部分(因为我后来又加写了一些内容)文章,并指出一些不足让我订正。我还要感谢九十八岁高龄的父亲赵熙若老先生,在我写作的过程中对书中有些篇章提出自己的宝贵意见,并不辞辛苦到处为我找书查证考订引诗的出处并校对文字。还要感谢深圳大学原校长、先秦两汉文学专家章必功教授,我在查找曹植的《铜雀台赋》时,仔细阅览了中华书局所出《曹植全集》中的目录,竟然不见有此赋,这让我一头雾水,难道曹植不曾作此赋?《三国演义》所说不过小说家言?后经请教章先生,才知道《铜雀台赋》在《曹植全集》中叫《登台赋》。还要感谢长安文川书坊为此书设计封面。还要感谢陕西师范大学出版总社刘东风社长和郭永新主任的大力支持、陈君明编辑付出的辛勤劳动。正是因为有了他们的支持,这本书才得以出版面世。在书名确定过程中,也得到了很多朋友的启发和帮助。书中很多篇章已见诸一些报刊,在付梓之前也得到父兄师友的一些指正,并作了相应的修改,在此也特地一并表示谢意!

赵倚平

2021年10月20日于五味斋